탄생 100주년 문학인 기념문학제
논문집

2017

**시대의 폭력과
문학인의 길**

탄생 100주년 문학인 기념문학제
논문집

2017

시대의 폭력과
문학인의 길

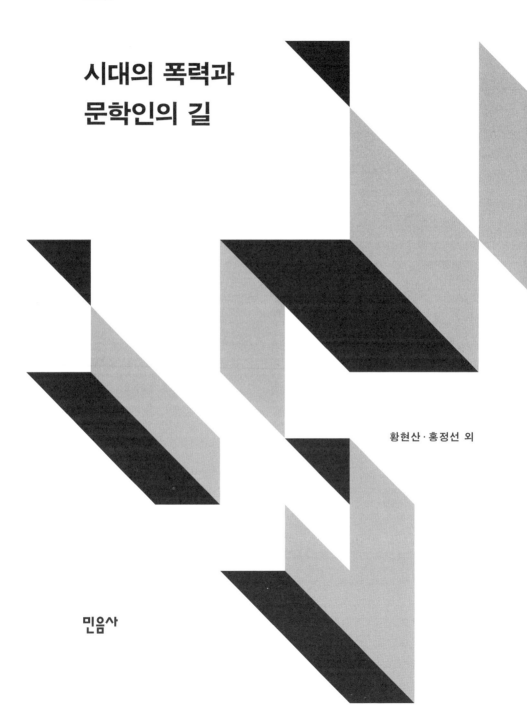

황현산 · 홍정선 외

민음사

시대의 폭력과 문학인의 길

홍정선 | 인하대 교수

1

금년에 탄생 100주년을 맞는 윤동주, 손소희, 이기형, 조향, 최석두, 박병순은 1917년에 태어난 작가들입니다. 이들이 태어난 1917년은 국내적으로는 한국 근대 소설의 출발을 알리는 『무정』이 발표된 해였으며, 국외적으로는 20세기 후반기를 이데올로기 대립의 역사로 만들게 될 볼셰비키 혁명이 일어난 해였습니다. 여기에서 저는 1917년생이라는 특정 시점을 유별나게 강조할 생각은 없습니다. 가령 1915년에 태어난 강소천, 곽종원, 박목월, 서정주, 임옥인, 함세덕이나 1916년에 태어난 김종한, 김학철, 박두진, 설창수, 안룡만, 이영도, 최태응 그리고 1920년에 태어난 조지훈 등과 이들이 확연하게 구분되는 어떤 상황 속에 있었다고 생각하지 않는 까닭입니다. 이들 중에는 물론 1917년생이란 사실이 특별한 의미를 가진 경우도 있을 수 있겠지만 그렇더라도 저는 여기에서 1910년대 후반기에 태어난 작가들은 모두 유사한 상황 속에서 성장했다는 사실을 좀 더 강조하고 싶습니다.

금년도에 탄생 100주년 기념 사업의 대상으로 선정한 6명의 작가들은 염상섭의 『삼대』에 등장하는 조덕기처럼 '식민지 세대'에 속한 사람들입니다. 이 사실을 조금 풀어서 이야기해 보면 이렇습니다. 이들은 식민지 지배가 어느 정도 제도적 기틀을 다진 1910년대 후반에 태어나서 한편으로는 다이쇼 데모크라시하에서 한국 문학과 사회주의가 빠르게 성장하고 다른 한편으로는 사회주의 운동을 비롯한 일체의 사회 운동을 탄압하기 위해 치안 유지법을 발동시키던 1920년대에 유년기를 보냈습니다. 그리고 일본이 만주 사변을 중일 전쟁으로 발전시키던 1930년대에 고등 보통학교에 다니거나 사범 학교에 다녔으며, 한글 사용을 금지하고 창씨개명을 강요하면서 태평양 전쟁을 향해 치달리던 1940년경에 대학으로 진학하거나 은밀하게 창작 활동을 시작했습니다. 그랬기 때문에 이들 대부분은 해방 이전에 본격적인 문학 활동을 시작할 수 없었으며, 일찍 문단에 얼굴을 내밀었던 소수의 사람들조차도 본격적인 활동은 해방 이후로 미루어야 했습니다.

금년에 탄생 100주년을 맞는 윤동주, 손소희, 이기형, 조향, 최석두, 박병순이 문학에 뜻을 둔 시기는 '시대의 폭력'이 도처에 만연하기 시작한 시기였습니다. 우리는 1930년대 후반부터 1945년 사이에 이광수, 김기진, 박영희, 백철, 김태준, 이육사, 김광섭 등의 문학인들이 무차별적으로 투옥된 사실을 알고 있습니다. 광기를 띤 폭력은 일제에 협력하는 사람이건 저항하는 사람이건 가리지 않았다는 사실을 알고 있습니다. 그럼에도 올해 탄생 100주년을 맞는 문학인들은, 윤동주의 말을 빌리면 "어두워 가는 하늘 밑에서" 은밀하게, 위험을 무릅쓰고 문학인의 길을 걷기 시작했습니다. 그리고 우리는 당시 이미 상당한 문명을 떨쳤던 어떤 문학인들의 수난보다도 "죽어 가는 모든 것을 사랑해야지"라고 다짐하던 윤동주의 죽음에서, 독서회 사건으로 투옥된 최석두의 삶에서, 한글로 된 시조집을 발간하려다가 감옥살이를 한 박병순의 이력에서 당시 도처에 만연했던 시대의 폭력을 더욱 생생하게 읽을 수 있습니다. 그리고 이들이 겪어야 했던 시대의 폭력은 1945년 해방이 되어서도 사라지지 않았습니다. 이들은 해방과 함께 동족이 행사하는 이데올로기의 폭력, 어떤 측면에서는 훨씬 더 끔찍하고 고통스러운 폭력과 마주쳐야 했던 것입니다.

2

1930년대로부터 1950년대에 이르는 기간 동안에 우리가 이야기하고 있는 문학인들은 시대의 폭력 앞에 무방비 상태로 노출되어 있었습니다. 그렇다면 이러한 폭력을 직접 행사한 사람들은 누구일까요? 이러한 의문에 대해 일본 제국주의 혹은 이승만이나 김일성의 추종자들이라고 말하는 것은 명료하지만 너무나 상식적인 대답입니다. 이들이 직면해야 했던 폭력의 대부분은 일상적 차원의 것으로 주변에서 자주 마주치던 평범한 사람들로부터 오는 것이었습니다. 김광섭이나 윤동주의 경우에서 보듯 자신이 사랑한 학생이, 다정해 보이던 하숙집 주인이, 평소에 친절하던 이웃이 이들을 고발하여 감옥으로 보냈습니다. 또 이들을 구타하고 고문한 사람들은 높은 자리에 있는 천황이나 대통령이 아니라 이들보다 나을 것이 없는 처지의 일상인들이었습니다. 그래서 이 시기는 폭력이 도처에 만연했던 시기라고 말할 수 있습니다. 그렇다면 왜 이런 일이 일어난 것일까요? 이 점과 관련하여 흥미로운 실험 하나를 예로 들어 보겠습니다.

사회심리학자인 스탠리 밀그램은 1961년에 뉴헤이븐의 예일 대학교에서 지배와 복종에 대한 흥미로운 실험을 진행했습니다. 밀그램은 동유럽 출신의 유대인으로 히틀러 치하에서 유대인들이 겪었던 박해와 고통을 뼈저리게 실감하고 있던 사람이었습니다. 그래서 그는 아이히만의 재판에 특별한 관심을 가졌고 유대인을 학살한 장본인들에게 확실한 책임이 있다는 사실을 과학적으로 입증하기 위해 "평범한 사람들이 언제, 어떻게,

자신에게 주어진 책무 앞에서 권위에 복종하거나 저항하는지를 밝히는" 실험을 기획했습니다.

밀그램은 먼저 신문에 광고를 내서 평범한 사람들을 자원자로 모집한 후 이들에게 교사의 역할을 부여했습니다. 그러고는 이 교사들에게 손목에 전극을 붙인 채 끈으로 묶여 있는 학생을, 사실은 학생이 아니라 연기를 하게 될 배우를 소개했습니다. 그런 다음 이 교사들을 학생과는 다른 방으로 데려가 15볼트로부터 450볼트까지 15볼트 간격으로 30개의 스위치가 나란히 있는 기계 앞에 앉히고 학생이 틀리게 답할 경우 전압을 높여 가며 전기 충격을 가하는 역할을 부여했습니다. 일정한 단어쌍을 학생에게 불러 주면서 연상되는 단어를 말하게 하고 틀릴 때마다 한 단계씩 전압을 높이라는 역할/명령을 교사에게 준 것입니다. 동시에 학생 연기자와는 미리 75볼트에서는 앓는 소리를 내고, 120볼트에서는 소리를 지르고, 150볼트에서는 실험을 멈춰 달라고 요구하고, 270볼트에서는 몸부림치며 비명을 지르고, 350볼트에서는 죽은 것처럼 움직이지 말라는 주문을 해 놓았습니다.

그런데 실험 결과는 대단히 충격적이었습니다. 교사 역할을 맡은 사람들의 62.5퍼센트 이상이 최대 전압에 도달할 때까지 계속 전기 충격을 가했기 때문입니다. 그래서 밀그램은 실험 참가자들이 처한 환경을 여러 가지로 바꾸어 가며 실험을 계속해 보았지만 결과는 크게 달라지지 않았습니다. 교사가 처한 환경과 그들이 지닌 성격이나 생각에 따라, 그리고 학생이 반응하는 고통의 강도에 따라 중도에 전기 충격을 중단하는 일이 많을 것이라 예상했던 결과가 크게 빗나간 것입니다. 유대인 학살의 책임이 특정한 종류의 권위주의 체제와 그 체제를 이끈 사람들에게 있다는 것을 과학적으로 보여 주고자 했던 실험이 다른 결과를 가져온 것입니다. 그래서 밀그램은 이 실험의 결과 앞에서 "무섭고 암울하다."라고 말했습니다. 그러면서 "나는 한때 미국에 악랄한 정부가 등장해서 독일과 같은 죽음의 수용소를 운영하는 데 필요한, 도덕적으로 열등한 인력을 확보하는 일에 대해 회의적이었다. 그런데 이제는 뉴헤이븐 한곳에서도 다 채울 수 있으리라는 생각이 들기 시작한다."라고도 말했습니다.

밀그램이 자신의 실험을 통해 확인한 것은 우리 모두의 내면에 악이 도사리고 있다는 사실이었으며, 악이란 결코 특별하거나 예외적인 모습을 하고 있는 것이 아니라 우리의 이웃처럼 지극히 평범한 모습을 하고 있다는 사실이었습니다. 밀그램이 악의 평범함은 "누구도 상상하지 못할 정도로 진실에 가깝다."라고 말한 것은 모두의 마음속에 아이히만이 도사리고 있다는 사실을 발견했기 때문이었습니다. 그렇지만 악의 평범함을 밝혀 준 이 실험은 평범한 사람이 곧 악인이라고 말해 주는 것은 아닙니다. 악의 평범함에 대한 발견으로부터 우리가 깨달아야 할 사실은 그 평범함을 이용하고 조종하는 체제의 출현을 막아야 한다는 경각심이며, 우리가 미워해야 할 대상은 평범한 개인이 아니라 그 개인을 악인으로 만드는 세상과 사회와 권력이라는 사실입니다.

시베리아의 수용소에서 생활했던 사람들은 무엇보다 중요한 것은 살아남는 일이었다고 이야기하고 있습니다. 이들에게 가장 중요한 윤리는 살아남는 것이었습니다. 우리 인간에게 삶은 생명 자체의 의지이며, 다른 무엇보다 중요한 기본적 윤리입니다. 이 세상의 가족, 사회, 국가, 정치, 경제, 문화는 모두 개인이 가진 생명 의지를 바탕으로 존재하는 것들입니다. 이것들은 우리의 생명이 살아서 자신의 흔적을 남기려는 의지로 충만하지 않으면 존재할 수 없는 것들입니다. 그런데 '시대의 폭력'이 난무하던 1930년대 말에서 6·25 전쟁에 이르는 기간은 사람들에게 시베리아 수용소와 다름없는 생활을 강요했습니다. 사람들을 살아남기 위한 경쟁과 투쟁 속으로 몰아넣은 시대였습니다. 이러한 시대에 인간이 지닌 삶의 의지가 이기적인 모습을 띠거나 공격적인 모습을 띠는 것은 당연한 일입니다. 악의 평범함이 도처에서 그 모습을 드러내는 것은 당연한 일입니다. 또 우리가 본능적으로 죽음을 두려워하며 피하려 하는 생명의 의지를 부끄러워하거나 치욕으로 생각하는 문학인들을 만나게 되는 것도 바로 이러한 시기입니다.

3

1930년대 말, 연희전문 시절의 윤동주가 시인의 길을 걸으면서 직면한 것은 시대의 폭력이었습니다. 《문장》과 《인문평론》의 창간과 폐간, 한글 말살과 창씨개명 등으로 윤동주의 내면세계를 압박할 시대의 폭력이었습니다. 이후 윤동주는 「별 헤는 밤」에서 부끄러운 이름라고 말한, 창씨개명한 이름으로 일본에 건너가 1945년 2월 후쿠오카 형무소에서 죽었습니다. 멀쩡하게 건강한 20대 후반의 젊은이가 일본 경찰에 체포된 뒤 1년 6개월도 채 못되어 죽은 것입니다. 그때 일본 경찰이 윤동주에게 덮어씌운 죄목들은 기껏해야 윤동주가 "조선인이라는 의식을 잊지 말고, 조선 고유의 문화를 연구"하자는 생각을 가졌다든가 "조선 민족은 결코 열등 민족이 아니고 문화적으로 계몽만 하면 고도한 문화 민족이 될 것"이라는 생각을 전파하려 했다는 정도에 지나지 않았습니다. 그렇게 그의 시대가 무고한 사람을 죽음으로 몰아넣었다는 것은 그가 살았던 시대가 끔찍하게 폭력적인 시대였다는 것을, 일제 말기라는 폭력의 시대가 그를 타살했다는 것을 말해 주고 있습니다.

그래서 저는 윤동주를 '저항 시인'이라 부르는 것에 대해 탐탁하게 생각하지 않습니다. 그것은 이 말이 윤동주의 시와 삶에 적절한 말이 아니기 때문이며, 그로 말미암아 윤동주의 본질적인 모습이 가려지거나 무시될 가능성이 있기 때문입니다. 윤동주는 시대의 폭력에 정면으로 맞서 싸운 영웅적인 투사가 아니라 시대의 폭력을 한 마리 순한 양처럼 받아들인 사람입니다. 윤동주는 시대의 폭력에 맞서 칼을 든 사람이 아니라 "모든 죽어 가는 것을 사랑"하는, 슬픔과 연민의 길을 걸어간 사람입니다. 그리고 윤동주의 죽음은 그의 시대가 모든 사람들이 언제 어떻게 죽을지 모르는 폭력적 시대였다는 것을 다른 누구의 죽음보다도 생생하게 증언해 주고 있습니다. 이런 점에서 윤동주의 죽음은 폭력의 시대를 증언하는 상징이며, 폭력을 미워해야 한다는 상징이며, 폭력이 더 이상 계속되어서는 안 된다는 상징입니다.

증오는 증오를 낳고, 폭력은 폭력을 낳습니다. 폭력의 종식은 폭력에 맞서는 또 다른 폭력에 의해서가 아니라 폭력을 무력하게 만드는 사랑에 의해서만 가능합니다. 저는 기독교인이 아니지만, 기독교의 위대함은 폭력을 가장 확실하게 종식시킬 수 있는 방법은 사랑이라는 것을, 그리고 자신의 고통과 수난을 통해서라는 것을 가르친 데에 있다고 생각합니다. 「마태복음」와 「누가복음」에 기록되어 있는, 우리가 '산상 수훈'으로 기억하고 있는 예수 그리스도의 말씀이 폭력에 대한 기독교인의 태도를 가르치는 핵심이라고 저는 생각합니다. 윤동주는 복음서의 이 유명한 가르침에 특별히 주목하고 있었습니다. 이 가르침을 윤동주가 특별하게 생각했다는 것은 「팔복(八福)」이라는 시를 통해 알 수 있습니다. '산상 수훈' 첫머리에 놓인, 여덟 가지 참된 행복에 대한 예수 그리스도의 말씀을 변형시켜 「팔복」이라는 시로 쓸 정도로 윤동주는 '산상 수훈'이 가르치는 삶, 폭력에 대응하는 기독교인의 올바른 삶에 대해 진지하게 고민했던 사람입니다. 그는 복음서의 가르침처럼 '원수를 사랑하고' '박해하는 사람을 위해 기도하는' 사람, 「마태복음」에서 말하는 하늘에 계신 아버지를 닮은 '완전한 사람'이 되려고 부단히 반성하며 노력한 사람임에 틀림없습니다. 이 점을 우리는 그의 시 「십자가」에서 확인할 수 있습니다. 윤동주가 현실의 불행함, 시대의 폭력 때문에 사람들 사이에서 사라진 온정을 그리워하며 "나는 이 어둠에서 배태(胚胎)되고 이 어둠에서 생장하여서 아직도 이 어둠 속에 그대로 생존하나 보다"라고 탄식하고, 힘들고 괴로운 사람, 가난하고 불행한 사람이 위로받기를 간절히 바라면서 "온정의 거리에서 원수를 만나면 손목을 붙잡고 목 놓아 울겠습니다"라고 쓴 것에서 그 사실을 읽을 수 있습니다.

시인 윤동주는 진정한 기독교인이었기 때문에 증폭되어 가는 세상의 고통과 슬픔 앞에서, 그럼에도 침묵하는 하나님 앞에서 몹시 괴로워 했습니다. 윤동주는 그러나 이런 문제로 무신론적 실존주의자들처럼 신앙의 부정을 초래하지는 않았습니다. 1941년 5월 말에 쓴 「또 태초의 아침」이라는 시에서 시의 제목처럼 다시 새로운 각오로 죄의 대가에 대해 "빨리/ 봄이 오면" "나는 이마에 땀을 흘려야겠다"라고 다짐하는 것으로 보아 갈등의 기간은 길지 않았습니다. 윤동주의 「십자가」는 인간 윤동주의 고통과 외로움이 절정에 이르렀던 시기와 관련이 있으면서 그러한 고뇌의 시간을 거쳐 자신이 감수하며 걸어야 할 슬픔과 연민의 길을 뚜렷하게 보여 주고 있습니다. 즉 시대의 폭력 앞에서 자신이 감내해야 할 삶과 스스로에게 부과한 운명적인 길을 예언처럼 보여 준 것입니다.

쫓아오던 햇빛인데
지금 교회당 꼭대기
십자가에 걸리었습니다

첨탑이 저렇게도 높은데
어떻게 올라갈 수 있을까요.

종소리도 들려오지 않는데
휘파람이나 불며 서성거리다가,

괴로웠던 사나이,
행복한 예수 그리스도에게
처럼
십자가가 허락된다면

모가지를 드리우고
꽃처럼 피어나는 피를
어두워 가는 하늘 밑에
조용히 흘리겠습니다.

　위의 시에서 윤동주는 '쫓아오던 햇빛'이란 말을 통해 그가 기독교인으로서의 삶을 드러내고, "첨탑이 저렇게도 높은데/ 어떻게 올라갈 수 있을까요"라는 말을 통해 그럼에도 인간으로서의 한계 때문에 복음서의 가르침을 그대로 따르지 못하는 자신을 처지를 보여 줍니다. 그러고는 인간의 육신을 가졌지만 하나님의 아들이었기 때문에 흔들림 없이 주어진 운명의 길을 걸어간 예수 그리스도와 자신을 비교하면서 "괴로웠던 사나이,/ 행복한 예수 그리스도"라고 말하고 있습니다. 윤동주가 이 대목에서 '처럼'을 독립된 행으로 유별나게 강조하면서 예수 그리스도에게 "처럼" 자신에게도 그렇게 "십자가가 허락된다면"이라 쓰고 있는 것이 그 사실을 말해 줍니다. 자신처럼 불완전한 사람, 망설이고 고뇌하는 인간이 어떻게 감히 그리스도처럼 십자가를 짊어지는 길을 용기 있게 걸어갈 수 있겠느냐고 생각하는 것입니다. 윤동주는 그럼에도 자신에게 가해진 수난과 폭력 앞에서 예수 그리스도 "처럼" "어두워 가는 하늘 밑에/ 조용히" 피를 흘린 사람입니다. 원수를 미워하지 않으면서 죽어 감으로써 시대의 폭력을 증언하고 무화시킨 사람입니다.

　시인 최석두는 해방 공간을 정열적으로 누비며 시를 쓴 사람입니다. 그는 남로당의 열렬한 지지자로서, 문학가동맹의 충실한 맹원으로서 신탁 통치에 찬성하고, 북한의 토지 개혁을 찬양하고, 단독 정부 수립에 반대하는 시를 썼습니다. 또 남조선 인민의 봉기와 빨치산 투쟁을 지지하고 선동하는 시를 썼습니다. 그럼에도 임화의 시를 모방한 듯한 그의 시에서 풍기는 것은 타락한 정치의 냄새가 아니라 순결한 인간의 정열입니다. 그것은 그의 시가 어떤 이해관계와도 무관한 위치에 서 있는 순수한 개인의 외침이기 때문입니다. 국어사전의 '순수하다'와 '나이브하다'의 중간쯤 의미가 알맞다고 할 수 있는 맑고 열렬한 목소리이기 때문입니다. 1936년경 경성사범학교 시절을 함께 보낸 김순남은 최석두의 시집 『새벽길』 뒤에 붙인 「발(跋)」에서 이렇게 쓰고 있습니다.

    …… 가을 하늘의 샘물과 같이 맑은 시상이 여린 가슴을 스치고 갈 때 반짝이는 두 눈에는 언제나 감상과 낭만이 넘쳐흘렀다. 나와 석두는 이 시대부터 시를 쓰고 노래를 불렀다. 우리는 가끔 사범학교 음악 교실에서 밤이 깊도록 영탄과 흥분에 젖었었다. 석두는 나보다 더 감상적이었다.

또 김순남은 같은 글에서 『새벽길』에 수록한 16편의 시는 최석두 자신이 아니라 시집의 편자인 "벽암(碧岩)과 주민(州民)이 고른 것이며" 조벽암은 "형식적인 것, 감상적인 것, 추상적인 것"은 제외하고 "구상적이고, 진정적이고, 육체적인 것만을 추려서 엮었다."라고 이야기했다는 말을 우리에게 전해 주고 있습니다. 이로 미루어 볼 때 최석두 시의 본질적 모습은 시집에 실은 16편의 시보다 오히려 제외시킨 더 많은 시편들 속에 들어 있었을 것입니다. 이 사실은 시집에 수록한 거의 모든 시들이 해방 공간에서 쓴 시들이란 사실과 '문학가동맹'의 노선을 선명하게 뒷받침하는 시들로 구성되어 있다는 사실에서 알 수 있습니다. 『새벽길』에 수록된, 어머니의 죽음을 두고 "별이/ 날아가는 밤// 어머님/ 홀로/ 가시다"라고 쓰고 있는 「별이 날아가는 밤」이란 서정적인 시는 그런 사정을 짐작하게 해 주는 시입니다. 최석두는 시집 편찬에 얽힌 이 이야기가 말해 주는 것처럼 해방을 맞아 낭만적인 서정 시인에서 정열적인 투쟁 시인으로 변모했습니다. 그리하여 「새벽길」과 같은 시를 썼습니다.

    우리 모두 떼 지어
    새벽길을 간다

    매운 서릿바람

머리 우에 이고

닭이 우름 우렁찬
새벽길을 간다

인민의 불타는 깃발
찢어져라 휘날리며

— 철병하라!
단정 절대 반대!

남북통일은
우리들 손으로!

영롱한 깃발을 앞세우고
우리는 간다

마구 으스럼을 밀고
지새는 새벽길을 간다

— 「새벽길」 전문

　최석두는 이렇게 해방 공간과 6·25 전쟁을 거치면서 자신이 지닌 신념에 따라 살다가 죽었습니다. 그는 자신의 때 묻지 않은 단순한 신념과 그 신념에 어울리는 소박한 시를 쓰면서 어떤 회의도 깃들지 않은 짧은 시간을 시인으로 살다 갔습니다. 권력이 이네올로기를 휘두르며 폭력적인 모습을 뚜렷하게 드러내기 전에 죽었습니다. 그래서 최석두는 시대의 폭력이 사라진 새로운 민주적 세상을 건설한다는 확신을 가질 수 있었지만 실제의 세상은 그렇지 못했습니다.

4

기왕의 여러 한국 문학사는 일제 강점기 말이라는 폭력 상황에 대응하는 문인들의 행동 유형을 저항, 순응, 도피 세 가지로 구분했습니다. 이육사, 윤동주, 김사량, 김태준 등을 저항의 유형으로, 최남선, 이광수, 김동인, 김기진, 박영희 등을 순응의 유형으로, 이태준, 정지용, 정인보 등을 도피의 유형으로 구분하는 것이 바로 그러한 방식이라 할 수 있습니다. 그러나 이러한 구분은 간편한 만큼 지나치게 도식적이어서 문제가 있습니다. 지배와 피지배를 선악의 관계로 규정하고 저항은 정의로운 애국으로 순응은 불의로 가득 찬 매국으로 기정사실화함으로써 지배와 저항, 지배와 복종에 따르는 복잡한 내면적 관계를 사상해 버리는 것입니다. 그뿐만이 아닙니다. 이태준, 유치환, 임화 등의 표면적 행적에 대한 엇갈리는 견해들과 자의적 판단에서 보듯 외형적 사실에 대한 판단도 많은 논란을 야기하고 있습니다. 이런 점에서 저는 시대의 폭력에 대응하는 문인들의 행동 유형을 애국과 매국의 틀 속에 가두는 방식에 대해 반대합니다. 또 그러한 구분 속에서는 윤동주와 같은 시인이 설 수 있는 올바른 자리가 없기에 동의할 수 없습니다.

금년에 탄생 100주년을 맞이하는 작가들은 일본이 이 땅에 정착시킨 근대적 교육 제도의 틀 속에서 성장한 식민지 세대로, 구한말 세대나 개화기 세대들과는 달리 애국이 내면화되고 계몽이 표면화되어 있던 시기에 10대와 20대를 맞이한 사람들이었습니다. 그러면서도 1950년 6·25 전쟁이 끝날 때까지 개인의 발전을 위한 계몽에 마음 편하게 몰두해 본 적이 없는 세대였습니다. 일제 치하에서도, 해방된 조국에서도 개인의 의미보다는 국가의 의미가 압도적으로 부각되던 상황, '시대의 폭력'이라 부를 수 있는 상황이 늘 주변에 어른거리던 세월을 산 사람들이었습니다. 악의 평범함이 도처에 자리 잡고 있던 세월을 산 사람들이었습니다. 그렇기 때문에 이들은 저항, 순응, 도피의 도식 속에 분류해 넣기가 어려운 사람들입니다. 우리는 이들에게 세상이란 어떤 것이었으며, 문학이란 무슨 의미를 지닌 것이었을까를 그들이 걸어간 길과 남겨 놓은 문학 작품을 통해 진지하게 물어봐야 할 시점에 서 있는 것입니다.

이기형 시의 통일 지향과 전망

맹문재 | 안양대 교수

1

이기형[1] 시인이 부른 통일의 노래는 한국 시문학사에서 주목할 만한

---

1)   1917년 함경남도 함주에서 태어났다. 함흥고보를 졸업한 뒤 도쿄 일본대학교 예술부 창
    작과에서 2년간 수학했다. 1943~1945년 지하 협동 사건, 학병 거부 사건 등 지하 항일
    투쟁 혐의로 피검되어 1년여 동안 복역했고, 1945~1947년《동신일보》,《중외신보》의
    기자로 일했다. 1947년《민주조선》에 시를 발표하면서 작품 활동을 시작했지만, 같은
    해 정신적 지도자로 모셔 온 몽양 여운형이 서거하자 33년간 공적인 사회 활동을 중단했
    다. 1980년 김규동, 신경림 등을 만나 분단 조국에서는 시를 쓰지 않겠다던 생각을 바꾸
    고 작품 활동을 재개했다. 1980년부터 재야 민주화 통일 운동에 참여했으며, 1989년 시
    집『지리산』으로 국가 보안법 위반 혐의가 적용되어 징역 1년, 집행 유예 2년 판결을 받
    았다. 시집으로『망향』,『설제』,『지리산』,『꽃섬』,『삼천리통일공화국』,『별꿈』,『산하단
    심』,『봄은 왜 오지 않는가』,『해연이 날아온다』,『절정의 노래』가 있고, 저서로『몽양 여
    운형』,『도산 안창호』,『시인의 고향』이 있으며 통일 명시 100선을 엮은『그날의 아름다
    운 만남』등이 있다. 2013년 6월 12일 별세했다.

의의를 지닌다. 통일 문제를 적극적이면서도 지속적으로 추구해 우리 민족의 최대 과제를 각성시키는 역할을 했기 때문이다. 어느덧 우리 사회는 통일에 대해 소극적인 모습을 보이고 있다. 통일이 되면 좋겠지만 안 되어도 어쩔 수 없다는 분위기가 늘어나고 있는 것이다. 이기형 시인은 이와 같은 상황을 예리하게 간파하여 "통일을 해도 좋고, 안 해도 좋고, 늦게 되어도 좋고 등 통일에 대한 대명제가 사람들 마음에서 점점 사라져 가고 있어요. 언론도 그렇고 작가들도 그런 것 같아요."[2]라고 말한 바 있다. 따라서 시인이 통일을 지향하면서 쓴 시들은 개인적인 차원을 넘어 사회적이고 시대적이고 그리고 역사적인 의의를 지닌다.

실제로 서울대학교 통일평화연구원이 조사한 『2016 통일의식조사』에 따르면 통일의 필요성에 대해 국민들은 '매우 필요하다.' 19.5퍼센트, '약간 필요하다.' 33.9퍼센트로 응답해 전체의 53.4퍼센트가 원하고 있음을 나타내고 있다. 조사가 처음 시작된 2007년에는 '매우 필요하다.' 34.4퍼센트, '약간 필요하다.' 29.4퍼센트로 응답해 전체의 63.8퍼센트가 통일의 필요성을 나타냈는데, 지속적으로 감소해 현재는 국민의 절반 정도만 원하고 있다. 통일에 대한 국민들의 의지와 열망이 줄어들고 있는 것이다. 특히 40대는 55퍼센트, 50대는 65.0퍼센트, 60대는 74.0퍼센트로 2007년의 조사 이후 큰 변화가 없는 데 비해 20대 및 30대의 경우는 7~14퍼센트까지 낮아지고 있어 통일이 미래의 세대까지 감당해야 할 민족의 과제인 점을 생각하면 우려된다.[3]

이와 같은 상황 속에서 흔들리지 않고 일관되게 부른 이기형 시인의 노래들은 큰 의의를 갖는다. 시인은 일제 강점기의 독립운동이며 빨치산 투쟁이며 민주화 운동 등도 통일과 연관시켜 노래했다. 통일의 당위성과 필요성을 심화시키고 확장시킨 것이다. 그리하여 시인의 시들은 우리의 분

2) 맹문재, 「통일의 노래를 부르다 ─ 이기형 시인」, 『순명의 시인들: 맹문재 대담집』(푸른사상, 2014), 26쪽.
3) 서울대 통일평화연구원, 『2016 통일의식조사』(2017년 2월 10일), 32~34쪽.

단 상황을 인식하고 극복 방안을 마련하는 거울의 역할을 하고 있다.

2

정치판은
헛말의 향연, 이전투구로
한 해를 지새운다
언론판은
정작 보도할 것, 비판할 것엔
입을 다물고
목표를 잃은 채
헛소리로 싸움만 부추겼다
광장엔 허깨비놀음이 벌어지고
진실의 함성은 뒷마당에서 몸부림쳤다
정치판도
언론판도
무통증 중환자
고름바다에서 희희낙락한다

우리 정치판이
자주의 광장으로 꿋꿋이 돌아서고
우리 언론판이
진정 사회의 목탁으로 거듭날 때
겨레의 앞길엔 훈풍이 일어
통일의 함성이
평화의 노래가

삼천리에 은은하리라

—「무통증 중환자」전문

　자본주의 사회에 종속된 "정치판"이며 "언론판" 등을 "무통증 중환자"라고 작품의 화자가 비판한 것은 날카롭고도 정확하다. 실제로 기업의 경영은 말할 것도 없고 정부의 정책이나 언론의 보도 등 어느 하나 "무통증 중환자"가 아닌 것이 없다. 자본주의가 내세우는 불평등한 결과를 긍정하기 때문에 이기적이고 탐욕적인 자세를 갖는 것이다. 그리하여 "정치판은/ 헛말의 향연, 이전투구로/ 한 해를 지새"울 뿐이고, "언론판은/ 정작 보도할 것, 비판할 것엔/ 입을 다물고/ 목표를 잃은 채/ 헛소리로 싸움만 부추"기고 있다. 정치는 국민을 위해 존재하기보다 자본주의의 조종을 받는 선거를 위해 존재할 뿐이고, 언론은 보도와 비판을 위해 존재하기보다 자본주의가 제시하는 지침을 전달하기에 바쁘다. 모두 자기의 이익을 챙기는 데 함몰되어 사회적 책임을 망각하고 있는 것이다. 개인주의를 극단적으로 긍정하는 이와 같은 자본주의 상황에서 "통일의 함성이/ 평화의 노래가/ 삼천리에 은은하"게 들리기는 어렵다.[4] 이와 같은 상황을 극복하기 위해서는 분단에 대한 역사적인 이해와 인식이 필요하다.

　딘 러스크와 본 스틸웰이라는 미국 사람을 아십니까?

　38분단선을 입안한 미국무성의 철부지입니다

　타의에 의한 조국 분단

　1945년 8월 15일 정오 해방의 인경 소리와 동시에 분류 노도처럼 터진 4천만 형제의 자의에 의해 조직된 '건국 준비 위원회'와 '조선 공산당'을 누가 짓부숴 버렸는지 아십니까?

　미군과 친일 경찰과 테러단 들입니다

---

4)　맹문재, 「적극적 통일의 시학」, 임헌영, 맹문재 엮음, 『이기형 대표시 선집』(작가, 2014), 266쪽.

투옥과

고문과

학살의 연속

순전히 생사람을 잡았지요

조선 임시정부 수립을 토의하던 미소 공동 위원회를 누가 깨뜨렸는지 아십니까?

일본 천황에 굽실굽실 절하던 친일파들과 미국 달러 꾐에 군침이 돈 친미파들이 반탁이라는 구실을 들고 짓부쉈습니다.

이승만의 정읍 발언(井邑發言)을 아십니까?

1946년 6월 3일 이승만은 정읍에서 남한 단독 정부 수립을 공언했습니다

자의에 의한 조국 분단

제주도 4·3봉기

14연대의 여순 항거

6·25의 참사가 교묘하게 빚어졌고

지리산의 피 어린 항쟁을 죽음으로 몰아

분단선은 저들의 속셈대로 더욱 굳어졌습니다

분단선은 38선에만 있는 것은 아닙니다

전라도에도 경상도에도 남한 어디에도 있었습니다

반공이라는 이름으로 칼끝을 내밀고 있었습니다

독재자들은 애당초 총칼로 군림했습니다

입을 틀어막았습니다

귀를 틀어막았습니다

눈을 틀어막았습니다

벌벌 떨어야만 했습니다

굽실굽실 에에 해야만 했습니다

그러나 저

1960년의 4·19의 함성

1979년의 부마 항쟁의 불기둥
1980년의 광주 항쟁의 용광로
쓰라림과 아픔과 뼈저림과 비통의 절정
젊은 꽃들의 잇닿는 투신, 분신의 항거
1987년 6월에 터진 분노한 민중들의 활화산
드디어,
미군은 물러가라고 외친다   (하략)[5]

                                    ―「분단사」부분

1945년 8월 6일과 8일 미국이 일본의 히로시마와 나가사키에 원자 폭
탄을 투하한 결과 도시 전체가 잿더미로 변했다. 이와 같은 상황에서 8일
소련군이 대일전에 참가했다. 소련군은 파죽지세로 한반도에 진격해 13일
청진에 상륙했다. 1945년 8월 15일 12시, 일왕 쇼와 히로히토(昭和 裕仁)가
연합군에 무조건 항복을 선언했다. 전시 상황의 급격한 변화로 인해 미국
은 전략을 한반도에 대한 공격에서 군사적 점령과 일본군의 무장 해제로
수정했다. 이 작업에 참가한 인물이 국무성의 러스크(Dean Rusk) 대령이
었다. 러스크는 소련군이 이미 한반도 동북에 진입해 있는 상황인 데 비해
미국군은 600마일 떨어진 오키나와와 그보다 멀리 떨어진 필리핀에 있었
기 때문에 한반도의 북쪽에서 일본의 항복을 받는 데 한계가 있다고 판단
했다. 러스크는 한반도 내에서 미국이 우위를 점하기 위해서는 점령지에
한국의 수도를 포함시켜 놓는 것이 중요하다고 생각해 38도선으로 분할해
점령할 것을 트루먼 대통령에게 권고했다. 트루먼의 명령을 받은 맥아더
(Douglas MacArthur) 태평양 지역 연합군 최고 사령관은 9월 2일 일본 항

---

5) 생략된 부분은 다음과 같다. "군사독재는 안 된다고 주먹질이다/ 반공은 허위라고 성토
한다/ 자, 분단의 쇠사슬은/ 기어코 끊어야 해/ 온 민중의 힘으로/ 기어코 끊어야 해/ 목
숨을 걸어/ 기어코 끊어야 해/ 찢긴 심성을 바로 잡자/ 잘린 국토를 잇자/ 남북 형제가 다
시 만나/ 아, 태양같이 솟는/ 저 민족민중 통일공화국".

복의 공식 서명과 함께 한반도에서 38도선 이북의 일본군 항복은 소련이, 이남의 일본군 항복은 미국이 접수한다고 포고했다.[6]

이와 같이 우리에게 가장 큰 고통을 안겨 준 남북 분단은 연합국의 제2차 세계 대전 종전 처리 과정에서 이루어졌다. 미국은 원자 폭탄 투하 작전의 성공을 예견하고 있음에도 불구하고 일본군의 전력을 과대평가한 나머지 소련군의 한반도 참전을 권장했을 뿐만 아니라 불필요할 정도로 한국 문제를 양보했다. 또한 미국은 세계 대전 중에 형성된 소련과의 협조가 전후에도 계속되리라고 착각했다. 미국은 단기적이고 군사적인 차원을 넘어 좀 더 장기적인 차원에서 한국 문제에 접근할 필요가 있었던 것이다.

「분단사」의 화자는 미국의 군사적 편의주의에 입각해 한국을 분단시킨 사실을 "딘 러스크와 본 스틸웰이라는 미국 사람을 아십니까?/ 38분단선을 입안한 미국무성의 철부지입니다"라고 고발하고 있다. 실제로 미국의 분단 결정으로 인해 "4천만 형제의 자의에 의해 조직된 '건국 준비 위원회'와 '조선 공산당'"은 "미군과 친일 경찰과 테러단 들"에 의해 무너지게 되었다. "조선 임시정부 수립을 토의하던 미소 공동 위원회"도 "일본 천황에 굽실굽실 절하던 친일파들과 미국 달러 꾐에 군침이 돈 친미파들"에 의해 무너졌다. 그리고 급기야 "1946년 6월 3일 이승만은 정읍에서 남한 단독 정부 수립을 공언했"다. 결국 "타의에 의한 조국 분단"이 "자의에 의한 조국 분단"의 비극을 가져온 것이다. "제주도 4·3봉기/ 14연대의 여순 항거/ 6·25의 참사가 교묘하게 빚어졌고/ 지리산의 피 어린 항쟁을 죽음으로 몰아"넣었을 뿐만 아니라 "분단선은 저들의 속셈대로 더욱 굳어"졌다. 그리하여 "분단선은 38선에만 있는 것은 아"니고 "전라도에도 경상도에도 남한 어디에도 있"게 되었다.

그렇지만 한국의 민중은 결코 죽지 않았다고 작품의 화자는 노래한다. "1960년의 4·19의 함성/ 1979년의 부마 항쟁의 불기둥/ 1980년의 광주 항

---

6) 김학준, 「분단의 배경과 고정화 과정」, 송건호 외, 『해방 전후사의 인식』(한길사, 1980), 66~71쪽.

쟁의 용광로"를 그 예로 들고 있다. "젊은 꽃들의 잇닿는 투신, 분신의 항거/ 1987년 6월에 터진 분노한 민중들의 활화산"도 내세우고 있다. 비록 외세에 의해 분단의 아픔을 겪고 있지만 민족의 주체성을 지키고 있다고, "드디어,/ 미군은 물러가라고 외친다"라고 노래하는 것이다. "군말 말고, 지금 당장/ 미군은 물러가야 합니다"(「삼천리 통일공화국」)라는 이 의식은 깊은 고찰이 요구된다.

3

날 건드리지 마
내 여든여섯 쭈그렁 힘줄도 터질 것만 같아
첫사랑이 깨지던 그날도 이렇진 않았어
못 견딜 그리움 매운 분노 모진 슬픔
끝내는 꿈의 설렘
한 핏줄 형제가 바로 저건데
쉰여덟 해나 지구촌 밖 헤어진 삶이라니
쓸개 창자 다 썩어 문드러진 놈아, 그래도 네가
부끄럼 없이 신사랍시고 고급 양복에 넥타일 매고
점잖스레 싸다닌다냐
정치가 어쩌니 경제가 이러니 예술이 어쩌구저쩌구냐
혹독 세상의 원흉은, 바로
낯선 안방 불청객이다 생사람 잡는 법망이다
썩들 나가라, 단 한마디라도 소리친 적이 있나
당장 없애라, 단 한마디라도 소리친 적이 있나
오늘 우리 땅에 언론인이 있는가 애국자가 있는가
본시 잘났건만 왜 이렇듯 지지리도 못나게 추락했나

긴 피세월 반천반민(反天反民) 교육 탓이다

하루바삐 위천위민(爲天爲民)으로

상생하고 홍익인간으로 돌아가야 하느니

가치 척도가 뒤바뀐 이 땅 분통이 터져 어지러워

6·15 큰 울림 누가 막아 너 나 하나 되는 위대한 꿈이여

뒷산 앞들 오월의 푸르름 가슴 가득히 안고

함께 아리랑을 부르며 백두산 높이 솟았으면

솟았으면

—「함께 아리랑을 부르며」 전문

작품의 화자는 "한 핏줄 형제가 바로 저긴데/ 쉰여덟 해나 지구촌 밖 헤어진 삶"을 살아온 자신의 신세를 한탄하며 통일을 희망하고 있다. 그리하여 "날 건드리지 마/ 내 여든여섯 쭈그렁 힘줄도 터질 것만 같"다고 외친다. "못 견딜 그리움 매운 분노 모진 슬픔/ 끝내는 꿈의 설렘"으로 노래하겠다는 것이다. 화자는 그 일환으로 통일을 가로막는 상대에게 대항하고 있다. "쉰여덟 해"나 통일을 기다렸지만 분단 체제의 심화로 인해 가능성이 줄어들자 더 이상 기다릴 수 없다고 맞서는 것이다. 그리하여 "쓸개 창자 다 썩어 문드러진 놈아, 그래도 네가/ 부끄럼 없이 신사랍시고 고급 양복에 넥타일 매고/ 점잖스레 싸다닌다냐"라고 나무란다. "혹독 세상의 원흉은, 바로/ 낯선 안방 불청객"인데, "썩들 나가라, 단 한마디라도 소리친 적" 없고, "당장 없애라, 단 한마디라도 소리친 적" 없다고 책망도 한다.

작품의 화자가 나무라는 상대는 당연히 친미주의자다. 그는 식민지 속성을 극복하지 못한 채 미국이 주도하는 정책에 순응하고 있다. 화자는 이렇게 된 원인에 대해서 "긴 피세월 반천반민 교육 탓"이라고 진단하고 있다. 국민 대신 미국을 섬기는 교육을 받았기에 민족의 통일을 원하지도 관심을 갖지도 않고 있다고 책망하는 것이다.

따라서 화자는 "6·15 큰 울림"이 필요하다고 제시하고 있다. 2000년 6월

15일 평양에서 김대중 대통령과 김정일 국방위원장이 정상 회담을 통해 발표한 6·15 남북 공동 선언 같은 자세가 필요하다는 것이다. 분단 이후 처음으로 남과 북의 정상이 만나 통일을 향한 인식을 함께한 이 공동 선언의 중심 내용은 우리가 주인이 되어 통일을 이룩하자는 것이었다. 그리하여 이산가족, 비전향 장기수 등에 대한 인도적 문제 해결을 비롯해 정치, 경제, 사회, 문화, 체육 등 제반 분야의 협력과 교류 활성화로 서로의 신뢰를 쌓아 가기로 합의했다. 그리하여 화자는 "한 핏줄 형제가 바로 조긴데/ 쉰여덟해나 지구촌 밖 헤어진 삶"이었기에 억울하지만 통일에 대한 기대감을 가지고 있는 것이다.[7] 이와 같은 자세는 다음의 작품에서도 여실하다.

> 한 독지가가 한 젊은이를
> 10년간 도와줬는데도
> 그가 자립하지 못했다면
> 독지가는 쓸모없는 자식이라고 그를 포기할 것이다
> 한 부자 나라가
> 한 작은 나라를
> 10년간이 아닌 무려 45년간이나
> 군대까지 주둔시켜 가면서 도와줬는데도
> 작은 나라는 여태 자립을 못했다
> 그런데 그 부자 나라가
> 작은 나라를 포기하지 않는다
> 뿐인가, 작은 나라도
> 끝까지 오래오래 더 도와달라고 죽자꾸나 매달린다
>
> 노동자들의 정당한 요구는

---

7) 맹문재, 앞의 글, 271쪽.

육, 해, 공 입체 작전으로 짓부순다
학생들의 성성한 목소리는 최루탄으로 잠재워 버린다

교도소마다 자주와 민주주의와 통일을 외치는
젊은이들의 함성으로 꽉 찼다
어머님,
이런 불행한 아우성의 남녘에
저는 지금 살고 있습니다
어머님을 못 뵈온 지도
손꼽아 보니 벌써 반세기가 되어 갑니다   (하략)[8]
                                     ──「삼천리 통일공화국」 부분

　1943년 11월 27일 이집트의 카이로에서 루스벨트, 처칠, 장제스가 회담을 가진 뒤 공동 선언을 발표했다. 일본은 1914년 이후 태평양 지역에서 탈취한 모든 섬들을 반환해야 하며 만주, 대만, 평후(澎湖) 군도를 중국에 돌려주어야 한다는 것이었다. 그런데 한국의 경우는 국민의 노예 상태에 유의하여 자주독립을 잠정적으로 유보했다. 이러한 결정은 한국 문제에 대한 루스벨트의 신탁 통치안이 반영된 것이었다. 이 신탁 통치안은 11월 28일 이란의 테헤란에서 열린 루스벨트, 처칠, 스탈린의 회담에서 다시 논의되었다. 루스벨트가 한국은 완전한 독립을 얻기 전에 약 40년간의 수습 기간

---

8)　생략된 부분은 다음과 같다. "어머님은 올해로 아흔넷이지요/ 깡마른 주름살이 시간을 저미는 가물가물한 기력이/ 짠 눈물 속에 선합니다/ 이 아들도 일흔네 살/ 흑발이 백발이 되었고 동안이 노안이 되었지요// 베를린 장벽이 무너지던 날/ 삼팔 장벽도 무너지기를 얼마나 기다렸던가요// 하지만, 아직은/ 지구 밖 캄캄한 단장의 밤입니다/ 저는 옷깃을 여미고 비로 앉아/ 빼앗긴 세월을 목 놓아 부르며/ 소국 통일의 시를 엮습니다/ 군말 말고, 지금 당장/ 미군은 물러가야 합니다/ 삼팔 장벽은 허물어야 합니다/ 그날, 저는 어머님을 덥석 업고/ 삼천리를 춤추며 돌 것이요/ 남북 이산가족은 와아아 얼싸안고/ 왈칵 울음바다를 이루겠지요// 아, 정녕 그날이여// 대망의 삼천리 통일공화국 만세!"

이 필요하다고 의견을 내자 스탈린도 동의했다. 이와 같은 논의는 1945년 2월 우크라이나의 얄타에서 열린 미국, 영국, 소련의 회담에서도 계속되었다. 루스벨트는 영국, 중국, 소련의 대표로 구성된 한국 신탁 통치안을 제안하자 외국군이 한국에 주둔하지 않는 조건으로 스탈린이 동의했다. 일본이 거의 패망한 상황에서 루스벨트의 재촉에 의해 소련군의 극동전 참가가 약속된 이 회담은 한국에 대한 소련의 이권을 주장할 수 있는 빌미를 주었다. 1945년 7월 연합국의 마지막 회의였던 독일의 포츠담 회담에서도 미국, 영국, 소련이 한국의 장래에 대해 논의했다. 그렇지만 이때까지도 명시적인 설계를 마련하지 못했다. 연합국은 카이로 선언 이후 적절한 시기에 한국을 독립시킬 것을 약속했지만 그들이 합의했던 신탁 통치에 대해 아무런 준비도 하지 않았다. 특히 미국의 경우 신탁 통치를 제안했으면서도 구체적으로 합의안을 마련하지 못하고 있었다. 그러다가 스스로 불러들인 소련군이 한반도에 진입한 것을 본 뒤 38선의 분할을 결정했다. 분단 이후에도 미국 정부와 서울에 주둔한 미군정 간의 협조가 제대로 이루어지지 않고 혼란이 지속되어 통일을 저해하는 요인이 되었다.[9)]

한국의 분단에는 소련의 책임 또한 묻지 않을 수 없다. 소련은 한국의 통일 민주주의 정부 수립을 노골적으로 방해했다. 소련군은 1945년 8월 24일 평양에 입성한 뒤 북한의 소비에트화를 추구했다. 소련군이 진주하기 이전에 조만식을 중심으로 한 민족주의 세력들이 실질적인 정부의 역할을 수행하고 있었지만 소련이 군사력을 동원해 제거했다. 그 대신 김일성을 앞세운 공산당 단독 정권 수립을 통해 소비에트화를 이루었다. 미국은 미소 점령 정책에 의해 한반도의 분단이 고정되는 것을 타결하려고 1945년 12월 16일 모스크바에서 영국, 소련과 함께 회의를 가졌다. 그리고 한국 민주 임시 정부 수립을 위해 미소 점령군 사령부의 대표로 구성되는 공동위원회를 설치하고, 정치적 경제적 사회적 진보와 민주적 자치의 발

---

9)   김학준, 앞의 책, 66∼97쪽.

전 및 국가적 독립의 달성을 위해 협력하고 원조한다고 합의했다. 그렇지만 이 협정은 실현 가능성이 크지 않았다. 미국과 소련은 동구의 문제를 둘러싸고 불화가 고조되고 있었고, 미국은 자신의 지지 세력인 우익 진영이 신탁 통치를 격렬하게 반대하자 남한에서의 탁치안을 포기한 반면 소련은 지지 세력의 확보를 위해 친탁 운동을 전개하고 있었기 때문이다. 그리하여 1946년 1월 16일 미소공동위원회의 예비 회담, 3월 20일 1차 미소공동위원회, 1947년 5월 21일 2차 미소공동위원회 등이 개최되었지만 결렬될 수밖에 없었다.[10]

위의 작품은 미국에 의한 한국의 신탁 통치 상황을 여실하게 보여 주고 있다. "10년간이 아닌 무려 45년간이나/ 군대까지 주둔시켜 가면서 도와" 주었지만 "작은 나라는 여태 자립을 못"하고 있는 것이다. 그 이유는 "그 부자 나라가/ 작은 나라를 포기하지 않"기 때문이다. 미국은 정치적 경제적 문화적인 면 등 다양한 차원에서 한국으로부터의 이익을 포기할 수 없다. 뿐만 아니라 한국 내의 친미주의자들이 미국에 "끝까지 오래오래 더 도와달라고 죽자꾸나 매달"리고 있기에 독립을 이루지 못하고 있다. 친미주의자들은 자신의 정책에 비판하거나 동의하지 않으면 가차 없이 탄압한다. 가령 "노동자들의 정당한 요구는/ 육, 해, 공 입체 작전으로 짓부"수고 "학생들의 싱싱한 목소리는 최루탄으로 잠재워 버"리는 것이다. 그리하여 "교도소마다 자주와 민주주의와 통일을 외치는/ 젊은이들의 함성으로 꽉" 차 있다.

작품의 화자는 그 극복 방안으로 이산가족인 "어머니"를 찾는다. "어머님,/ 이런 불행한 아우성의 남녘에/ 저는 지금 살고 있습니다/ 어머님을 못 뵈온 지도/ 손꼽아 보니 벌써 반세기가 되어 갑니다"라고 현재의 안타까운 상황을 호소하며, 비록 통일의 전망이 보이지 않지만 좌절하거나 포기하지 않고 "옷깃을 여미고 바로 앉아/ 빼앗긴 세월을 목 놓아 부르며/

---

10) 위의 책, 96~97쪽.

조국 통일의 시를 엮"겠다고 다짐하는 것이다. "미군은 물러가야" 한다고
외치는 것이다. 그렇게 되어야만 "어머님을 덥석 업고/ 삼천리를 춤추며
돌 것"이라고 기대하고 있다.

　우리가 통일을 이룩해야 하는 이유는 당위적인 측면과 현실적인 측면이
있다. 같은 민족이기 때문이라거나 이산가족의 고통 해소를 위해서라면
전자에, 전쟁의 위협을 해소하기 위해서라거나 선진국으로 도약하기 위해
서라면 후자에 해당된다. 2016년 현재 국민들 중에서 통일이 되어야 하는
이유로 '같은 민족이니까'로 응답한 경우는 38.6퍼센트, '이산가족의 고통
을 해결해 주기 위해'는 11.8퍼센트로 전체 50.4퍼센트가 당위적인 측면에
서 통일을 바라고 있다. 이에 비해 '전쟁 위협을 없애기 위해'로 응답한 경
우는 29.8퍼센트, '한국이 보다 선진국이 되기 위해'는 14.2퍼센트로 전체
44.0퍼센트가 현실적인 측면에서 통일을 바라고 있다. 이외에 '북한 주민
도 잘살 수 있도록'에 응답한 경우는 5.0퍼센트인데, 당위적인 측면과 현실
적인 측면이 모두 포함되어 있다. 이와 같은 결과를 보면 통일을 해야 하
는 이유로 '같은 민족이니까'를 꼽은 국민이 50.7퍼센트였던 2007년에 비
해 그 비율이 계속 감소하고 있지만 여전히 당위적인 차원의 통일 담론이
우세하다고 볼 수 있다. '전쟁 위협을 없애기 위해' 통일을 해야 한다는 의
견은 2007년 19.2퍼센트에서 계속 증가하고 있는데, 지난 10년간 보수적인
정권이 북한의 도발에 대응해 제재를 강화하거나 남북 관계를 단절시켜
긴장감이 고조된 면이 반영된 것이다.[11] 따라서 현실적인 차원의 통일 담
론을 포함하는 당위적인 차원의 통일 담론을 통일 정책의 방향으로 설정
할 필요가 있다.

---

11)　서울대 통일평화연구원, 앞의 책, 34~36쪽.

4

역마다 백두산 표를 안 팔아

나만 미쳤다고 쑥덕인다

과연 누가 미쳤나

흑발이 백발이 되도록

귀향 표를 사려는 놈이 미쳤나

기어이 못 팔게 하는 놈이 미쳤나

그럼, 나는 간다

미풍 같은 요통엔 뻔질나게 병원을 드나들어도

조국의 허리통엔 반백 년 동안 줄곧 칼질만 해 대는

저놈을 메다꽂고

걸어서라도 날아서라도

내 고향이 옛날처럼 날 알아보게시리

하얀 머리는 까맣게 물들이고

얼굴 주름은 펴고

아리고 찢어지는 가슴 쓰다듬으며 나는 간다

걸어서라도 날아서라도

　　　　　　　　　　　　　　　　　　—「나는 간다」 전문

　"역마다 백두산 표를 안" 파는 것이 엄연한 오늘의 분단 상황이다. 미국과 소련이 고착화시켜 놓은 38선이 가로막고 있기 때문에 더 이상 갈 수 없는 것이다. 그렇지만 작품의 화자는 백두산으로 가려고, 다시 말해 분단된 현실을 넘어서려고 한다. 이에 분단 상황을 옹호하거나 방관하는 사람들이 "미쳤다고 쑥덕인다." 화자는 이와 같은 상황에 대해 "과연 누가 미쳤나/ 흑발이 백발이 되도록/ 귀향 표를 사려는 놈이 미쳤나" 아니면 "기어이 못 팔게 하는 놈이 미쳤나"라고 반문하며 맞선다. 화자의 이러한 자세는 주목할 만하다. 원래 한국은 같은 민족의 나라였기에 38선 너머로 못 갈 이유가 없는 것이다. 그리하여 화자는 "나는 간다"라고 당차게 나선다. "아리고 찢어지는 가슴 쓰다듬으며", 즉 분단으로 인해 고향을 가지 못한 슬픔과 안타까움과 분노 등을 풀고 가겠다는 것이다. 화자의 그 의지는 "걸어서라도 날아서라도" 가겠다고 할 정도로 강하다. 그만큼 "고향이 옛날처럼 날 알아보게" 하고 싶다는 희망은 절실한 것이다.

이와 같은 면은 "영하 10도 맵찬 거리를 걸어도/ 난 춥지 않다/ 통일의 길목에서 네가 풍겨 보내는 열도로/ 미수 나이는 도망갔다"(「들불」)라거나, "끝은 곧 또 다른 시작/ 나는 뒤돌아 달린다/ 북단을 향해/ 달림을 시작했다"(「토말(土末)에서」)라는 데서도 볼 수 있다. "돌아가고야 말리// 내 고향으로/ 내 옛집으로"(「임진강」)라거나, "첫째도 통일 둘째도 통일 셋째도 통일입니다./ 남북 7천만이 굳게 손잡고 어깨 걸고 나아갑시다"(「분단 악귀 물렀거라」)라는 노래에서도 마찬가지이다. 그러므로 "나는 이제부터 시작이다/ 통일과 무관한 시를/ 나는 시로 인정하지 않는다/ 우리 민족 최고의 과제는 통일이 아닌가/ 겨레는/ 시대는/ 통일의 절창을/ 요구한다/ 분단이 종언을 고할 때까지/나는 나이에 관계없이 죽지 않고/ 시필(詩筆)을 멈추지 않을 것이다"(「여든네 살의 선언」)라는 다짐은 결연하기만 하다.

한국의 분단은 강대국들의 정치적 이해관계에 의해 이루어졌기 때문에 통일을 추구하는 데도 그들의 이해와 협조가 필요하다. 특히 일본, 미국, 중국, 소련 등은 한반도의 분단 상황이 유지되기를 바라고 있다. 통일된 한국의 미래에 대해 불안감을 가지고 있는 것이다. 남북한이 통일되면 세계 190개 국가 중에서 면적은 78위, 인구는 12위, 국민총생산은 11위를 점하게 되며, 군사력도 주변국들과 비견할 수 있을 정도가 된다. 주변국들은 한국이 각국에 적대적인 세력으로 발전하거나 동북아시아를 지배하는 강국으로 부상할 가능성을 우려한다. 우리는 이와 같은 정세를 인지하고 남북 간의 교류와 협력을 활성화하여 평화공존을 제도화하는 방향으로 통일을 추진해야 한다. 주변 국가들이 한국의 통일에 관한 당위성과 불가피

성을 인정하도록 사실상의 통일 상태를 구현해야 하는 것이다.[12]

그렇게 하기 위해서는 우리 스스로 통일에 대해 적극성을 띠어야 한다. 비록 한국의 분단이 제국주의 국가들의 정치적 이해관계에서 비롯된 것이지만, 스스로의 역량이 부족했던 것도 사실이다. 해방기는 미소가 냉전 체제로 고착화되기 이전이었기 때문에 우리가 단결했으면 통일을 이루었을 것이다. 60년 이상 분단 체제가 지속되고 있는 현재의 상황에서도 마찬가지이다. 분단된 현재의 상황을 안정적이라거나 이익이 된다고 생각하는 안일함을 반성하고 극복해야 한다.

일부에서는 우리의 통일이 임박했다거나 어느 날 도둑처럼 올 것이라고 주장한다. 그러나 이러한 주장은 정치인들이 국민을 속이는 것에 불과하다. 2016년 현재 국민들 중에서 통일이 '5년 이내'에 가능하다고 응답한 경우는 4.0퍼센트, '10년 이내'에 가능하다고 응답한 경우는 14퍼센트에 불과하다. 이에 비해 '20년 이내'에 가능하다고 응답한 경우는 25.1퍼센트, '30년 이내'는 15.2퍼센트, '30년 이상'은 17.9퍼센트이다. 통일이 '불가능'하다고 응답한 경우도 24.4퍼센트나 된다. 따라서 우리의 통일 정책은 장기적인 전망을 가지고 단기적인 전략을 마련해야 할 뿐만 아니라 정권 교체와 상관없이 일관되게 추진되어야 한다.[13]

이와 같은 상황에서 "저는 통일되기 전에는 죽지 않겠다고 강한 의욕을 가지고 있어요. 4000만 민족 모두가 저와 같이 통일을 원하고 있다면 더욱 빨리 이루어지겠지요. (중략) 일상생활이 통일과 연관되어야 합니다."[14]라는 자세로 통일을 노래한 이기형의 시들은 주목된다. 통일을 원하는 의식이 점점 감소하는 우리 사회를 반성시키는 동시에 통일의 필요성을 자각시키는 것이다. 통일은 우리에게 경제적 면을[15] 비롯해 많은 이익을 가

---

12) 김경웅 외, 『통일 문제 이해』(통일교육원, 2000), 67~71쪽.(비매품)
13) 서울대 통일평화연구원, 앞의 책, 41~44쪽.
14) 맹문재, 『순명의 시인들』, 26쪽.
15) 실제로 한국의 통일은 경제적 이익을 가져온다. "통일이 한국 경제 성장을 늦출 것이고

져오기도 하지만 민족의 분단을 해결하고 인류의 보편적 가치를 실현하는 토대를 마련하는 것이기에 당위적인 차원에서도 필요한 과제이다.

한국의 생활 수준을 떨어뜨릴 것이라는 생각은 아주 잘못된 것이다. 독일 통일에서 배울 교훈이 있지만 이 교훈에는 통일이 반드시 아주 비용이 많이 들며 더 부유한 쪽의 경제 성장을 둔화시킨다는 내용은 없다. 한반도라는 아주 다른 경제적 환경에서, 통일은 한국의 지속적인 경제 발전에 저해가 되기보다는 경제 성장을 가속화하기 위한 도구로 사용될 수 있다. 통일은 사실상 한국이 현재의 경제적 성공을 유지하고 현재의 몇몇 문제들을 해결하는 데 반드시 필요한 원동력이다." 레스터 C. 서로, 강승호 옮김, 『경제 탐험: 미래에 대한 지침』(이진출판사, 1999), 165~166쪽.

제1주제에 관한 토론문

고명철 | 광운대 교수

1

'이기형 시의 통일 지향과 전망'이란 주제의 발표를 들으면서 그동안 주마간산 격으로 알고 있는 이기형 시인의 삶과 시 세계를 관통하고 있는 문제의식을 보다 뚜렷이 인식할 수 있었습니다. 흔히들 이기형 시인을 언급할 때마다 '통일 시인'이란 수식어가 동반되는데, 이 수식어가 괜한 분식(粉飾)이 결코 아니라는 것을, 이기형 시인의 시집 속에서 만날 수 있었습니다. 발표자가 글의 서두에서 이기형 시인의 말을 빌렸듯이, 날이 갈수록 통일에 대한 감각과 사회적 인식이 둔감해지는 저간의 현실 속에서 이기형 시인의 삶과 시 세계를 함께 얘기하고 그 과정에서 허심탄회한 논의들이 이어질 때 말 그대로 통일 관련 문제의식은 보다 중요롭고 풍요로워질 것입니다.

따라서 저의 토론은 이기형 시인에 대한 발표자의 전반적 견해에 큰 이견(異見) 없이 공감하는 입장에서, 이기형 시인에 대해 다른 논자들보다 폭넓고 깊은 관심을 갖고 있는 발표자에게서 이번 발표에 관련한 몇 가지 사항을 보충적으로 듣고 싶습니다.

2

발표자는 시인의 1주기를 맞아 그동안 그가 발표한 600여 편의 시에서 100편을 엄선하여 『이기형 대표시 선집』(2014)을 선후배와 함께 간행하였습니다. 이 선집은 시인이 발간한 시집의 연대기순, 즉 통시적 구성에 따르고 있어 이기형 시인의 전반적 시 세계를 살펴보는 데 매우 긴요하다고 생각합니다. 특히 통시적 구성이 갖는 특장(特長)에 의해 시인의 첫 시집 『망향』(1982) 이후 한국현대사의 흐름 속에서 그의 시적 주제가 어떻게 드러나고 있는지를 잘 이해할 수 있습니다. 여기에 이번 발표자의 발표가 더해지면서 이기형 시인의 시 세계의 핵심을 이루고 있는 '통일'의 시적 성취를 성찰할 수 있습니다. 이와 관련하여 부연 설명을 듣고 싶은 점이 있습니다. 일반적으로 최량(最良)의 시를 쓰는 시인이라면 자신이 집요하게 추구하는 시적 주제가 '반복과 차이'를 통해 동일한 주제를 반복·재생산하는 데 자족하지 않고, 끊임없는 '파괴와 창조'의 고투 속에서 '자기 혁신'과 '자기 갱신'의 시의 경계로 자신을 밀어붙입니다. 저는 이기형 시인 역시 이와 같다고 생각합니다. 그래서 드리는 질문입니다. 이기형 시인과의 대담과 이기형 선집의 발간 경험, 그리고 이번 발표를 준비하는 과정 속에서 이기형 시인의 '통일'의 시적 성취에 대한 구체적 특징이 새롭게 포착된 점이 있다면 어떤 것인지요? 이것은 좁게는 이기형의 통일 시 세계에 대한 과학적 이해를 돕고 넓게는 그러한 시 세계를 구축하는 도정에서 벼려진 이기형 시인의 통일에 대한 웅숭깊은 인식을 매개로 우리 시대의 통일에 대한 공부를 한층 진전시키기 위해서입니다.

이와 관련하여 발표자도 주목하듯이 이형기의 「분단사」는 논의할 거리가 풍부한 시입니다. 저는 「분단사」를 곰곰 음미해 보았습니다. 특히 해방 직후 몽양 여운형이 주도하여 조직한 '건국준비위원회' 활동이 미군정과 재등용된 친일 협력 세력에 의해 철저히 파괴될 뿐만 아니라 미소공동위원회가 파기되면서 반탁이라는 정치 명분으로 남한만의 단독 정부가 수립된 데 대한 시인의 비판적 성찰은 의미심장합니다. 이기형 시인이 몽양 여운형의 평전을 집필한 데서 알 수 있듯, 시인이 몽양을 정신적 지도자로 모셔 온 것은 익히 아는 사실입니다. 혹시 발표자는 이기형 시인의 통일 관련 시 세계를 몽양의 정치적 이념 및 실천과 관련해서 생각해 본 것은 없는지요? 해방 공간에서 비운의 죽음을 맞이한 몽양 여운형이 편협한 민족주의와 거리를 두고 좌우 합작과 남북 협상 전략을 통해 분단을 극복하고자 한 것을 상기해 볼 때, 이기형 시인이 몽양의 정치적 이념 및 실천과 전혀 무관할 수 없다는 생각이 들기 때문입니다. 물론 이기형 시인의 시 세계를 몽양과의 영향 관계로 수렴시키는 것은 응당 경계해야 합니다. 하지만 조심스레 타진해 봐야하는 이유는 해방 공간에서 몽양의 정치를 민족주의, 특히 좌파 민족주의와 쉽게 결부시킬 수 없듯, 이기형의 통일시를 저항적 민족주의로 쉽게 단정 지어서는 곤란하다는 문제의식 때문입니다.

이러한 기왕의 문제의식을 좀 더 진전시켜 볼 필요가 있습니다. 저는 통일 관련 문제를 생각할 때마다 근본적인 질문을 던져 보곤 합니다. 우리가 추구해야 할 통일의 성격은 무엇일까. 통일된 세상은 구체적으로 어떤 정치체(polity)로 현상될까. 몽양이 해방 공간에서 '건국준비위원회'를 꾸려 만들고자 한 정치체는 과연 어떠한 것이었을까. 구미 중심주의에 기반을 둔 근대 내셔널리즘 국가였을까. 아니면 이미 두 차례에 걸친 세계대전의 지옥도(地獄圖)를 목도했으므로 그러한 근대 내셔널리즘 국가와 다른 정치체를 기획했을까. 이러한 질문을 다시 던져 보는 데에는, 안타깝게도 이기형의 시에서 드러나는 통일의 성격이 38도선 이북에 둔 어머니와 아내 및 고향에 대한 그리움, 분단을 획책한 부정한 정치 세력에 대한 증오와 비판의 파토스 등 다소 낭만적이며 감상적 상태에 머물러 있는 것으로 보이기 때문입니다. 말하자면 통일의 성격과 통일의 과정 속에서 과감히 시로서 '상상'해야 할, 그래서 현실의 비루한 정치를 훌쩍 비월하는 '통일시의 정치학'이 성글어 보입니다. 발표자도 힘주어 강조하고 있듯, "현실적 차원의 통일 담론을 포함하는 당위적인 차원의 통일 담론을 통일 정책의 방향으로 설정할 필요가 있는 것"을 시의 맥락으로 바꿔, '통일시의 정치학'을 튼실히 그리고 담대히 실천할 것을 요구합니다. 결코 쉽지 않은 시적 과제입니다. 이 문제에 대한 발표자의 생각을 듣고 싶습니다. (참고로, 재일 조선인 시인 김시종(金時鐘, 1929~)이 추구해 온 분단 극복과 통일 관련 시들에서 '통일시의 정치학'을 성찰해 보곤 합니다.)

3

끝으로, 저간의 한국 시에서 답보 상태에 머물러 있는 분단 문제 인식과 통일 관련 시적 인식을 개선하기 위해 시인들은 한반도의 민족 문제를 포함한 통일 문제를 다층적 차원에서 심도 있게 공부해야 할 것입니다. 이기형 시인은 "일상생활이 통일과 연관되어야 합니다."라고 한바, 이 말의 안팎을 촘촘히 그리고 치열하게 이해하고 우리의 삶 속에서 구체적 실천으로 전화시켜야 할 것입니다. 저는 이기형 시인을 '한반도의 통일' 시인으로만 가둬 놓을 게 아니라 이 세상에서 찢기고 해어진 채 훼손되어 상처투성이가 된 유무형의 존재들을 근원적으로 치유해 주는 보다 높은 차원의 '통일 시인'으로 새롭게 이해할 것을 과제로 남겨 두면서 토론을 마칠까 합니다.

이기형 생애 연보

1917년	11월 11일(음력 9월 27일), 함경남도 함주군 천서면 신흥리 39번지에서 이배엽과 박예부 사이의 외아들로 태어남. 집안은 대대로 산지기였고, 두 살 때 아버지가 돌림병으로 타계함.
1923년(7세)	마을 서당에서 천자문, 무제시, 계몽편을 수학. 이후 신식 서당에 들어가 한글, 산술, 일본어를 배움.
1927년(11세)	4년제 사립 홍선학교에 3학년 2학기로 편입. 한글을 독파하여 국문소설 「춘향전」, 「심청전」, 「장화홍련전」 등을 마을 어른들에게 들려줌.
1929년(13세)	홍선학교 4학년 졸업. 이후 2년간 외삼촌을 도와 농사일을 거들며 야학당에 다님. 야학에서 이성환의 『현대 농민 독본』을 배움. 야학 교사의 권유로 어느 여름날 비구니 사찰인 환희사에서 열린 반일 독립 웅변대회에 함주군 4개 면의 수백 명 청년들과 함께 참가함. 이날 식민지 현실에 반감을 가지게 됨. 외삼촌의 주선으로 보통학교 5학년에 편입함.
1933년(17세)	보통학교 6학년 졸업 후 항일 학생 운동으로 유명한 5년제 함흥고보(함남중학)에 수석 합격. 입학식 때 신입생 대표로 선서함. 함흥고보 출신으로 가까이 지낸 선배는 카프 소속 소설가 한설야, 김흥수 화백, 이장호 감독의 부친 이재형 등이 있음. 2학년 때 일본인 담임 선생에게 발대+를 하여 성학 저분을 받음. 러시아의 대표적 문예비평가이자 사상가인 비사리온 벨린스키에 심취함. 그의 평론을 접하면서 일제 치하 민중

의 삶과 문학의 역할에 관심을 가짐. 함흥에서 인쇄소를 운영하면서 장편 『황혼』 등을 쓴 한설야와 유물변증법적 관점에서 최초로 『조선 역사』를 쓴 함흥 출신 역사학자 문석준을 자주 찾아감.

1938년(22세) 함흥고보 졸업 후 만주 봉천의 광산 기술원 양성소에 입사하나 일본인을 위해 지하 수백 미터 갱도에서 일해야 한다는 사실에 가책을 느껴 1주일 만에 퇴사함. 이후 서울에서 3개월 동안 금융 조합 강습을 받음. 늦여름 춘원 이광수를 찾아 조선의 독립 문제를 주제로 2박 3일간 토론함. 춘원의 내선일체론에 실망과 배신감을 느낌. 가을 성북동의 만해 한용운을 찾아감. 만해의 지사적 절개에 감명했으나 가난과 병중 생활에 연민을 느낌. 이후 문석준의 소개로 몽양 여운형을 만나 그의 지도자론에 큰 감화를 받음. 금융 조합 강습 과정이 끝나고 함흥 금융 조합에 입사했으나 일본인 밑에서 돈 계산으로 일생을 바친다는 것에 회의를 느껴 1개월 만에 퇴사함. 늦가을에 서울행을 결심함. 이때 한설야를 통해 소설가 이기영과 시인 임화를 만나 보라는 당부를 받음. 서울에 와서 임화, 박세영, 지하련, 이기영, 이태준 등과 만나 조선의 독립과 문학의 역할을 모색함.

1939년(23세) 도쿄로 건너가 신문 배달로 생계를 유지하다가 여름에 함흥으로 귀향. 장진강 수력 발전소에 취직함. 그즈음 단편 소설 「귀향」을 창작, 가방에 넣고 다니던 중 서함흥 주재소 순사의 불심 검문으로 체포됨. "고향으로 돌아가는 것이 마치 호랑이 아가리로 들어가는 것 같다."는 소설 표현을 문제 삼아 함흥 경찰서 유치장에 구류 처분됨. 이때 유언비어 유포 혐의로 체포된 한설야를 만나 유치장에서 함께 생활함. 유치장에서 한 달 만에 석방된 후 외삼촌의 권유로 함흥부청 내무부 권업계에 1년간 근무함.

1941년(25세)　도쿄의 니혼 대학(日本大學) 예술부에 입학함. 도쿄에 체류하면서 조선 유학생들을 규합하고 인재 양성에 힘쓰던 몽양 여운형을 자주 찾아감.

1942년(26세)　12월 초, 몽양을 찾아가 독립 투쟁을 위해 중국으로 가겠다는 의사를 피력함. 12월 하순, 학업을 포기하고 몽양의 친필 명함 소개장을 갖고 중국으로 감. 압록강, 단동, 만주 봉천, 산해관, 천진을 거쳐 섣달 그믐날에 베이징에 도착. 그곳에서 연안의 독립군을 찾아 나섰지만 뜻을 이루지 못하고 귀국함.

1943년(27세)　함흥으로 귀향하여 염운구, 김석훈, 이영필 등을 지도하며 지하 항일 운동을 전개함. 일명 지하 협동단 사건, 학병 거부 사건으로 수차례 피검돼 1여 년간 복역함. 1944년 여름, 일제의 강제 징용을 피하기 위해 박흥식이 안양에 설립한 조선 비행기 회사에 취직함. 가까스로 징용을 면함.

1945년(29세)　8월, 해방 후 2년 동안《동신일보》정치부 기자를 거쳐《중외신보》의 사회부 기자로 일함. 10월 18일,《동신일보》기자로 우남 이승만과 하지 중장을 인터뷰함. 임시 정부 김구 주석과 임정 요인들, 박헌영, 김삼룡, 이주하 등도 만남. 특히 조선건국준비위원회(건준)의 활동과 좌우 합작 운동에 공감하여 몽양의 계동 자택을 수시로 방문함.

1947년(30세)　1월, 북조선에서 처음 실시된 인민 위원회 선거(1946년 11월)에 착안하여 북조선 내각 기관지《민주조선》에 시「선거」를 발표함. 박팔양 시인으로부터 '민중 문화 시의 표본'이라는 찬사를 받음. 7월 19일 정신적 지도자로 모셔 온 몽양이 서울 혜화농 로터리에서 암살낭하사 큰 충격을 받고 월북을 단행함. 박팔양 시인이 편집국장으로 있는 평양《민주조선》의 정치부, 사회부 기자로 5년간 일함.

1950년(34세)	한국 전쟁이 발발하자 취재와 작품 소재를 구하고자 6월 27일 남한행. 친구 2명과 목포까지 갔다가 정읍을 거쳐 전주로 향하는 도중 미군의 무차별 사격으로 친구들이 모두 피살됨. 이후 빨치산을 만나 지리산으로 들어감. 미군의 인천 상륙 작전 이후 국군 26연대의 대대적인 토벌 작전으로 생포돼 수감됨. 석방 이후 일체의 사회 활동을 중지하고 호구지책으로 구멍가게, 학원 강사, 일어 번역, 학생 과외, 포장마차 등으로 생계를 이어 감.
1960년(44세)	첫 만남 때부터 각별한 동지적 관계였던 방현주와 결혼함.
1961년(45세)	아들 휘건 태어남.
1980년(64세)	'서울의 봄' 무렵 김규동, 남정현, 김병걸, 신경림, 백낙청, 양성우, 이시영 등 여러 문인들과 교류하며 문학의 정열을 불태우기 시작함. 분단 조국하에서 시를 쓰지 않겠다고 절필한 마음을 바꿔 분단 상황을 극복하는 데 문학이 일조할 수 있다는 생각으로 창작 활동을 재개함.
1982년(66세)	6월, 첫 시집 『망향』을 조태일 시인이 운영하던 '시인사'에서 간행함.
1983년(67세)	신경림 시인의 권유로 여운형 전기 집필에 착수. 월간 《정경문화》 3월호부터 5개월간 「인간 여운형에의 기행」을 분재함. 《실천문학》 제4권에 「파문」, 「단풍」 등 5편의 시를 발표함. 12월, 시 무크 《민의》 제2집에 「동물원에서」 외 2편의 시를 발표함.
1984년(68세)	5월, 《정경문화》에 연재된 원고를 보강하여 전기 『몽양 여운형』(실천문학사)을 출간함. 12월 19일 자유실천문인협의회 재창립 회원으로 참여함.
1985년(69세)	3월, 제2시집 『설제(雪祭)』(풀빛출판사)를 출간함. 핸도르 포가니의 『헝가리 전래 동화』(웅진출판)를 번역함.
1987년(71세)	3월, 김규동, 고은, 신경림, 문병란, 조태일, 김준태 등 시인 12

명의 고향을 답사한 기행문인『시인의 고향』(우일출판사)을 출간함. 9월 17일 창립된 민족문학작가회의 회원으로 참여함.

1988년(72세)	12월, 실록 연작시집『지리산』(아침출판사)을 출간함. 이듬해 7월 11일, 이 시집으로 국가보안법 필화 사건에 연루돼 불구속 기소. 정동익 출판사 대표는 구속됨. 대법원에서 징역 1년, 집행 유예 2년 확정 판결을 받음. 12월 23일에 창립된 한국민족예술인총연합(민예총) 고문으로 추대됨. 전기『여운형』(창작과비평사)을 간행함. 이토 세이의『소설의 방법과 인식』(보성사)를 번역함.
1989년(73세)	10월, 장편 서사시『꽃섬』(눈출판사)을 출간함.
1990년(74세)	1월, 민족문학작가회의 정기 총회에서 고문으로 추대됨.
1991년(75세)	7월, 창립된 몽양 여운형 선생 기념사업회 고문으로 추대됨. 9월, 시집『삼천리 통일공화국』(황토출판사)을 출간함.
1993년(77세)	3월,『몽양 여운형』의 증보판으로『여운형 평전』(실천문학사)을 출간함. 전기『도산 안창호』(두손미디어)를 출간함.
1994년(78세)	평화와통일을위한연대회의, 조국통일범민족연합(범민련) 고문으로 추대됨. 아츠지 테츠지의『한자의 수수께끼』(학민사)를 번역함.
1996년(80세)	12월, 시집『별꿈』(살림터)를 출간함.
1999년(83세)	4월혁명 30주년을 기념하여 사월혁명회가 제정한 사월혁명상 수상. 6월 12일, 아들 휘건 윤석희와 결혼.
2000년(84세)	10월, 통일 명시 100선 감상집인『그날의 아름다운 만남』(살림터)을 출간함. 손녀 채현 태어남.
2001년(85세)	12월, 시집『산하단심(山河丹心)』(삶이보이는창)을 출간함.
2003년(87세)	10월, 시집『봄은 왜 오시 않는가』(삶이보이는창)를 출간함. 둘째 손녀 현서 태어남.
2004년(88세)	10월 17일, 창립된 한국문학평화포럼 고문으로 추대됨.

2005년(89세)	1월, 국회도서관 강당에서 열린 국가 폭력 피해자 증언 대회에서 '몽양 여운형 선생의 저격 사건'에 대해 증언함. 7월 20일부터 25일까지 북한의 평양, 백두산, 묘향산에서 개최된 '6·15 공동 선언 실천을 위한 민족작가대회'의 남측 대표단 일행으로 참가함.
2006년(90세)	3월, 한국문학평화포럼 고문으로 평택 대추리 미군 기지 인근에서 개최된 대추리 문학 축전에 참가함. 5월 24일, 한국문학평화포럼, 민족문학작가회의, 한국문협, 민예총, 예총 등 6개 문화예술단체가 참가한 '대한민국 독도 문화 예술 축전'에 최고령 문화 예술인으로 참가함. 맨 처음 태극기를 들고 입도함.
2007년(91세)	1월, 시집 『해연이 날아온다』(실천문학사)를 출간함. 11월 10일, 한국문학평화포럼 주최로 열린 '단재 신채호 문학 축전'에서 시 「큰 별 애국자의 발자취를 더듬어」를 낭송함. 12월 27일 창작21작가회가 주최한 '효순이 미선이 추모 문학제'에서 추모시 「눈물의 절창」을 낭송함.
2008년(92세)	12월, 시집 『절정의 노래』(들꽃출판사)를 출간함.
2009년(93세)	11월 14일, 창작21작가회가 주최한 '상허 이태준 추모 문학제'에서 통일시 「분단 아리랑」을 낭송함. 바른정치실현시민연대 상임공동대표로 추대됨.
2011년(95세)	이소리 시인과 가진 특별 인터뷰 「빨치산 시인 이기형 — "나는 조선의 벨린스키가 되고 싶었다"」를 《신동아》 12월호에 게재함.
2013년(97세)	6월 12일, 감기가 폐렴으로 번지면서 타계함. 13일 서울성모병원 장례식장에서 '민족 시인 이기형 선생 통일 애국장'(장례위원장: 권오헌 오종렬 이규재 이부영 이시영. 호상: 남정현 이중기)을 엄수하고, 14일 오전 8시 발인 후 경기도 파주 동화경모공원에 안장됨.

2014년	6월, 임헌영·맹문재 엮음으로 대표시 100편을 모은 『이기형 대표시 선집』(작가)을 출간함. 6월, 12일 한국불교역사문화기념관 공연장에서 '통일 시인 이기형 1주기 추모 모임 및 『이기형 대표시 선집』 출판 기념회를 가짐. 여름 《창작21》에서 '통일시인 고 이기형 추모 특집'을 마련함. 대표 시 「넘쳐라, 통일과 평화의 물결이여」 외 9편, 김창규, 권옥희, 김형효 등의 추모 시, 이영찬 등의 추모의 글, 이적 등의 시인론, 맹문재의 작품론 등이 수록됨.
2015년	6월 12일, 2주기를 맞아 유고 시집 『역사의 정답』(들꽃출판사)을 출간함. 7월 31일, 인사동 달빛나그네에서 이기형 시인 2주기 추모 시 낭송회를 가짐.
2016년	6월 12일, 서울 향린교회에서 이기형 시인 3주기 추모시 낭송회 가짐.
2017년	4월 27일, 대산문화재단, 한국작가회의 공동 주최로 '2017년 탄생 100주년 문인'으로 선정돼 광화문 교보빌딩 세미나실에서 심포지엄을 가짐. 맹문재 안양대 교수의 「이기형 시의 통일 지향과 전망」 발제, 고명철 광운대 교수의 토론. 6월 12일 서울 천도교 수운회관에서 이기형 시인 4주기 추모시 낭송회' 가짐. 김준태 시인의 문학 강연, 김이하, 나종영, 박몽구, 이승철 시인 등이 추모시를 낭송함.

이기형 작품 연보

발표일	분류	제목	발표지
1947. 1	시	선거	민주조선
1983. 3	산문	인간 여운형에의 기행	정경문화
1983. 12	시	동물원에서/개벽 타령/미처	민의
1983. 12. 10	시	파문/큰잔치/벼랑길/독백/단풍	실천문학
1985. 2	시	마라도/어디 간디/대낮/이/ 1984년에 왔다/이 새벽 이 순간/ 꼭뒤잡기/설제/내일/독립문	민의
1987. 5	시	골목바닥/평화공화국/ 육의 별/남한산성/개	민중시
1989. 8	산문	한설야의 고향	민족문학
1990. 3	시	먼홋날 현손들에게/계절이 돌아오던 날	민족문학선집
1995. 11	산문	시로 본 한국 현대사 —1940년대 임화	역사비평
2000. 겨울	시	대춘부(待春賦)/토박이 할아버지/ 돈때 묻은 노을을 침뱉는다/ 백년의 회고	사람의 문학
2003. 4	시	매향리/금창리	반전평화문학
2005. 가을	대담	역사의식을 담은 진보적	창작21

발표일	분류	제목	발표지
		통일 문학을 위하여(이기형, 송용구)	
2006. 2	시평	인간과 역사의 개벽 —모택동의 시를 말한다	시경
2006. 봄	시	삶이 꽃 피어/꿈을 바라는 마음	창작21
2007. 봄	시	돌아온 들에 봄은 왜 오지 않는가/ 눈물의 절창	창작21
2007. 9	시	조국 시 사랑	낙동강문학
2007. 12	시	모를 심으며/어디로 갈 것인가/ 만사형통	너른고을문학
2007. 12	시	큰별 애국자의 발자취를 더듬어	한국평화문학
2008. 7	대담	통일화 과정에서 작가 연대의 새로운 전망(이기형, 김규동, 석화, 문창길)	작가연대 창간호
2008. 4	시	내몰이 휘몰이 장단	사람의 문학
2008. 여름	시	임진강은 안다	낙동강문학
2008. 겨울	시	꿈/참삶	문학마을
2009(10권)	시	탐욕/멋진 통곡	시인
2009. 3	시	멋진 통곡	낙동강문학
2009. 3	시	분노의 통곡/도원경/ 한은 구천에 사무쳐/북쪽 아내에게/ 절정의 노래/통일 아리랑/송 금강산/ 영석아 영석아/우리의 몸짓과 노래는	창작21
2009. 3	시	탐욕/뜨거운 눈물로	작가연대
2009. 4	산문	역사를 전진시키는 참된 글을 찾아	한국평화문학
2009. 여름	대담	원로 시인을 찾아서(이기형, 맹문재)	시에
2009. 11	대담	만해 선생의 절개와 지조를	유심

발표일	분류	제목	발표지
		오늘의 젊은이들이 배워야	
		(이기형, 문창길)	
2010. 11	대담	한국 소설의 전설을 논하다	작가연대
		(이기형, 이소진, 문창길)	
2010. 겨울	산문	1940년대 임화와 해방 공간	창작21
2010. 12	시	임진강 하구에서 황토 돛배를	경남작가
		무어/바람아 구름아	
2011. 상반기	시	우리의 몸짓과 노래는	용인문학
2011. 여름	시	양심수는 희망이다/	창작21
		분단 악귀를 물리치자	
2013. 가을	유고시	오늘의 세상	창작21
2013. 가을	산문	분단 고찰과 통일 전망/	창작21
		홍익인간 통일교육·문화	

작성자 맹문재 안양대 교수

조향의 하이브리드적 모험

황현산 | 고려대 교수

조향(趙鄕, 1917~1984)은 식민지 시대의 이전 이후 한국 시단에서 초현실주의자라는 이름을 가장 오래 누렸던 시인이다. 그는 19세기 말 서구에서 유행했던 난해시로부터 시작하여 대화시, 상형시, 음향시 등 20세기 전반에 시의 모험주의자들이 몸을 던졌던 거의 모든 조류에 투신하여 한국의 '시학'에 수많은 외래어를 끌어들였다. 그는 미래주의자였고 다다이스트였으며 초현실주의자였다.[1] 그는 1980년대 이전까지 '초현실주의', '쉬르' 같은 말을 제목에 내걸고 글을 쓰며, '아시체(雅屍體)'의 시법으로 시 창작을 실천했던 몇 안 되는 사람 가운데 하나였지만, 그 글의 내용이나 시법이 한국 시단에 널리 알려지거나 영향을 주었다고 말하기는 어렵다. 그는 파장을 일으키지 못한 모험가였고 외따로 떨어진 초현실주의자였다. 이는

---

[1] 그의 문학적 주장과 활동에 관해서는 장이지, 『한국 초현실주의 시의 계보』(보고사, 2011), 172~208쪽에 체계적으로 정리되어 있다.

한국 문단 내외의 상황에도 기인하겠지만 시인이 펼쳐 온 시작 활동의 성격과도 무관하지 않을 것이다. 조향은 자주 자기 시법을 이질적 요소들을 한 편의 시 속에 섞어 넣는 하이브리드적 미학으로 설명하곤 했다. 하지만 그의 모험 전체가 일관성을 지닌 것은 아니었다는 점에서 시인의 시적 실험 전체를 가리켜 하이브리드적 모험이라고 할 수도 있다. 그는 자기 시를 변호하기 위해 늘 설명을 늘어놓아야 했지만 그 설명은 늘 또 다른 설명을 요구하는 성격을 지니고 있었다. 사실 수많은 외래어로 점철된 조향의 설명은 설득을 목표로 하기보다는 질문의 의욕을 꺾어 버리기 위한 것이기도 했다. 그는 근대시의 도정에 나타나는 여러 작가와 책을 언급했지만 당시 그가 언급한 책 가운데 어느 것 하나 우리말로 (제대로) 번역된 것은 없었다. 이 작은 발표문은 조향이 남긴 시 가운데 몇 편을 분석적으로 읽으며 그의 시적 모험을 이해하고 그 모험의 결과를 측정하기 위한 것이다.

가장 먼저 읽어야 할 시는 아마도 그의 여러 시들과 마찬가지로 로마자로 제목을 표기한 시 「EPISODE」(1952)일 것이다. 그의 초기 시이면서도 가장 잘 알려진 이 시는 1950년대에 발간된 여러 사화집을 장식했으며, 사후에 발간된 시 전집의 첫 페이지에도 실렸다.

열 오른 눈초리, 하잔한 입모습으로 소년은 가만히 손을 겨누었다.
소녀의 손바닥이 나비처럼 총 끝에 와서 사뿐 앉는다.
이윽고 총 끝에선 파아란 연기가 물씬 올랐다.
뚫린 손바닥의 구멍으로 소녀는 바다를 보았다.

── 아이! 어쩜, 바다가 이렇게 똥그랗니?

놀란 갈매기들은 황토 산태바기에다 연달아 머릴 처박곤 하얗게 화석이 되어 갔다.[2]

소년은 총을 겨누고 쏘아 사랑을 표현했고 소녀는 제 손바닥으로 그 총알을 받아 그 사랑에 응답했다. 이 위험한 놀이의 위험에서 그 두 사람을 벗어나게 하는 것은 그들의 순결함 내지는 순진함일 것이다. 이 순결함의 내부 관계를 모르는 갈매기들은 놀란 나머지 화석이 되었다. 그러나 비유적인 것에 불과할지라도 총질은 역시 총질이어서 그 결과로 일종의 상처가 생겼고 소녀는 자신에게 입혀진 이 상처의 형식에 따라 세상을 보았는데, 그것은 여느 세상보다 더 신기했다. 그런데 문제는 이 총구멍의 형식이 세상을 바라보는 시선에 진정한 질적 변화를 초래하여 이제까지 보지 못했던 것을 보게 해 주는 것이 아니라, 단지 그 시야를 제한하여 넓게 보던 것을 더 좁게 보게 할 뿐이라는 데 있을 것이다. 이 작고 "똥그란" 구멍이 그의 시의 미래를 벌써 결정했다고 여길 수밖에 없겠다.

그런데 첫 줄의 "하잔한"이란 표현에 잠시 시선을 줄 필요가 있다. '하잔한'은 '하찮은'이며 '대수롭지 않은 일이라는 듯한'의 뜻을 가질 것이 분명하다.[3] 사랑이 대수롭지 않은 일에 해당한다고 할 수는 없겠지만, 사람을 죽이고 살리는 진짜 총질이 아니라는 점에서는 하찮은 일이 될 것이다. 그러나 이 형용사에는 그 이상의 다른 무엇이 있다. 소년은 그 '열 오른' 눈으로 표현되는 내부의 복받치는 열정을 억누르고 무심한 표정을 유지하려 한다. 지금 자신이 대수롭지 않은 일을 하고 있다고 말하는 듯한 이 소년의 입모습에 소녀의 나비처럼 사뿐한 손놀림이 대응한다. 그들은 자기들이 지닌 뜨겁고 복받치는 사랑의 감정에도 불구하고 자제력을 잃은 것이 아니다. 소년의 주저함이 없는 총질은 의지에 의해 집중되면서 동시에 메마르게 처리된 감정이며, 소녀의 날렵함은 습하고 주눅 든 감정을 모르는 자의 대담함이다. 조향이 보기에 이 소년 소녀들은 자기감정과의 관계에서 현대적이다. 조향의 시도 물론 이 현대적 산뜻함을 지향한다. 이 지

2) 조향, 『조향 전집 1 시』(열음사, 1994), 11쪽.
3) 이 글을 대산문화재단에서 주최한 탄생 100주년 기념 문학제(2017년 4월 20일)에서 발표했을 때, 조향이 '하잔하다'를 '고요하다'의 뜻으로 썼다는 유족의 증언이 있었다.

점에 또 문제가 있다. 이 산뜻함이 소녀의 손바닥에 뚫린 상처로부터 유혈을 막아 주었겠지만, 그와 동시에 실제로는 거기 낭자했어야 할 피를 딛고 어린 두 주인공이 성장할 수 있는 기회, 다른 말로 하자면 시인의 시가 성장할 수 있는 기회도 막아 버렸다고 할 수도 있을 것이다. 시에 현실이 없다는, 따라서 현실과의 대결도 대질도 없다는 뜻이다.

「바다의 층계(層階)」도 한때 유명했던 시이며, 시인 스스로 자신의 시적 방법을 가장 잘 구현한 작품으로 내세운 시이기도 하다.[4]

낡은 아코오덩은 대화(對話)를 관뒀습니다.

── 여보세요!

〈뽄뽄다리아〉
〈마주르카〉
〈디젤·엔진〉에 피는 들국화.

── 왜 그러십니까?

모래밭에서
수화기(受話器)
여인(女人)의 허벅지
낙지 까아만 그림자

비둘기와 소녀들의 〈랑데·부우〉
그 위에

4) 조향, 「'데뻬이즈망'의 美學」, 『韓國 戰後問題詩集』(신구문화사, 1961), 417쪽.

손을 흔드는 파아란 기폭들

나비는
기중기(起重機)의
허리에 붙어서
푸른 바다의 층계를 헤아린다.[5]

이 시에서는 이미 우리에게 낯익은 것이 되어 버린 몇 가지 기법을 본다. 첫 줄의 "낡은 아코오덩은 대화(對話)를 관뒀습니다"는 '낡은 아코디언이 연주를 끝냈다'는 말의 단순한 완곡 어법일 것이다. 시의 전체적인 환경은 그 나름대로 멋진 것일 수 있는 이 완곡 어법이 어떤 절차나 설명이 없이 거기 들어설 수 있는 자리를 마련해 준다. 불통하는 두 마디의 대화가 긴줄표(—)로 표시되어 있는데, 그 뒤에 오는 "수화기"라는 단어는 그것이 전화 통화의 한 토막이었음을 암시한다. 제3연에는 세 개의 외래어에 "들국화"가 따라붙었다. 달리아의 일종인 "뽄뽄다리아"는 원예에 어느 정도 조예가 있어야 알 수 있는 말이고, "마주르카"는 외래 문화에 대한 소양과 관계된 말이며, "디젤·엔진"은 그 당시로서는 기술 용어 내지 시사 용어에 속하는 말이었을 것이다. 거기에 덧붙여진 "들국화"는 정말 들국화 같은 어휘, 다시 말해서 야생과 토착의 말이다. 시인은 이렇게 병치된 말들의 효과를 '데페이즈망'이라고 부르고 이 데페이즈망에 관해서는 "사물의 존재의 현실적인, 합리적인 관계를 박탈해 버리고, 새로운 창조적인 관계를 맺어 주는 것"[6]이라고 설명한다. 제5연은 시행을 들쑥날쑥하게 배열하고 있는데, 원래 세로쓰기였던 시행들은 그 자체로 하나의 그림을 이룬다. (시인은 아폴리네르의 실험을 염두에 두었을 것이다.) 시구는 "여인(女人)

---

5) 『조향 전집 1』, 12~13쪽. 원문에는 모든 외래어 글자 위에 방점이 찍혀 있으나 본 인용문에서는 생략한다.
6) 위의 책, 같은 쪽.

의 허벅지"를 그리고 있으며, 그 한쪽 허벅지에는 "낙지 까아만 그림자"가 눌어붙어 있다. 제6연은 서정적 서경이다. 마지막 연은 또다시 데페이즈망의 기법에 따라 "나비"와 "기중기"라는 그 물질성과 어감이 대비되는 두 낱말이 인접해 있고, 파도에 대한 은유로 보이는 "푸른 바다의 층계"로 끝난다.

시인의 의도는 충분히 이해될 수 있다. 그렇다고 그 의도가 성공했다는 것은 물론 아니다. 그의 정의대로라면 데페이즈망은 사물을 그 현실에서 뽑아내어 그것들에 "새로운 창조적 관계"를 맺어 주는 조치인데, 시에는 애초부터 그 현실이 없으며 진정한 의미에서는 사물조차도 없다. 퐁퐁 달리아, 마주르카, 디젤 엔진은 사실상 사물도 '오브제'도 현실도 아닐뿐더러, 말에도 못 미치는 기호일 뿐이기 때문이다. 한편 시인은 이 시의 시학이 "로트레아몽의 '미싱과 박쥐 우산'의 미학"[7]에 해당한다고도 말하고 있다. 참고로 로트레아몽의 『말도로르의 노래』에서 같은 말이 나오는 대목을 살펴보자.

그는 아름답다. 맹금들의 발톱이 지닌 수축성처럼, 혹은 더 나아가서, 후두부의 연한 부분에 난 상처 속 근육 운동의 불확실함처럼, 혹은 차라리, 저 영원한 쥐덫, 동물이 잡힐 때마다 언제나 다시 놓이고, 그것 하나만으로 설치류들을 수없이 잡을 수 있으며, 지푸라기 밑에 숨겨져서도 제 기능을 다하는 저 쥐덫처럼, 그리고 특히, 해부대 위에서의 재봉틀과 우산의 우연한 만남처럼 아름답다![8]

재봉틀과 우산이 해부대 위에서 만난다는 것은 매우 희귀한 일이지만 불가능한 일은 아니다. 문제는 이 우연을 가능하게 하는 어떤 사연이다.

---

7) 위의 책, 같은 쪽.

8) 로트레아몽(Comte de Lautréamont), 「여섯 번째 노래(Œuvres complètes)」, 『말도로르의 노래(Les chants de Maldorore)』(Librairie José Corti, 1873), 327쪽 황현산 번역.

거기에는 재봉틀이 그 자리에 오게 된 긴 이야기가 있고, 우산과 관련된 긴 사정이 있다. 그리고 또한 해부대는 그 둘이 만나는 장소가 되기까지의 긴 이력을 지니고 있다. 그 이야기와 사정과 이력이 낱낱이 알려질 때 그 사물들이 거기서 만나게 된 우연은 필연이 된다. 우연하게 보이는 현실도 그 이력의 긴 연쇄를 따라가면 초현실적 필연의 만남으로 귀결되는 역사가 거기 있다. 로트레아몽은 우연을 필연으로 만드는 그 역사에 관해 말하지 않는다. 그 대신 사나운 새들의 발톱이 지닌 수축성을 통해, 또는 후두부 상처의 불확실한 근육 운동을 통해, 또는 "저 영원한 쥐덫"의 기민함과 탄력을 통해 물질의 힘과 그에 대한 감각을 독자의 육체 속에 창출한다. 이 감각은 "동물이 잡힐 때마다 언제나 다시 놓이는" 문제의 쥐덫처럼 모든 우연들을 끊임없이 붙잡아 필연의 고리를 만들어 낸 끝에 초현실적 한 순간을 폭발시킨다. 로트레아몽의 아름다움은 물질의 아름다움이며, 그 물질성의 아름다움이고, 그것을 느끼는 몸과 관능의 아름다움이다. 이 관능은 독자에게 어떤 의문 속에서 초현실적 필연을 예감하게 하는 동력이 된다. 이에 비하면 조향의 나비와 기중기는 그 대비가 다소 충격적이지만, 충격적인 만큼 단순하기도 해서 우연을 필연으로 바뀌게 할 만한 비밀을 숨기지 않는다. 조향이 재치의 진폭으로 육중하고 강력한 기중기와 가볍고 연약한 나비를 한자리에서 만나게 할 때, 그에게서는 식민지의 삶과 전쟁 속에서 피폐해진 한 나라의 역사로부터 어떤 초현실적인 힘의 폭발을 기대하는 일이 쉽지 않았을 것이라고 말해야 한다. 어떤 마술도, 어떤 초현실적 실현도 가능하게 하는 시간의 작용을 신뢰한다는 것은 먼저 현실의 깊이에 대한 신뢰가 튼튼할 때만 가능하다.

현실의 깊이보다는 말의 혼란에 더 기대를 걸었던 조향은 세상을 떠나기 두 해 전인 1982년 '파트라지(fatrasie)'에 관해 한 편의 평문을 썼다.[9] 파트라지는 의미도 일관성도 없는 말들을 뽑아 올려, 배로는 풍자적인 목석

---

9) 조향, 「파트라지의 迷宮에서 쉬르의 回廊으로」, 『조향 전집 2시론·산문』(열음사, 1994), 328~339쪽.

으로, 때로는 무의미 그 자체를 목적으로, 부조화의 익살을 펼쳐 놓는 서양 중세의 시 장르다. 조향은 이 파트라지에서 현대의 시적 모험을 가능하게 했던 혼란에의 열정을 발견하고,[10] 현대의 시인들, 그 가운데서도 특히 아폴리네르가 벌였던 시의 여러 실험을 이 장르와 연결시킨다. 다음은 그가 이 평문에서 아폴리네르에 관해 언급한 대목이다.

> 입체파 시인 아폴리네르는 현대시의 하나의 종합적인 원천이었다. 그는 최초의 회화시(Poème-conversation)를 시도하여 「창(Fenêtre)」을 썼다. 이 회화시의 방법은, 뒷날 초현실주의자들이 '아시체(雅屍體, Cadavre exquis)라고 이름 붙여서 채용한 시작(詩作) 놀이의 초보 단계 같은 것이었다. 아폴리네르는 스스로 의식함이 없이, 이미 무의식의 분야에다 발을 들여놓고 있었던 것이다. 거기에서 그의 시법인 '카프리스(Caprice, 奇想, 변덕·장난·종작없음)'을 볼 수 있다. "그의 펜 끝에서는 예정되거나 계획되거나 한 것은 하나도 나오지 않았다."(앙드레 비이)[11]

발표자가 여기서 조향의 아폴리네르에 관한 언급을 비교적 길게 인용하는 것은 조향의 문학적 모험에서 늘 아폴리네르의 그림자를 보이기 때문이다. 조향은 아폴리네르가 벌였던 온갖 실험을 어김없이 다시 반복했다. 아폴리네르는 문학사적으로 상징주의와 초현실주의의 가교 역할을 했던 모험가로 기록되며, '초현실주의'라는 말을 발명한 시인이기도 했다. 그는 한국의 모더니스트들에게 가장 많은 영감을 준 시인의 한 사람이었다. 동시성의 원리에 입각하여 일정한 시간에 한 장소에서 발음된 음성 언어를 무작위로 채취하여 기록하는 것으로 이루어지는 '대화시'는 조향도 여러 번 시도한 바 있으며, 무엇보다도 저 프랑스의 시인이 발명한, 또는 발

---

10) 그의 하이브리드 시론은 이 파트라지와 직접적으로 연결된다.
11) 『조향 전집 2』, 332쪽. 조향이 '회화시'로 번역한 프랑스어 'poème-conversation'을 발표자는 '대화시'로 번역했다. 따라서 본문에서는 해당 장르를 '대화시'로 쓴다.

전시킨 상형시는 이상과 조향 두 사람을 모두 매혹했다.

　조향은 자주 상형시를 썼으며, 자유시 속에 상형시를 부분적으로 끌어넣기도 했다. 다음은 조향이 쓴 상형시의 하나인 「물구나무선 세모꼴의 서정」이다.

```
이름성르은와다  그러마입소울다  돌아아녀와그다  구두에자이덕서  식물집하죄이자
　도도는소잤　　지세술녀었　　앉서냄서린　　끝밤갈는에　　채을자나짓
　　모눈녀　　　　요좀는　　　　소샐쪼　　　　이처언　　　　랑하많
　　　이　　　　　쥐　　　　　구　　　　　　럼　　　　　　아
　　　맑　　　　　요　　　　　역　　　　　　차　　　　　　얀
　　　　　　　　　　　　　　　질
　　　　　　　　　　　　　　　하
　　　　　　　　　　　　　　　니
　　　　　　　　　　　　　　　까
　　　　　　　　　　　　　　　까
　　　　　　　　　　　　　　　만
　　　　　　　　　　　　　　　죽
　　　　　　　　　　　　　　　음
　　　　　　　　　　　　　　　이12)
```

　이 시를 시인이 처음 발표했던 것처럼 세로로 쓸 수 있는 것이 다행이다. 세로로 썼을 때만 제목이 말하는 것처럼 세모꼴들이 '물구나무'를 서기 때문이다. 독자들은 책장을 오른쪽으로 돌려놓는 수고를 바치지 않더라고 거꾸로 선 다섯 개의 삼각형, 또는 다섯 개의 가지가 늘어선 한 그루의 나무를 볼 것이다. 이 나무가 바로 물구나무다. 마지막 연의 "식물재

---

12) 『조향 전집 1 시』, 70~71쪽.

집"과 "하아얀 죄"는 수음에 대한 암시이다. 수음으로 채집한 이 식물들, 글자로 그린 다섯 개의 우거진 가지로 이루어진 이 나무는 시인이 자신의 시에 허락했던 물질의 총량이다. 말하자면 이 상형시는 그의 다른 상형시와 마찬가지로 현실이 희박하다. 그런데 조향이 이 시를 상형시로 써야 할 이유는 무엇이었을까.

개념상으로 볼 때, 상형시는 위에서 말한 대화시를 통해 다성의 목소리들을 동시에 듣기 위해서 사용되었던 단편화와 재구성의 기술을 곧바로 회화적 평면에서 다시 실천한 것이다. 상형시의 실험 역시 지각과 의식의 동시성을 강력하게 환기하거나 재현하기 위해서는 담화적 표현과 함께 시구 중심의 전통적 시 형식을 포기해야 한다는 믿음에 기초한다. 아폴리네르의 초기 상형시들이 발표되었을 때, 한 비평가는 그 혁명적 성격을 옹호하며 "우리의 지성은 분석적·담화적으로보다는 종합적·상형적으로 이해하는 데 길이 들어 있기 때문에"[13] 이런 식의 활자 배열이 불가피하다고 말한다. 이는 시가 그 공간 배치에 있어서 전통적인 시구 체계보다 더 다양한 형태의 배열을 가질 수 있을 때, 독자들은 그 지각 대상 전체의 복잡한 상호 관계를 더 재빠르고 다양하게 파악할 수 있다는 말이 된다. 동일한 단편화라고 하더라도, 대화시에서처럼 추론의 개입이 불가피한 재구성보다는 다양한 공간 형태의 도움을 받는 지각이 더 즉각적이고 강렬한 환기에 이를 수 있음을 함축하는 말이다. 시간과 말의 선조성에서 가능한 한 재빨리 빠져나와 한꺼번에 전체를 보려는 아폴리네르의 상형시에 비해 조향의 상형시는 '이름도 성도 모르는 한 소녀와의 관계'와 그 죄의식, '하아얀 죄'로 표현되는 수음의 부끄러움 같은 것을 고백하면서 동시에 감추려는 의도, 화제의 한중간에서 그 화제를 이어 가면서도 그 화제에서 의식을 돌리게 하려는 의도가 더 크다고 말해야 할 것이며, 그의 시에서 현

---

13) G. Arbouin, "Devant l'Idéogramme d'Apollinaire", *Les Soirées de paris*, n°
    25(juillet-août, 1914). 아폴리네르의 연구자들은 이 Arbouin이 아폴리네르의 가명일 것
    이라고 생각한다.

62

실이 희박한 이유도 거기서 찾아야 할 것이다.

조향의 가장 급진적인 모험 가운데 하나는 '음향시'의 창작과 이에 관한 이론의 개발(또는 소개)이었다. 먼저 이 장르에 해당하는 시 「H씨(氏)의 주문(呪文)」을 들어 보자.

고로비요마카나코루기나야라야미니고니카카
로네그나마노니가로구다노사야마고고로니비
니바니노나노가비바고로비츠시키라메니카르
로사니가나사바로나크루가야니타티치치고바
(음향(音響)으로만 즐겨 주길 바란다)[14]

물론 이 시에 어떤 의미가 있을 수는 없다. 시인이 권고하는 것처럼 음향으로만 즐겨야 할 이런 장르의 시에 관해 조향은 다음과 같이 쓴 적이 있다.

시를 단순한 음향(sound)으로 전환시킨 현대의 사랑스러운 악동들이야말로 미래파(Futurismo), 다다(Dada) ── 현대의 갓밝이에 있어서의 파괴와 광란의 절정 ── 이겠으나, 그런 극단적인 입장이 아니고라도 음악적 리듬이 아닌 단순한 음향에서 오는 포에지를 우리는 사랑할 수 있는 것이다. 우리가 말하는 '어감'이란 곧 이 음향 감각에 의한 언어의 생활감을 두고 하는 말이다. 학적으로는 음향 심리학이 담당할 문제이겠으나, 요컨대 음의 세 가지 요소로서의 음고(音高), 음의 강도, 음색(뉘앙스)이 우리의 청각에 어떤 인상을 주느냐? 다시 말하자면 음향이 주는 이미지의 문제를 문제 삼으려는 것이다.[15]

---

14) 『조향 전집 1』, 38쪽.
15) 『조향 전집 2』, 255쪽. 발표자가 현행 맞춤법으로 수정.

그러나 '음향시'에 대한 관심이 '어감'이나 '뉘앙스' 등속의 "청각에 대한 어떤 인상"으로 제한되는 것은 아니다. 한때 '새의 언어'라고 불리기도 했던 음향시의 시도는 애초에 언어에 대한 신비 철학과 연결되어 있었다. 널리 알려진 것처럼 언어는 자의적인 것이어서 꽃을 반드시 '꽃'이라고 불러야 할 이유도 없지만 '플뢰르'나 '플라워'라고 불러야 할 필연적인 이유도 없다. 기독교식으로 말한다면 인간이 현재 사용하는 언어는 '바벨탑 이후의 언어'이다. 다시 말해서 현행의 언어는 사물의 본질과 하나가 되어 있는 언어가 아니라 사물을 임시방편으로 지시하는 기호일 뿐이다. 그래서 각 민족, 각 나라의 언어는 방언의 가치를 지닐 뿐이다. 이에 비하면 새나 곤충의 울음소리는 그 생명의 작용과 하나가 되어 있기에 인간의 언어보다 오히려 더 본질적이다. 신비주의적 언어 철학자들은 어떤 방식의 정관이나 명상을 통해 바벨탑 이전의 언어인 '아담의 언어'의 실마리를 잡을 수 있다고 생각했으며, 말라르메 같은 시인은 말이 말을 지우는 방식의 '무의 시'를 통해 본질 언어의 효과에 도달하려고 했다. 이런 시도들이 초현실주의와 연결되는 것은 초현실주의자들이 창작의 보고로 생각하는 무의식 속에 그 본질 언어가 남아 있으리라는 기대 때문이었다.

한 편의 시에 수많은 외래어를 끌어들이고, 하이브리드적 요소의 혼합을 시적 실험의 근간으로 삼았던 조향에게 본질 언어에 대한 열정이나 관심을 기대할 수는 없다. 그에게 중요한 것은 낯선 것에서 의외의 구원자를 발견하는 것이었으며, 어떤 이론에 기대고, 어떤 값을 치르든 전통과 인습을 파괴하는 일이었다. 그러나 당시 이 땅에 그가 마음 놓고 파괴할 튼튼한 전통이 없었으며, 사실상 완고한 인습조차도 없었던 것이 그의 비극이기도 했다.

그는 수많은 실험을 했다. 모더니즘의 온갖 이론들을 단편적으로나마 소개하고 그 이론들을 창작으로 실천하거나 자신의 창작을 그 이론들로 변호하려 했다. 그러나 그의 실험은 철저하지 않았다. 그는 늘 비슷한 결과를 만들어 내는 것으로 만족했다. 그는 이 땅도 그 역사도 신뢰하지 않았다. 그는 어떤 철저한 의지를 견디어 낼 깊이와 자원이 이 땅의 '무의식' 속에 잠재되어 있다고 믿지 않았던 것이 분명하다. 그는 무의식을 만나지 못했으며 따라서 초현실주의자가 될 수 없었다. 그가 유일하게 기대를 걸었던 것은 하이브리드적 혼란이었다. 그래서 하이브리드는 그의 방법을 넘어서서 목적이 되었다.

제2주제에 관한 토론문

오형엽 | 고려대 교수

　황현산 선생님의 발표문을 잘 읽고 많은 공부를 했습니다. 발표문은 조향 시의 전체적 특성을 언급한 후 시 몇 편을 분석적으로 독해하면서 시적 모험을 이해하고 결과를 측정하는 과정으로 전개됩니다. 발표문은 우선 조향 시에 대해 통용되어 온 초현실주의, 미래주의, 다다이즘 등의 문예 사조적 개념들이나 난해시, 대화시, 상형시, 음향시 등의 시적 장르에 대해 언급하면서 그 전체적 특성을 "하이브리드적 미학" 혹은 "하이브리드적 모험"이라는 개념으로 요약합니다. 그리고 "그는 자주 자기 시법을 이질적 요소들을 한 편의 시 속에 섞어 넣는 하이브리드적 미학으로 설명하곤 했지만, 그의 모험 전체가 일관성을 지닌 것은 아니었다는 점에서 그의 시적 실험 전체를 가리켜 하이브리드적 모험이라고 할 수도 있다."라는 압축적인 평가를 내립니다. 이후에는 초기 시이면서도 가장 잘 알려진 시인 「EPISODE」(1952), 시인 스스로 자신의 시적 방법을 가장 잘 구현한 작품으로 내세운 시 「바다의 층계」(1952), 상형시의 하나인 「물구나무선 세모꼴의 서정」(1959), 음향시 장르에 해당하는 「H씨의 주문」(1978) 등을 치밀하게 분석하고 해석하면서 조향 시의 하이브리드적 미학의 내부를 탐색

합니다.

제가 평소에 황현산 선생님의 평문을 읽으면서 감탄하는 것은 시 텍스트의 언어 현상을 분석하면서 그 내적 본질을 간파하는 발터 벤야민적 관상학의 시선입니다. 발터 벤야민은 문학 작품의 현상에서 개념이나 이념으로 나아가는 문학 비평의 과정에서 놀라운 혜안으로 그 징검다리를 건너뜁니다. 발터 벤야민이 주목한 점성술이나 필적 감정학도 크게 보면 관상학의 일종일 수 있겠습니다. 황현산 선생님의 관상학적 비평의 시선은 텍스트의 단어, 구절, 문장에서부터 행과 연, 연과 연, 전체적 구성에 이르기까지 전방위적으로 미세한 특이점을 포착한 후, 예리하고 섬세한 분석을 통해 시적 기능 및 의미, 미학적 특성, 시 세계의 전체적 특성 등을 간파해 냅니다. 이번 발표문도 황현산 선생님의 이러한 특장이 잘 나타나는 글이라고 생각합니다. 또한 조향 시를 분석하고 해석하면서 아폴리네르, 로트레아몽 등 프랑스 상징주의나 초현실주의 시인들의 시적 실험들을 함께 거론하고 비교함으로써 논의의 깊이와 폭을 증대시키는 부분도 타의 추종을 불허하는 영역이라고 생각합니다. 저는 발표문이 제시하는 압축적이고 밀도 높은 통찰에 덧붙여 좀 더 보충 설명을 듣고자 하는 바람으로 몇 가지 질문을 드리고자 합니다.

첫째, 발표문은 「EPISODE」에 대한 분석에서 "'하잔한'은 '하찮은'이며 '대수롭지 않은 일이라는 듯한'의 뜻을 가질 것이 분명하다."라고 전제하면서, "소년은 그 '열 오른' 눈으로 표현되는 내부의 복받치는 열정을 억누르고 무심한 표정을 유지하려 한다."라고 해석합니다. 여기서 "열 오른 눈초리"를 내부의 열정으로 이해하고, "하잔한 입모습"을 무심한 표정, 대수롭지 않은 일로 이해하면서 "소녀의 나비처럼 사뿐한 손놀림"과 연결시킵니다. 다시 말해 "눈초리"와 "입모습"을 '내면의 열정'과 '신체의 표면 현상'이라는 대비적 관계망으로 이해하면서 "메마르게 처리된 감정", "사시삼정과의 관계에서 현대적" "산뜻함" 등의 시적 특성을 유추해 냅니다. 그런데 '하잔한'의 사전적 의미는 '잔잔하고 한가로운'(『조선말대사전』, 1992)이므로 이렇게 해석할 수 있는 가능성을 고려한다면, "열 오른"을 열정이나 감정 등의 내면적 요소로 간주하기보다는, "하잔한"이라는 차분하고 평온한 상태와 대비되는 흥분한 상태의 신체적 표면 현상으로 간주할 수 있습니다. 다시 말해 "열 오른 눈초리"와 "하잔한 입모습"은 내면과 표면의 대립이 아니라 표면과 표면의 대립으로, 즉 신체적 현상이라는 동일 선상에서 대립 개념이 공존하는 양상으로 이해할 수 있다는 것입니다. 전체적으로 볼 때, 조향 시에 나타나는 부분 신체의 양상은 내면의 의식이나 감정과의 대립보다는 생리적이거나 신경계적인 표면 현상의 기능으로 간주할 수 있는 듯합니다. 그리고 이처럼 신체적 표면 현상으로서 대립 개념이 공존하는 이중적 양상을 통해 조향 시의 특성을 설명할 수도 있습니다. 즉 현실과의 대결이나 대질이 없다는 평가는 내면적 열정이나 감정과의 관계에서 피를 닫음으로써 생겨나기보다는 내면적 열정이나 감정적 요소가 부재하는 신체적 표면 현상으로서 이질적 요소가 공존하는 데에서 생겨나는 것이 아닐까 생각합니다.

둘째, 발표문은 「물구나무선 세모꼴의 서정」에 대한 분석 및 해석에서 "시간과 말의 선조성에서 가능한 한 재빨리 빠져나와 한꺼번에 전체를 보려는 아폴리네르의 상형시"와 비교해서, 조향의 상형시를 "부끄러움 같은 것을 고백하면서 동시에 감추려는 의도, 화제의 한중간에서 그 화제를 이어 가면서도 그 화제에서 의식을 돌리게 하려는 의도가 더 크다."라고 언급하면서, "현실이 희박한 이유도 거기서 찾아야 할 것"이라는 견해를 덧붙입니다. 이 대목은 압축적이고 비약적이어서 인과 관계가 쉽게 이해되지 않는데, 보충 설명을 부탁드립니다. 의미를 짚어 보면, 대화시와 상형시가 공통적으로 담화적 표현과 함께 시구 중심의 전통적 시 형식을 포기하고 단편화의 기술을 발휘한다는 지적과, '대화시-추론-재구성' 측면과 '상형시-지각-환기' 측면을 비교하는 논지에서 맥락을 찾을 수 있습니다. 대화시가 추론의 개입이 불가피한 재구성을 통해 담화를 전개한다면, 상형시는 공간 형태의 도움을 받는 지각을 통해 즉각적이고 강렬한 환기에 이

릅니다. 그런데 아폴리네르의 상형시와 비교하여 조향의 상형시가 가지는 특성을 언급하는 앞의 대목에서, 비록 그것이 감추려는 의도나 화제에서 의식을 돌리게 하는 의도가 있더라도 '고백'과 '화제'의 요소가 존재한다면, 일반적인 상형시보다 담화적 표현의 특성이 가미되어 오히려 현실이 좀 더 개입되는 것이 아닐까 생각해 보았습니다.

셋째, 발표문은 조향의 음향시에 대한 견해와 관련하여 "한때 '새의 언어'라고 불리기도 했던 음향시의 시도는 애초에 언어에 대한 신비 철학과 연결되어 있었"고, "신비주의적 언어 철학자들은 어떤 방식의 정관이나 명상을 통해 바벨탑 이전의 언어인 '아담의 언어'의 실마리를 잡을 수 있다고 생각했"다고 언급합니다. 그리고 "새나 곤충의 울음소리는 그 생명의 작용과 하나가 되어 있기에 인간의 언어보다 오히려 더 본질적이다."라고 부연합니다. 이처럼 발표문은 음향시의 시도를 발터 벤야민의 언어 철학의 중요 개념인 '아담의 언어'와 연관시키고 있습니다. 그런데 예로 들고 있는 "새의 언어"나 "새나 곤충의 울음소리"는 자연의 소리인 반면, 사물이나 동물의 본질을 그대로 이름으로 구현하는 '아담의 언어'는 아담이 사물이나 동물의 붙이는 이름 언어라는 점에서, 둘 다 본질적인 측면을 가지지만 차별성이 있는 것이 아닌가 생각합니다. 다시 말해 새나 곤충의 울음소리와 같은 본질적 언어를 담는 음향시의 시도를 '아담의 언어'와 같은 차원으로 연결시킬 수 있는가 하는 질문입니다. "새의 언어"나 "새나 곤충의 울음소리"는 오히려 발터 벤야민이 「유사성론」(1933)에서 미메시스 능력이 언어에 미친 영향에 대한 생각을 감각적 유사성과 결부시키면서 언어 생성에서 모방적 태도로서 인정한 '의성어(擬聲語, Onomatopoesie)'에 가까운 것이 아닐까 생각합니다.

넷째, 발표문에서 음향시와 관련해서 '본질 언어', 혹은 그 효과에 도달하는 세 가지 방식으로 신비수의석 언어 절학자들의 정관이나 명상을 통해 실마리를 잡을 수 있는 '아담의 언어', 말라르메의 말이 말을 지우는 방식의 '무의 시', 초현실주의자들이 추구하는 '무의식'을 언급하신 부분이 대단히 흥미롭고 더 공부하고 싶다는 생각이 듭니다. 일반적으로 본질이라는 용어는 근원이나 원천 개념과 상통하므로, '아담의 언어'나 '무의식'이 본질 언어와 연관되는 것은 비교적 쉽게 이해되지만, 말라르메의 말이 말을 지우는 방식의 '무의 시'가 본질 언어와 어떻게 연관되는지 프랑스 시 비전공자들은 이해하기 쉽지 않습니다. 이 경우에 대해 간단히 설명해 주시면 좋겠습니다.

조향 생애 연보

1917년	경남 사천군 곤양면에서 아버지 조용주, 어머니 강숙희의 맏 아들로 태어남. 외조부는 조선 시대 명필 강매산, 친조부는 조직규 씨임.
1920년	산청군 지곡으로 이주. 아버지는 산청 군청에 근무. 집에서는 농사를 지음.
1924년	산청 공립보통학교 1학년에 입학.
1926년	아버지의 실직으로 귀향. 곤양 보통학교 3학년에 전입.
1927년	진주 제일공립보통학교 4학년에 전입.
1930년	진주 제일공립보통학교 졸업. 진주 농업 학교에 응시하여 낙제.
1932년	진주 고등보통학교에 수석으로 입학. 그 당시의 조선어 선생 이던 박중구 선생의 영향으로 문학에 뜻을 둠. 교우회지에 시 와 기행문 등을 발표.
1937년	진주고보를 졸업. 경성제국대학 예과 문과에 응시하여 낙제. 대구사범학교 강습과에 입학.
1938년	대구사범 강습과 수료. 가락초등학교 훈도로 발령받음.
1940년	부모의 권유로 광산 김씨 집안의 김경필과 결혼. 《매일신보》 신춘문예에 시 「첫날밤」 당선. 같이 있던 여교사 배기은과 연 애. 일본으로 유학하기 위하여 훈도 생활 청산.
1941년	니혼 대학 예술학원 창작과에 합격했으나, 사정에 의하여 같 은 대학 상경과로 옮김. 배기은에게 보낸 장문의 편지가 일본 관헌의 검열에 걸려서 일본 경시청 내선과에서 문초를 받았으

며, 민족주의 사상이 농후하다는 이유로 추방당함. 일본 시단 시문학 연구지의 동인으로써 시 창작 생활. 외조부의 만년의 아호였던 '훈(薫)' 자를 따서 필명으로 함. 매월 작품 발표. 해방 직전까지 계속됨.

1942년	일제의 강제 징용을 피하기 위하여 마산 성호초등학교 강사로 취직.
1945년	8·15 광복. 김수돈 등과 더불어 건국준비위원회 내의 적색분자들과의 투쟁. 마산 월영초등학교 교감으로 발령.
1946년	시 동인지《노만파(魯曼派)》를 창간. 이때부터 필명을 '향(鄕)'으로 바꿈.《노만파》는 4집까지 내고 폐간. 동인은 김수돈, 박목월, 김춘수, 유치환, 서정주, 이호이 등. 마산 고급상업중학교로 발령. 처 김경필과 이혼.
1947년	정복진과 재혼. 동아대학 전임 강사로 발령. 수산대학 강사 겸임.
1948년	장녀 유정 출생. 대학국어『현대국문학수』발간. 시「체조」등 발표.
1949년	상경하여 이한직과 모더니즘 운동에 관하여 상의. 이한직을 통하여 김경린, 박인환을 알게 되어 동인 모임 '후반기' 구성. 동인은 조향, 이한직, 김경린, 박인환, 이상노. 준동인 김차영, 배기은 등 동인지《후반기(後半期)》1집 편집은 박인환이 맡음.
1950년	한국 전쟁 발발. '후반기' 동인들 피난. 평론「시의 감각성」을 문학지에 일회분만 발표하고 한국 전쟁으로 중단. 임시 수도였던 부산에서 '후반기' 운동 활발하게 전개.
1951년	동인이던 이한직, 이상노가 빠지고, 김규동, 이봉래가 새로 가담함.「불모의 에레지」등을 발표.
1952년	개정 증보판『현대국문학수』출간. 평론「20세기의 문예 사조」를《사상(思想)》창간호 2호, 4호에 연재. 시「투명한 오

	후」, 「최후의 밀회」, 「재색의 전망」 등을 발표.
1953년	2녀 미정 출생. '국어국문학회' 상임 위원. 소설 「구관조」를 주간 《선데이시》 2호에 발표했으나 잡지가 포르노지로 규정되어 폐간 당함. 경향신문사 기자가 가지고 간 원고가 후에 《아리랑》 창간호에 군데군데 삭제되어 게재. 동인 모임 '현대문학연구회'를 조직하여 대표가 됨. 동인 모임 '후반기'는 정치 파동에 동인들이 말려들어 해체. 동아대 학보사 주간에 취임.(1966년까지 업무)
1954년	동인지 《현대문학(現代文學)》 1집을 냄. 동아대학교 부교수. 문학과 주임. 부산대학교 문리대 강사.
1955년	전위극단 '예술소극장' 대표가 됨. 주로 표현주의 연극을 상연. 김영주와 시화전 개최.
1956년	2남 향래 출생. 'gamma' 동인 대표. 동인지 《geiger》 1집 발행. 시론 「네오·쉴네아리아슴」을 《신태양》 10월호, 12월호에 연재.
1957년	부친상 당함.
1959년	민중서관판 『한국 문학 전집』 35권에 시 작품 네 편과 연보 수록. 문총 부산지구 위원장.
1960년	동아대학교 문리대 학장에 피선.(1962년까지) 한국대학야구연맹 부회장.(1966년까지) 신구문화사판 『세계 전후 문학 전집 8: 한국 전후 문제 시집』에 시 작품 13편과 시작 노트 수록.
1962년	예총 부산지부 초대 지부장 역임. 반공 문제에 기여한 것을 평가받아 사회유공상 수상. 동인 모임 일요문학회 대표. 동인지 《일요문학》 1집 발간.
1963년	동아대학교 도서관장.(1966년까지)
1964년	대한교련 감사.

1965년	3남 웅래 출생.
1966년	동아대 교수직 사임. 서울로 이주.
1969년	MBC 해설위원.(문화 관련 분야)
1972년	명지대학 강사.
1973년	연구 동인 모임 '초현실주의 연구회'를 조직하여 매주 일요일마다 강의 및 시론.
1974년	동인지《아시체(雅屍體)》1집 발간.
1975년	『초현실주의 시리즈: 아시체』발간.
1978년	『초현실주의 문학 예술 시리즈 2: 오브제』발간. 초현실주의 문학예술연구회 '아시체' 그룹을 이끌며 현대의 예술 사상·과학 전반에 걸친 강의 계속.
1980년	『초현실주의 문학 예술 시리즈 3: 오브제』발간.
1981년	40년 만에 일본 여행 후 초현실주의 관계 서적 100여 권 구입.
1982년	9월 11일, 혜화동 아카데미 극장에서 초현실주의와 현대 문학의 방향에 대한 공개 강연.
1983년	문단 추천 제도에 대한 오랜 비판적 견해를 바꾸어 이선외를 《시문학》에 추천.
1984년	8월 9일 0시 03분, 동해안 피서지에서 심장 마비로 사망. 『초현실주의 문학 예술 시리즈 4: 오브제』편집 완료.

조향 작품 연보

발표일	분류	제목	발표지
1940	시	초야	매일신문
1940	시	황혼	미발표 노트
1941~1945	시	봄·폭풍우/촌역의 가을/ 설일초/육호실/망향/ 북국의 노래/현대경장미학/ 정물이제/	일본시단과 시문학연구(?)
1942. 1	시	소녀	일본시단, 대학국어 (현대문학), 자유장(1958)
1942. 2	시	향가	일본시단
1942. 3	시	낙타	일본시단
1942. 4	시	금어장/묘	일본시단
1942. 5	시	동경	일본시단
1942. 6	시	마산항	일본시단
1942. 10	시	폐원의 가	일본시단
1942. 12	시	병상음	일본시단
1943	시	솔잎으로 점치기	미발표 노트
1943. 2	시	농	일본시단
1943. 3	시	역시이제(동면, 소연가)	일본시단
1943. 5	시	향수	일본시단

발표일	분류	제목	발표지
1943. 6	시	춘일후후	일본시단
1943. 10	시	소년	일본시단
1945	시	진혼의 노래도 없이	미발표 노트
1946	시	사후란의 노래	미발표 노트
1946	시	순일한 비상학	노만파(?)
1946	시	호질	미발표 노트
1947	시	아, 나의 다음 날의 기항지여!	죽순 5, 대학국어교재, 현대국문학수, 행문사(1948)
1947	시	나는야 뱃사공/ 날라라 구천에	조선교육 5
1947	시	밀 누름때/ 파아란 항해	죽순 5(대구 죽순시인구락부)
1947	시	태백산맥	죽순 6
1947	산문	역사의 창조/설문	죽순 6
1948	시	EPISODE	대학국어교재, 현대국문학수, 행문사 개정증보판 현대국문학수, 자유장(1952, 1958) 대학국어(현대문학), 한국전후문제시집, 신구문화사(1961)
1948	시조	SANATORIUM	죽순 8
1948	시	오늘에 부르는 너의 이름은/ 유록	미발표 노트
1948	시	체조	죽순 8, 대학국어교재,

발표일	분류	제목	발표지
1948	시	화분의 거리/한가위	현대국문학수, 행문사 대학국어교재, 현대국문학수, 행문사
1948. 9. 2	산문	경과 질의 파행	평화일보
1949	시	가을과 소녀의 노래	문예 2-2, 개정증보판 현대국문학수, 자유장(1952), 대학국어(현대문학), 자유장(1958), 일본시단과 시문학연구(?)
1949	산문	현실의 규정 문제	해동공론 49
1949	산문	정리기서 본궤도로 ─작금 영남문화계의 개관	
1949. 9	시	대연리 서정	영문 8(11월)
1949. 10.26~28	산문	현대시 단상 (上, 中, 下)	서울신문
1950	시	BON VOYAGE!	백민 3(시 평론집)
1950	시	1950년대의 사면	신촌 창간호, 개정증보판 현대국문학수, 자유장(1952), 대학국어(현대문학), 자유장(1958), 한국문학전집, 민중서관(1959), 한국전후문제시집, 개정대학국어, 현대출판사(1966)
1950. 1. 26	산문	실험 없는 세대	서울신문
1950. 6	산문	시의 감각성	문학 6-4

발표일	분류	제목	발표지
1951	시	Normandy 낙타 전야	주간국제
1951	시	바다의 층계	? 개정증보판 현대국문학수, 자유장(1952), 대학국어 (현대문학), 자유장(1958) 한국전후문학시집
1951. 8. 15	시	불모의 에레지(합작 시)	민주신보, 대학국어 (현대문학), 자유장(1958)
1952	시	SARA DE ESPERA(초)	개정증보판 현대국문학수, 자유장(1952), 문화세계, 8월호(1953), 대학국어 (현대문학), 자유장(1958), 한국문학전집, 민중서관(1959)
1952	시	청춘의 TACT	개정증보판 현대국문학수, 자유장 대학국어(현대문학), 자유장(1958), 일본시단과 시문학연구(?)
1952	시	최후의 밀회	?
1952	시	투명한 오후	개정증보판 현대국문학수, 자유장(1952), 대학국어 (현대문학), 자유장(1958)
1952	시	재색의 전망	?
1952	산문	이십세기의 문예사조	사상, 1, 2, 4호 연재
1953	시	검은 DRAMA	연합신문, 3월, 대학국어 (현대문학), 자유장(1958), 개정 대학국어, 현대

발표일	분류	제목	발표지
			출판사(1966), 신한국문학 전집, 어문작(1974)
1953	산문	구관조	주간 썬데이 2, 아리랑 창간호, 대학국어 (현대문학), 자유장(1958), 개정대학국어, 현대출판사 (1966)
1954	시	어느 날의 MENU	대학국어(현대문학), 자유장(1958), 한국전후문제시집, 신구문화사(1961)
1954	시	어느 날의 지구의 밤	대학국어(현대문학), 자유장(1958), 한국전후문제시집, 전환 2(1979)
1954	시	왼편에서 나타난 재색의 사나이	대학국어(현대문학), 자유장(1958)
1954	시	추풍 감별곡	대학국어(현대문학), 자유장(1958)
1954	산문	CORI씨 기관계외(上, 下)	국어국문학 9·10
1955	시	하얀 평행선 위에서	미발표 노트
1956	시	검은 신화	대학예술 12월, 대학국어 (현대문학), 자유장(1958) 한국전후문학시집,
1956	시	녹색의 지층	전환문학 창간호

발표일	분류	제목	발표지
1956	시	S자 모양한 마음의 공동에	미발표 노트
1956	시	푸르른 영원	한글문예 창간호
1956	산문	네오슐레알리슴 —시론산고 (上, 下)	신태양 10·12
1956	산문	우리의 좌표 —동인지《현대문학의 변》	시작 6
1956	산문	현대소설론	한글문예 창간호, 대학국어 (현대문학), 자유장(5819), 개정대학국어, 현대출판사(6619)
1957	시	녹색의자가 앉아 있는 『베란다』에서	자유문학 12월호, 대학국어 (현대문학), 자유장(1958)
1957	시	문명의 황무지	영문 15, 대학국어(현대문학), 자유장(1958)
1957	시	Salome의 달밤	새벽 6월호, 한국문학전집, 민중서관(1959)
1957. 12	시	영결	문학예술 12월호
1957	시	1957년의 따삐스리	경남공론
1957	산문	봄을 등진 이야기	문필 창간호
1957	산문	시의 발생학	국어국문학 16
1957. 12. 28	산문	저항하는 결정체	국제신문
1958. 11	시	검은 SERIES	사상계, 신한국문학전집, 어문각 전환 3(1981)
1958	시	그날의 신기루	자유문학 4월호
1958	시	검은 전설	자유문학 12월호

발표일	분류	제목	발표지
1958	시	식물의 장(초)	대학국어(현대문학), 자유장
1958	시	장미와 수녀의 오브제	현대문학 12월호, 한국 문학전집, 민중서관(1959)
1958. 9	산문	시의 표기도 마땅히 우리말로	신문예
1958. 10	산문	데뻬이즈망의 미학	신문예, 한국전후문제시집
1958. 10	산문	20년의 발자취	자유문학
1958	산문	현대시론(초)	대학국어(현대문학), 자유장, 문학 1·2(1959), 개정 대학국어, 현대출판사(1966)
1959	산문	1959년 시단총평	문학 3
1959. 10	시	검은 Cantata/ 물구나무선 세모꼴의 서정	자유문학, 한국전후문제 시집, 신구문화사(1961)
1959. 10	시	쥬노의 독백	사상계, 한국전후문제시집, 신구문화사(1961), 전환 1(1978)
1959. 11	시	밤/죄	자유문학
1960. 4	시	ESQUISSE	자유문학, 한국전후문제 시집, 신구문화사(1961) 문학춘추, 9월호(1966), 전환 2(1979)
1961	시	사구의 고전/ 코스모스가 있는 층계	한국전후문제시집
1961	산문	Scenario 문학론	동아 1, 동아대

발표일	분류	제목	발표지
1963	산문	교수. 학생 앙케이트/ CORK 장치의 실내악	동아 3, 동아대
1963	산문	DADA, DADA, DADA	일요문학 1
1963	산문	성격학 연구	동아논총 1
1964	산문	대학. 지성. 인생관. 세계관	동아 4, 동아대
1964	산문	고전문학론/시의 고현학	문학춘추 2-6
1964. 4. 6	산문	'멋'에 관하여	국제신보, 4월 6일
1965. 3	시	붉은 달이 걸려 있는 풍경화	문학춘추, 신한국대학전집, 어문각(1974)
1965. 6	산문	시의 고현학(1)	문학춘추
1968. 8	시	성 바오로 병원의……	현대문학, 한국시선, 한국신시 60년 기념사업회 (1968), 전환 2(1979)
1968	시	검은 부정의 arabesque	한국시선, 한국신시 60년 기념사업회(1968), 신한국 문학전집, 어문각(1974)
1971	시	고현환상	신문학 2
1974	시	Xenakis의 셈본	신한국문학전집(어문각), 전환 1(1978)
1974	산문	자동기술법론	아시체, 초현실주의 연구회, 명지어문학 6, 명지대
1975. 7·8	산문	시어론	시문학 49·50
1975	산문	초현실주의 사상과 기교 —자동기술론	아시체, 동성출판사
1978	시	검은 ceremony/	전환 1

발표일	분류	제목	발표지
		낡은 쇼우 무대에/	
		살으로 손을 내미는	
		소녀는 밤의 톱니바퀴에	
		걸려 있다/새로운 연대기/	
		H씨의 주문/하얀 전설들	
1978	산문	초현실주의 사상과 기교	오브제, 초현실주의 문학
		─Objet론	예술 시리즈 2
1979	시	지구 위령탑 위에……/	전환 2
		처처춘방동	
		칸나가 불을 켜 들면	
1979	산문	토석성이 묻어 있는	시문학 101
		메르헨	
1980	산문	초현실주의 사상과 기교	오브제, 초현실주의 문학.
		─해학	예술 시리즈(3)
1981	시	일회변증법 모퉁이에서/	전환 3
		쥐꼬리망치과에 속하는 시/	
		태양 경수·끈끈이주걱·	
		소파수술	
1981	산문	초현실주의 개설	명대 11, 명지대 학도호국단
1981	산문	파트라지의 미궁에서	시문학 126
		쉬르의 회랑으로	
1982	시	디멘쉬어 프리콕스의	전환 4
		푸르른 산수/	
		시편들은 옴니버스를 타고	
1982	시	『검은 ceremony』의 부분/	전환 동인 시화첩

발표일	분류	제목	발표지
		『디멘쉬어 프리콕스의 푸르른 산수』의 부분(1)/ 『디멘쉬어 프리콕스의 푸르른 산수』의 부분(2)/ 시편들은 옴니버스를 타고 (3)의 부분/ 『지구 위령탑 위에』의 부분	
1982	산문	초현실주의와 현대문학의 방향	시문학 136
1983	시	목요일의 하얀 늑골/ 운동학적 처녀성	전환 5
1983	산문	산업사회에 있어서 문학(예술)이 가야 할 길	명대 14, 명지대
1983	산문	안장현의『잊을수 없는 사람들』을 읽고	시문학 138
1984	시	( ) 병아리 설렁(초인종)	전환 6, 미발표 노트,
1984	산문	초현실주의 사상과 기교 —물체 시난만 시의 이교도 —Cummings는 가다	오브제, 초현실주의 문학. 예술 시리즈(4), 미발표 노트

작성자 함돈균 고려대 민족문화연구원 HK 연구교수

신념의 시, 행동하는 시인

이상숙 | 가천대 교수

1 최석두의 생애와 작품

최석두는 1917년 9월 19일 전남 함평 기각리에서 출생해 1951년 10월 22일 사망했다. 최석두의 생애와 행적에 대해서는 친구 김순남의 기억,[1] 1957년 북한에서 간행된 두 번째 시집 『새벽길』[2]의 저자 약력과 조벽암의 「서문」, 윤여탁의 연구[3]를 참고했다. 전남 함평의 유지 최경천의 서자로 출생한 최석두는 함평공립보통학교, 광주공립농업학교를 졸업하고 1936년 경성사범 단기 강습반을 수료한다. 이곳에서 최석두는 훗날 첫 번째 시집 『새벽길』(조선사, 1948)의 발문을 썼고 최석두의 가사에 곡을 붙여, 노래

---

1) 김순남, 「跋」, 최석두 저, 『새벽길』(조선사, 1948), 75~77쪽.
2) 최석두, 『새벽길』(조선작가동맹출판사, 1957).
3) 윤여탁, 「최석두의 문학과 삶」, 《실천문학》 22호(1991. 6), 132~149쪽.

「우리들의 함성이 들려온다 — 부상병의 노래」[4]를 완성한 작곡가 김순남을 만났다. 김순남은 최석두가 이 시절부터 이미 시를 쓰고 있었으며 노래를 좋아하고 '감상과 낭만', '영탄과 흥분'에 젖는 감상적인 친구였다고 기억한다.

경성사범 단기 강습반을 마친 최석두는 1936년 10월부터 여주 점동초등학교 교원으로 근무했는데 이 무렵 김순남이 그를 찾아와 만났다. 당시 최석두는 가난과 비분, 허무주의에 빠져 있었으며 다시 볼 수 없을 거라는 생각이 들 정도로 건강이 좋지 않았다. 1938년 일제 "노예 교육 정책"에 반대하여 학교를 사직한 후 해방까지 최석두는 고향에서 농사를 지었다. 김순남의 회고에 따르면, 최석두는 광주 학생 운동을 계승하여 농촌 계몽, 문맹 계몽, 반일 민족의식을 고취하던 '독서회' 활동을 하다 1938년 검거되었다 기소 유예로 풀려났다고 한다. 해방 후 시 「8·15」가 《예술신문》에 발표되었다.[5] 최석두는 1946년 2월 15일 결성된 좌익 통일전선체인 '민주주의 민족전선'의 전남도위원회(도민전) 결성을 위해 마련된 준비위원회의 선전부 명단에 이름을 올리는 등 좌익 사회단체에서 활동하고 있었다.[6] 전남 지역 조직원으로 활동하던 최석두는 1947년 광주에 내려온 조벽암을 만난다. 해방기의 좌익 시인으로 활발히 활동하던 조벽암은 조선문학가동맹의 중앙집행위원회 위원이자 시(詩)부의 위원[7]이었는데 충청도와 전라도 문화 기반 재건 운동차 광주에 갔다 전남 지부에서 활동하는

---

4) 『신작가곡집』(1952)에 이면상 작곡, 「구월산 빨치산」이 실렸음. 이명재, 『북한문학사전』(국학자료원, 1995) 참조.

5) 최석두, 「8·15」, 《예술신문》(1946. 9)으로 전해지나 어떤 경로로 누구의 추천을 받아 매체에 발표되었는지 알 수 없고 원전도 확인할 수 없었다.

6) 《광주민보》(1946. 3. 13). 안종철, 『민주장정 100년, 광주 전남 지역 사회 운동 연구 — 해방 후 사회 운동』(전남 광주광역시, 2015), 109~111쪽. 《광주민보》에 따르면 이 모임은 인민당, 공산당을 필두로 도내 각 정당과 단체 186개와 423명의 대의원, 1000여 명의 방청객이 모였다고 하는데 이를 통해 당시 좌익 사회 운동 단체 수와 조직원의 규모가 상당했음을 알 수 있다.

7) 송기한·김외곤 편, 『해방 공간의 비평 문학』(태학사, 1991), 335~336쪽.

최석두를 만난 것이다. 최석두는 그 자리에서 조벽암에게 자신의 시 원고 보여 주었다. 조벽암은 그중에서 「손」[8]을 잡지에 발표할 수 있게 해 주었고 이듬해인 1948년에는 시 16편을 골라 최석두의 첫 시집 『새벽길』[9]을 발간해 주었다. 첫 시집 『새벽길』에는 해방 후 광주 전남 지역 좌익 단체 조직원으로 활동하면서, 인민 토대 정권, 통일 전선에 동조하고 단독 정권 수립 반대, 이승만 비판, 토지 개혁, 인민위원회를 지지하고 주장한 최석두의 행적이 고스란히 시화되어 있다.

이후 서울에서 다시 만난 조벽암에게 최석두는 자신이 검거되었다가 탈주했다고 했는데 둘의 만남 이후 1949년 8월 24일에 최석두는 다시 검거되어 7년 형을 받았다. 서울 서대문형무소에서 복역하던 최석두는 1950년 6월 28일 서울에 들어온 인민군에 의해 석방되었다. 1950년 7월 서울시 임시인민위원회 선전부 문화과장, 1951년 1월부터는 평양의 문화선전성 문화예술국에 근무하다 1951년 10월 22일 미군 폭격으로 사망했다.

경성사범 단기반 시절부터 이미 시를 좋아하는 소년 시인이었던 최석두가 본격적으로 시 창작을 한 것은 해방 후일 것으로 추정된다. 북한에서 간행한 두 번째 시집에는 첫 번째 시집에 실리지 않은 해방 전후 시들이 들어 있는데 이들의 창작 연대가 해방을 기점으로 시작되기 때문이다. 본격적인 시 창작 시기는 최석두가 사회 운동에 적극적으로 가담한 시기와도 일치한다고 추정되는데 이 또한 매우 조심스럽다. 최석두의 생애를 재구할 수 있는 1차 자료가 전무하고, 그나마 1차 자료라 할 수 있는 시 작품과 시집 또한 자신이 고르고 엮은 것이 아니기 때문이다. 친구와 지인의 기억과 사후 출판된 시집의 '저자 약력'에 생애 정보를 의존할 수밖에 없고 두 권의 시집 모두 남이(첫 시집은 조벽암, 김순남, 주민(州民), 두 번째 시집은 조벽암, 박세영) 시를 고르고 엮었다. 그러나 해방 후 그의 행적은 시에 너무나 선명히 남아 있어 오히려 더 명확히 행적과 심경이 재구될 수 있기

---

8) 최석두, 「손」, 《문학》(1948. 12).
9) 최석두, 『새벽길』(1948).

도 하다. 그의 시에는 함께 지하 운동에 가담한 그의 아내 최판례와 여동생의 모습이 드러나고, 감시원 피케(「피케」), 연락원 레포(「레포」), 인쇄 가리판 작업(「일기(日記)」), 전신주에 삐라 붙이는 전단대(「전단대」) 등으로 활동하는 시인 자신의 모습이 열띤 신념과 벅찬 호흡으로 가감없이 드러난다. 또 해방 후 급변하는 남북의 정치적 상황과 시기마다의 사건이 언급되고 그에 대한 자신의 판단과 주장이 그대로 시어가 되고 있어 그의 활동과 시 창작의 궤적을 분명히 확인할 수 있다. 최석두는 신념을 활동으로 드러내고 활동의 경험, 현장의 울분과 주장을 곧 시로 써냈다.

2 최석두 시에 대한 남북의 평가

최석두는 학계의 주목을 받지 못한 시인이다. 해방 후부터 한국 전쟁기까지 4~5년 남짓되는 짧은 창작기 때문이기도 하지만, 그때에도 그가 광주 전남 지역을 기반으로 사회 운동하느라 본격적으로 창작하고 발표하는 문단 생활과는 거리가 멀었던 이유가 더 크다. 최석두의 원고 뭉치를 받아 온 조벽암이 고르고 엮어 첫 시집을 낼 때도 최석두는 출간 사실도 모른 채 현장에 있었고 그 현장을 소재로 시를 썼다. 자신의 시가 발표되었고 시집이 발간된 것도 나중에 알았다고 한다.

최석두의 시에 대한 평가는 첫 시집 『새벽길』 발간 이후부터 찾아볼 수 있는데 주로 좌익 문학가들의 시집평이었다. 김순남은 이 시집의 발문에서 최석두가 "피비린내 나는 투쟁 속에서 홀어머니를 잃고 아내를 영어(囹圄)로 보내고 자식을 굶기면서도 눈물 한 방울 안 보이며 오직 조국의 민주독립을 위하여 제 일선에 힘차게 나섰다."라며 "여기에 수록된 시는 모두가 그 과감한 혈투 가운데서 튀어나온 열화 같은 인민의 함성 그것을 노래한 것"이고 "앞으로의 석두는 진정한 인민 앞에 참된 시인으로 나타날 것이다."라고 평했다. 인상주의적 감상평과 인물평에 가까운 글이지만 최석두 시가 보여 준 해방기의 '독립'과 '통일'을 위한 투쟁적, 인민적 성격을 확인하기에는 충분하다. 김순남은 조벽암의 선후감(選後感)을 다음과 같이 전한다. "벽암 형의 말에 의하면 형식적인 것, 감상적인 것, 추상적인 것을 할애(割愛)하고 그로서의 모습을 뚜렷이 나타낼 수 있는 구상적이고 진정적(眞情的)이고 육체적인 것만을 추려서 엮었다 한다." 형식적, 감상적, 추상적이 아닌 구상적, 진정적, 육체적인 것이 뜻하는 바는 형식에 치우치지 않고 주제가 뚜렷하며 투쟁에 대한 신념이 선명하고 행위와 행동이 실천적으로 드러난 것으로 이해해야 한다. 조벽암의 구체적인 평가는 시집 평「생동의 정화 ── 최석두의 시집 『새벽길』을 읽고」[10]와 1957년 북한에서 간행된 두 번째 시집 『새벽길』 서문에서 찾아야 한다. 최석두가 보여 준 시 뭉치에서 「전단대」를 읽은 조벽암은 "나는 속으로 놀랐다. 진실하고 간명한 그 시 속에서 나는 그 시인의 투지와 재질과 긍지를 발견했다."라고 했다. 진실, 간명, 투지와 긍지, 재질 등의 평가는 김순남의 발문을 통해 간접적으로 드러난 진정, 육체, 구상이라는 평가와 맥을 같이하고 있다.

김동석은 최석두의 시 「모두들 일어섰다」를 읽고 "8·15 후 조선의 역사를 불과 몇 마디 안 되는 평범한 글로 잘 표현한 놀라운 표현력", "행동의 소산"이라고 평가하며 "감상이나 아롱진 수식 없이 소박(素樸) 직재(直裁). 시인 스스로 역사 창조의 용감한 행동인이기 때문에 그가 체험하는 것이 역사와 직결되지 않는 것이 없으며", "13년 전엔 센티멘털한 시인이었던 그가 시에만 연연하지 않고 행동했기에 가능한 것이고. 8·15 이전에도 그가 오랜 세월 결집된 행동이 골짜구니를 뚫고 새벽길에 다다라 우리 눈에 띈 것이 이 시집", "8·15 이후 가장 빛나는 시집"이라고 높게 평가했다.[11]

김명수는 문학에서의 정치성과 예술성은 '정치성의 매개 없이 예술성이 성립할 수 없는 변증법적 통일체'라고 주장하며, 한가로운 완상과 눈물을

---

10) 조벽암, 「생동의 정화 ── 최석두의 시집 『새벽길』을 읽고」, 《조선문예일보》, 1948. 9. 15. 이 글은 원본을 확인하지 못했다.

11) 김동석, 「行動의 詩 ── 詩集 『새벽길』을 읽고」, 《문학평론》, 1948. 8. 28; 『김동석 평론집』(서음출판사, 1989), 367~369쪽에서 재인용.

표현한 조지훈의 「꽃 그늘에서」와 같은 시는 이 시대의 본질을 드러내지 못하는 사이비 예술성을 보이지만 이와 반대로 최석두의 시 「산(山)길」은 "현금(現今) 이 땅의 현실 속에서 중요하고 본질적인 측면의 하나를 가장 리얼하게 형상화했을뿐더러 그 뜨거운 의욕으로써 우리를 설득시키는 충분한 힘을 가진 점이 그가 규정한 정치성을 갖춘 예술성"에 부합한다고 높게 평가했다.[12]

북한 문학사에서 최석두는 해방기에 남한에서 사회주의 운동을 한 혁명가 시인, 한국 전쟁기에는 후방에서 투쟁하는 '인민'들의 모습을 그려 낸 시인으로 평가된다.

박산운은 두 번째 『새벽길』을 읽고, 부분적으로 "형식의 단조로움과 시적 형상의 미숙, 특히 서사적 요소를 도입할 때 나타나는 약간의 혼란과 시적 긴장성의 결여"가 보이지만 "애국적 빠포쓰", "열화 같은 혁명적 열정"을 보여 준 시집으로 높게 평가한다. "우리는 그의 시에서 특징적인 이러한 예리한 쓰찔을 보면서 이러한 쓰찔을 낳게 한 그의 긴장된 생활 내용과 환경들을 아울러 생각하게 된다. 즉 시인-투사는 남반부 인민들의 투쟁 단계들을 반영하면서 더욱 앞으로 전진해 간다."라고 평가했는데, 해방기 좌익 운동의 투쟁 단계가 그대로 반영된 최석두의 생활과 환경이 시의 내용, 형식, 정서의 바탕이었다는 판단이다.

김순석은 "『안룡만 시선집』, 강승한의 『한나산』, 『박석정 시선집』, 『김우철 시선집』, 『조령출 시선집』, 『벽암 시선』, 최석두의 『새벽길』 등은 모두가 애국주의적 빠포쓰와 개성적 쓰찔의 표현으로서 우리 시단에 커다란 기여"를 했다고 높게 평가했다.[13] 이에 반해 윤세평은 "김순석의 『황금의 땅』 외에도 최근 우리 시집들에는 낡은 사상 잔재들을 이러저러하게 발로시키고 있는바 우리들은 그러한 실례들을 『벽암 시선』, 『리용악 시선집』, 최석두 시집 『새벽길』, 기타에서 찾아 보게 된다."라며 최석두의 시

---

12) 김명수, 「예술성의 문제와 문학 대중화」, 《신천지》, 1949. 2, 170~180쪽.
13) 김순석, 「새로운 전진과 목표」, 《조선문학》, 1958. 1.

를 비판했다.[14] 이용악의 "「오월에의 노래」, 「노한 눈들」 기타는 남반부 인민들의 투쟁을 나약한 인테리의 감정으로 노래하였을 뿐만 아니라 남반부 인민들의 투쟁을 우리 혁명의 민주 기지인 북반부의 혁명 력량과 관련시켜 노래하지 못"했으며 "이러한 편향은 주로 남반부 빨찌산들의 투쟁을 노래한 최석두의 시집에 집중적으로 발현되고 있는바 해방된 조선 인민의 투쟁을 우리 혁명의 광휘로운 전통인 1930년대 김일성 동지를 선두로 하는 견실한 공산주의자들의 항일 무장 투쟁과 결부시키지 않았거나 해방 후 남반부 인민들의 투쟁을 혁명적 민주 기지인 북반부의 혁명 력량과 관련시켜서 이야기하지 않는다면 이는 력사적 현실에 대한 왜곡인 것이다." 라고 혹평했다. 당시 남한의 사회주의 운동에서 좀 더 적극적으로 북한의 혁명과 연결시키지 못했다고 비판하는 것은 당시의 문단을 비판하기 위한 비판으로 보인다.

제2차 작가대회 이후 1959년에 이르기까지 격변하는 북한 문학계의 상황에 비추어 보면 윤세평의 이러한 혹평은 김순석, 백석과 같이 기존의 도식적 문학을 반대하고 문학의 형상성을 강조하는 이른바 '시 문학에서의 부르죠아 사상'을 가진 시인들을 비판하고 숙청하려는 맥락에서 나온 것으로 볼 수 있다. 따라서 윤세평의 이러한 혹평이 이용악, 조벽암, 특히 이미 작고한 최석두 시에 대한 북한 문학계의 일반적인 평가로 자리 잡지는 않는다. 평단의 기조에 따라 약간의 부침은 있으나 이는 일시적이며 부분적인 견해일 뿐 대체로 최석두에 대한 북한 문학계의 평가는 해방기 남한의 인민 투쟁에 헌신하고 투쟁과 예술을 일치시켰으며 한국 전쟁 당시 부상당한 몸으로 전쟁기 후방의 모습을 시로 써낸 시인으로 긍정적인 평가를 하고 있다.

『조선문학사』에서는 "남조선 혁명과 조국 통일을 위한 남조선 혁명가들과 인민늘의 투쟁을 수제" 창작한 시인으로 조기천, 김순석, 강승한 등과

---

14) 윤세평, 「시 문학에서 부르죠아 사상 잔재를 반대하여」, 《문학신문》, 1959. 1. 4.

함께 최석두를 꼽으며 시 「삐라대」(1947),[15] 「앞으로만 간다」(1947)를 그의 대표작으로 언급했다.[16] 이 평가는 『조선 문학 개관』[17]에서도 대동소이한 표현으로 유지되었다. 『조선문학사 10』에서는 "남조선 인민들의 반미 구국 투쟁"을 위해 "직접 손에 무기를 들고 싸우는 항쟁 투사"의 "생활 체험과 전투적 감정"을 시로 표현한 시인들로 "최석두, 유진오, 최찬용" 등을 들며 자세히 소개하고 있다.[18] 최석두는 한국 전쟁기의 시와 가사 작품의 작가로 다시 언급되는데 조령출의 「청년 유격대」(1953)와 함께 "적후에서 용감히 싸운 인민들의 불굴의 기상과 필승의 신념을 노래한 가사 「구월산의 노래」(1951, 최석두)"를 대표작으로 서술한다.[19] 『조선 문학 개관』[20]의 서술도 이와 유사하다.

윤여탁의 「최석두의 삶과 문학」은 해방기 시인으로 이름만 언급되던 최석두에 대한 본격적 논의 기반을 마련했다. 당시 북한 자료를 구할 수 없었기에 북한에서 1957년 발행된 두 번째 시집 『새벽길』을 보지 못한 한계가 있으나, 최석두의 생애와 행적, 가족 관계에 대한 현장 조사와 함께 최석두 시에 대한 논의, 문학사적 위상 등 최석두 연구 전반에 대한 성실한 논의를 보여 주었다. 혼란스러운 해방 정국의 '행동하는 시인'으로서 시인 최석두와 혁명가 최석두의 삶이 일치했다고 했다. 또 그의 시가 짧은 시행과 호흡으로 시적 긴장을 확보하고 시적 리듬이 살아 있으며 현실에 바탕을 둔 높은 시정신을 보여 주었다고 높게 평가했다.[21] 이는 최석두에 대한

---

15) 이는 「전단대」를 칭하는 것으로 판단됨.
16) 사회과학원 문학연구소 편, 『조선문학사』(1945~1958) 제1편(평양: 과학백과사전출판사, 1978): 이상숙 외 편, 『북한의 시학 연구 5권 시문학사』(소명출판사, 2012), 151쪽에서 재인용. 이하 북한문학사 인용 부분은 모두 이 책에서 재인용한 것임.
17) 박종원·류만, 『조선 문학 개관 II』(사회과학출판사, 1986).
18) 오정애·리용서, 『조선문학사 10』(사회과학출판사, 1994).
19) 사회과학원 문학연구소 편, 『조선문학사』 제1편.
20) 박종원·류만, 『조선문학개관 II』.
21) 윤여탁, 「최석두의 문학과 삶」, 《실천문학》 22호, 1991. 6: 윤여탁, 「문학과 삶과 문학사적 복원」, 『시의 논리와 서정시의 역사』(태학사, 1995).

일반적이고 공통적인 평가로 자리 잡았다.

한계전은 시인 최석두가 작사가로 '자주 국가 건설의 해방 정국의 민족적 열망을 간단한 형식의 대중적인 노래'로 만들기도 했다는 것을 언급했다. 그의 시 「손」에는 '해방 정국의 민주주의 운동에 전념하던 사람의 모습이 형상화되었고, 비약과 여운을 간직한 시어, 짤막한 시행, 함축적 비약적 시 세계의 진면목을 보이고 있으며 대비, 시각적 이미지가 잘 드러난다고 높이 평가했다.[22]

강경호는 두 번째 시집 『새벽길』을 포함한 최석두 작품 대부분을 대상으로 일련의 글을 제출했는데, 월북 후 발표한 최석두의 시를 '반미 반제 의식', '사회주의적 자의식', '6·25 전쟁 형상화'의 항목으로 나누어 분석한 후, 최석두를 개인의 일상보다는 국가, 역사, 정치를 소재로 목적의식적 사회주의 시를 창작한 시인으로 평가했다.[23]

남북의 학계는 최석두가 '해방기 남한에서 사회주의 투쟁을 시로 표현한 투사 시인이며 월북 후 한국 전쟁 중에도 사회주의에 대한 투철한 신념으로 시를 쓴 시인'이라는 평가를 이견 없이 공유하면서도 최석두 연구의 중심은 조금 다르게 설정했다. 남한에서는 해방기의 혼란스러운 시 문학의 판도 안에서 최석두의 위상을 가늠하는 것에 중점을 두었다면 북한에서는 해방기의 투사였고, 한국 전쟁기에는 투쟁 중 부상당했으나 문학으로 투쟁한 애국적 투쟁 시인으로 부각했다.

22) 한계전, 『한계전의 명시 읽기』(문학동네, 2002), 290~294쪽.
23) 강경호, 「최석두 시 연구」, 광주대 산업대학원 문예창작학과 석사 학위 논문, 2001.
     강경호, 「휴머니즘의 길, 사회주의의 길」, 『휴머니즘 구현의 미학』(시와사람, 2006).
     강경호, 「역사의 새벽길로 떠난 시인 최석두」, 광주전남민족문학작가회의 편, 『광주 문학 지도 1』(심미안, 2005).

3 신념과 시인의 자의식

최석두는 개인적 서정과 생활에 대한 세세한 묘사보다는 활동가, 혁명가로서 시인의 자의식에 충실한 시를 썼다. 감시원 피케, 연락원 레포, 가리판으로 찍은 삐라를 뿌리고 전신주에 붙이는 전단대, 산짐승들만 다니는 산길을 걷고, 위험한 매복전을 치르면서도 단정 반대(「새벽길」), 인민위원회 (「선거날」), 토지 개혁(「전원이상」)을 시로 외치며 행동하는 시인의 역할을 의식하고 있었다.

무등산 60리 단숨에 차고 온
화순 탄광 동무들의 홍수 같은 대렬과 대렬.
이제 곧 굴을 빠져나온 삼천의 철각(鐵脚)
거리와 거리에서 골목과 골목에서
모든 곳에서
마구 터져 나오는 인민의 물결.

쌀을 다오!
일을 다오!
모든 권력은 인민에게로!

새 력사의 장엄한 부르짖음이다,
바람보다도 더 큰 인민의 깃발이다.
온 시가는
데모 三만의 폭풍 속에서 수풀 모양 흔들리고,
아아 고향 하늘은 참말 고향 하늘은
무거운 침묵과 끊임없는 정열에 잠긴
무등산 령 우에

상냥한 옛모습 그대로 온 조선이 살아나듯,
크게 숨 쉬며
수정빛 그윽한 푸른 웃음
다시 돌아오는구나.

이래도 나는 울어야만 하느냐
10년을 한꺼번에 살아 버리는 행복이
신이 나게 압박하는 것이다.
그렇다 광주 너는 살았다.

너는 젊은 영웅이다.
붉은 피 소(沼)되어 끓는 젖가슴
함부로 풀어 헤치고 미쳐도 좋다,
유정한 그 아름다운 품안에
삼천만 별 황홀히 빛날
조선의 하늘을 억세게 끌어안아라.

내 울음이 다 마르고
네 숨가쁨이
시원하게 가시여지는 날이 온다면
비로소 이 무명 시인의 노래도
정말 노래가 될 수 있으리니,
너 그 얼마나 화려한 야심이냐. (一九四六. 八)
　　　　　—「폭풍의 거리 다시 온 八·一五테로 속에서」 부분[24]

24) 최석두, 『새벽길』(조선작가동맹출판사, 1957), 12~15쪽.

해방 후 1년이 되는 날, 미군의 총과 비행기 시위에 맞서는 '화순 탄광 광부', '인민'의 물결과 '쌀', '일', '권력'을 외치는 '새 력사의 부르짖음'이 광주 무등산에 그치지 않는다. 시가 데모의 폭풍이 온 조선에 살아날 것을 시인은 바라고 또 바라보고 있다. 화순 탄광 데모가 일어난 폭풍의 거리 광주가 "삼천만 별 황홀히 빛날/ 조선의 하늘을 억세게 끌어안"을 수 있을 때 이를 써낸 무명 시인인 자신의 시가 "정말 노래" 즉 진정한 시로 완성될 수 있다고 생각한다. 그것을 위해 외침을 시로 쓰고 훗날을 상상하는 "이 무명 시인"은 "화려한 야심"에 휩싸여 있다. 자조적이며 냉소적으로 들리는 '무명 시인의 정말 노래'나 "화려한 야심"을 품은 오늘의 외침은 결코 초라하거나 무모하거나 불가능한 것으로 보이지 않고 굳은 신념과 순수한 희망을 담은 자부심으로 해석된다. 그가 실제 연락원, 감시원, 전단대로 활동하면서 역사의 새벽길을 걸어왔기 때문이다. '인민'의 화려한 야심을 기록하고 기억한다는 시인의 자의식이 굳건하지만 실제 활동하고 실천했던 최석두는 기록자 혹은 관찰자 이상의 소명을 자신에게 부여한다. 시에 담긴 이 "새 력사"가 실제로 이루어질 때 자신의 시가 진정한 의미를 가질 수 있다는 활동가의 신념이 그것이다. 이는 실제 실현 가능성의 문제가 아니다. 실현 가능성을 가늠하지 않고 '새 력사의 부르짖음'임을 의심하지 않는 절대적 신념의 문제이며 신념을 지탱하는 실천의 문제이다.

목목이 숨어 노리고 있을
원수의 잔인한 눈추리를 돌아

돌부리마다 시월은 스며
소스라치는 山길.

짐승보다도
원수보다도

더 잔인한 마음을 지녀야 하기에

풀뿌리 질근질근
성낸 발자국
길 아닌 길을 더듬어 간다

많은 동무들이
수없이 수없이 싸우며 간 길
또 많은 동무들이
수없이 수없이 더듬어 오는 山길.

—「山길」(1947) 부분[25]

　토끼, 너구리, 늑대, 오소리들만 다니는 골짜기를 "조국의 자유와/ 인민의 행복"을 위해 "하늘도 바람도 모르는 억센 발자국들이" 더듬어 간다. 곳곳에 숨은 원수들의 눈을 피해 진격하며 끊임없이 투쟁하겠지만 그들은 아무에게도 기억되지 못할 수 있는 어둠 속 발자국들이며 그들의 싸움은 밤 골짜기의 길 아닌 길만큼이나 아득하고 불확실한 것이다. 그러나 그들은 "조국의 자유와 인민의 행복"을 위해 더듬더듬 어려운 길을 가야 한다고 믿는다. 그래서 그들에게는 "짐승보다도/ 원수보다도/ 더 잔인한 마음"이 필요하다. 짐승을 이기고 원수를 이기는 것보다 짐승만 다니는 길을 더듬어 가는 오늘과 내일의 자신을 이기는 것이 더 힘들기 때문이다. 그래서 자신에게 더 잔인해져야 한다. 자신에게 잔인해지지 않으면 소스라치게 서늘한 돌부리 불거지는 산길을 걸을 수 없다. 자신을 이기도록 잔인해지게 해 주는 것은 맹목적으로 보이는 신념밖에 없다. 최석두의 시는 신념과 의지를 다잡듯 쓰여진 잔인한 마음이다. 최석두가 어떻게 사회주의자

---

25)　최석두, 『새벽길』(조선사, 1948), 38~41쪽.

가 되었는지 사회주의를 어떻게 이해하고 있었는지 시만으로는 가늠할 수 없다. 구호와 외침, 다짐, 신념으로 구성된 그의 시는 이해, 해석, 판단의 시간을 허락하지 않는 견결한 신념 자체이기 때문이다. 어쩌면 맹목적으로 보이는 그의 견결한 신념이 해방기 당시의 시대적, 사회적, 이념적 정서일 수도 있다.

월북 후 최석두는 부상을 당해 구호 병동에서 생활하다 평양에서 문화계 직책을 받아 후방에서 전쟁을 지원하는 시인으로 활동한다. 적에 대한 적개심과 원색적 비판의 시, 전쟁 영웅과 후방 영웅을 형상화하는 시 등 한국 전쟁기 북한 시의 전형에 충실한 작품을 쓴다. 최석두는 「녀릿재」, 「영웅 최치정」에 나오는 전쟁 영웅을 시로 써내는 자신의 일을 자랑스러워한다.

> 손에 총창은 비록 잡지 않았다만
> 나는 원쑤의 가슴팍을 노려
> 날으는 탄환
>
> 백아관의 강도들과 맞서 싸우는
> 공화국의 떳떳한 일군이다.
>
> 나에게 맡겨진
> 오늘의 싸움을 이기기 위해
> 나는 내 마음을 틈 없이 다지며
> 이 길을 걷느니,
>
> (중략)
>
> 장엄한 민주 건설의 五년이 여기 있었고,

민주 건설의 五년이 있음으로 하여
오늘도 폐허가 될 수 없는 것으로
북바쳐 이글거리고 있나니,

나의 일터
만수대로 우뚝 선 이 길에 서면
원쑤를 족치며 진격하는
동무들의 함성을 나는 듣는다.
영용한 공화국 영웅들의
억세인 발자국 소리를 듣는다.

원쑤를 가루로 부시고
조국의 하늘마다
승리의 기, 휘날릴 그날을 위하여
나는 이 길을
탄환이 되어 앞으로만 내닫겠노라.

　　　　　　　　　　　—「길」(1951. 5. 29.) 부분[26)

　문화선전성 문화예술국에 근무하며 시를 써내는 자신도 비록 총과 창을 잡지는 않았지만 원수에게 겨누는 탄환이며, 미국과 맞서 싸우는 일꾼이고 공화국의 영웅들과 함께 발자국을 내는 사람이라는 자부심이 가득하다. 자신에게 맡겨진 오늘의 싸움, 오늘의 임무를 완수하기 위해 마음을 다지는 성실하고 신실한 혁명 운동가, 혁명 실천가의 모습은 월북 전후를 막론한 최석두의 본질이다. 다만 짐승보다 원수보다 더 '잔인해야 했던 마음'이 자부심으로 가득 찬 '마음을 틈'을 다지는 것으로 달라졌을 뿐이

26)　최석두, 『새벽길』(조선작가동맹출판사, 1957), 123〜126쪽.

다. 월북 전의 시에 자주 나오는 '길', '발자국', '거리', '동무', '억세인' 등의 이미지는 월북 후에도 여전히 자주 등장한다. 현실 정치 비판, 인민과 혁명, 적에 대한 적개심 등으로 모아지는 시의 주제 또한 크게 달라지지 않았음을 확인할 수 있다.

4 최석두의 길

최석두는 남한에서 활동할 때 인민의 외침, 구호화된 정치적 의견 표명 등 당대의 전형적인 사회주의 투쟁의 시를 썼고, 월북 후에는 전쟁 영웅, 후방 영웅을 칭송하는 전쟁기 문학의 전형적인 소재와 주제를 채택했다. 작품만으로 생애가 재구될 정도로 행적과 인식을 시에 명료히 담아내는 행동하는 투사 시인 최석두는 해방기 남한 좌익계 시인 중에서도 가장 투쟁적이고 현장을 그리는 데 가장 핍진한 시인이었다. 중앙 문단에서 문학적 투쟁을 한 임화, 권환, 이용악, 오장환, 박세영, 조벽암과 달리 최석두는 노동자, 농민, 유격대라는 다른 위치, 다른 환경에서, 또 다른 관점에서 사회주의를 이해하고 그것을 시와 일치시키고 있었기 때문이다.

월북한 많은 좌익 시인들이 각자 다른 운명을 맞아 분단국 시인의 비극으로 기록되었지만 전쟁 중 사망하여 '북한식 사회주의', '북한식 사회주의 문학'을 이론적으로나 문학적으로나 체험·체득하지 못한 최석두의 운명은 다른 이들과 또 달랐다. 비록 북한 문학사가 그를 훌륭한 시인으로 평가하고 있지만 그가 전쟁에서 살아남아 북한의 시인으로 살았다면 어떤 시를 쓰고 어떤 문학을 했을 것인가. 북한에서 1인 우상화를 위해 벌어진 수차례의 종파 투쟁의 파고를 넘고 주체 문학으로 획일화되고 경색되는 문학을 목도하며 그가 어떤 신념을 지키고자 했을지 또 그것을 어떻게 실천하는 시인이 되었을지 짐작할 수 없다. 하지만 그 또한 고민했을 것이다.

일제 강점기 말 농민으로 허무와 비탄에 빠져 반제 반일 감정을 휩싸였던 그는 해방기의 사회주의 지방 조직의 투사로, 유격대원으로 투쟁의 현장에서 온몸으로 사회주의에 대한 신념을 키웠다. 그의 문학적 열정이 노동자, 농민으로서 현실의 모순과 인간의 존엄성 옹호에서 출발한 것인데, 북한의 우상화 문학, 수령 형상, 주체 문학은 최석두에게 어떻게 다가갔을 것인지, 스스로를 어떤 위치에 두고 문학을 해 나갔을지는 쉽게 예측할 수 없다. 북한 사회주의에 적응하지 못하고 숙청당한 후 자신의 문학을 저버리고 30년을 목축공으로 살아간 백석의 길, 종파 투쟁과 숙청의 풍파를 견디고 북한 체제 옹호의 예술인으로 안착한 이용악의 길, 혹은 일제 강점기 말 일본 노동자 시인으로 노동 체험과 전쟁 체험의 핍진한 시로 북한에서 칭송받으며 북한 문학계의 선두에 선 사회주의 시인 안룡만의 길. 최석두의 길은 무엇이었을까. 어느 길이든 그 길을 가는 동안 최석두는 자신의 신념을 시로 쓰고, 그 신념을 지탱하는 실천을 멈추지 않고 실천을 곧 시로 써내는 혁명가의 자의식을 견지했을 것이다. 짧은 생애, 많지 않은 작품의 시인이지만 최석두는 격동하는 시대에 치열하게 행동하고 치열하게 시를 쓴 시인으로 각인될 만하다. 비록 그의 시가 혼란의 시대에 과열된 신념의 정치성이 반영된 목적시, 북한식 사회주의 이전의 사회주의에 대한 맹목적 신념에 휩싸인 구호시의 범주 안에 있다 하더라도. 이 또한 우리 문학 지도에 그려진 하나의 작은 길이다.

제3주제에 관한 토론문

홍용희 | 경희사이버대 교수

　이상숙 선생님의 논문, 「신념의 시, 행동하는 시인 ─ 최석두론」은 일제 강점기, 해방 정국, 한국 전쟁, 민족 분단으로 이어진 역사의 소용돌이 속에서 실종된 시인을 우리 문학사에 복원시키고 있다는 점에서 중요하게 평가된다. 최석두(1917~1951)는 일반 독자들은 물론 연구자들 사이에서도 제대로 알려질 기회가 없었던 시인이기 때문이다.

　이상숙 선생님께서 발표한 최석두의 문학적 삶을 요약하면 해방 공간에는 전남 광주 지방을 거점으로 활동하다가 조벽암에 의해 발굴되어 16편을 수록한 첫 시집 『새벽길』(1948)을 간행한다. 그는 해방 정국에서 좌익 활동으로 검거되어 7년 형을 선고받았으나 한국 전쟁으로 석방된다. 그리고 북으로 올라가 평양에서 사망(1951. 10. 22)한다. 그의 제2시집은 1957년에 제1시집과 같은 제목으로 출간된다. 최석두의 주요 활동은 해방기에는 남한에서 사회주의 운동가였고 한국 전쟁기에는 짧은 기간 동안이나마 북한에서 '인민'과 김일성에 대한 찬가를 남긴 것이다.

　이상숙 선생님의 발표문에서 우리 문학사에서 낯선 이름인 최석두의 문학적 삶과 시 세계에 대해 비교적 잘 이해할 수 있었다. 여기에서는 다소 발표문의 범위를 넘어서기도 하지만 최석두에 대한 이해의 폭을 넓히기 위해 몇 가지 질의를 하고자 한다.

첫째, 최석두와 광주농업학교 동창이며 친구였던 작곡가 김순남이 쓴 최석두 첫 시집 머리말에 따르면 "홀어머니를 잃고 아내를 영어로 보내고 자식을 굶기면서도 눈물 한 방울 안 보이며 오직 조국의 민주 독립을 위하여 힘차게 나섰다."라고 술회하고 있다. 최석두가 이처럼 견고하게 사회주의 혁명 의식을 무장하게 된 내적 계기나 배경이 있다면 무엇일까 하는 의문을 지니게 된다. 그의 생애와 작품 세계에서 이에 대한 대답을 찾을 수 있는 대목이 있다면 보강 설명을 부탁한다.

둘째, 최석두는 월북 후 전쟁 중에 부상을 당해 구호 병동에서 생활하기도 한다. 이때 나온 시 「구호병원」에 보면 "내 어버이의 나라/ 공화국이여"라고 노래한다. 당과 김일성에 대한 북한의 찬가류 시편으로 보인다. 최석두가 월북과 더불어 북한식 사회주의에 동화된 사상적 지향 과정의 배경에 대해 좀 더 이해 할 수 있었으면 한다.

셋째, 마지막 장 "최석두의 길"이 매우 인상적이다. 그가 전쟁에서 살아남아 북한의 시인으로 살았다면 어떤 시를 쓰고 어떤 문학을 했을까, 라고 묻고 있다. 이것은 최석두의 문학적 삶과 시 세계의 체질적 특이성, 성향 등과 깊은 연관이 있을 것이다. 과연 그는 북한 사회에서 살아남았다면 어떠한 길을 걸었을까? 자신의 문학을 버렸던 백석의 길일까? 북한 체제 옹호로 안착한 이용악의 길일까? 적극적으로 북한 문학의 창작 지침을 선도하는 안용만의 길일까? 조심스럽지만 이러한 추론은 최석두의 실재의 문학적 삶과 내력 그리고 지향성을 실감 있게 이해하는 데 큰 도움이 될 것으로 보인다.

최석두 생애 연보

1917년	9월 19일, 전라남도 함평 기각리 출생. 아버지 최경천, 어머니 손숙사.
1924년(7세)	함평공립보통학교 입학.
1931년(14세)	광주공립농업학교 입학.
1936년(19세)	광주공립농업학교 졸업. 4월, 경성사범 단기 강습 수료. 작곡가 김순남과 교유. 10월, 경기도 여주군 점동초등학교 교원 생활.
1938년(21세)	일제 교육 정책에 반대하여 점동초등학교 사직. 함평으로 귀향. 동경에 있는 김순남 방문. 김순남에게 자신이 '독서회' 활동을 하다 검거된 바 있다고 말함.
1939년(22세)	아버지 최경천 사망.
1946년(29세)	어머니 손숙자 사망.
1948년(31세)	전남 지역 사회주의 조직에서 전단대, 연락원, 유격대 등 지하운동원으로 활동하였고 아내와 여동생도 함께 활동함. 농민, 노동자의 삶과 사회주의에 대한 열망을 담은 작품 창작. 조선문학가동맹 시(詩)부 위원으로 광주를 방문한 조벽암에게 자신의 시 원고 뭉치를 건넸고 조벽암은 이중 16편을 골라 최석두의 첫 시집 『새벽길』(조선사) 발행함.
1949년(32세)	8월 24일, 좌익 혐의로 체포 7년형 언도.
1950년(33세)	3월, 서대문형무소 구치소 수감. 6월 28일, 인민군에 의해 출옥. 아내 최판례(승애), 아들 순민, 딸 란이, 숙이와 함께 월북. 7월, 서울시 임시 인민위원회 선전부 문화과장.

| 1951년(34세) | 1월, 평양에서 문화선전성 문화예술국 활동. 10월 22일, 평양에서 폭격으로 사망. |
| 1957년 | 두 번째 시집 『새벽길』(평양:조선작가동맹출판사) 간행. |

최석두 작품 연보

발표일	분류	제목	발표지
1948	시	고향/너 거기 있어라/ 더 아름다운 하늘/맨드래미/ 모두들 일어 섰다/ 별이 날아가는 밤/빈민촌/산길/ 새벽길/솔개/앞으로만 간다/ 양각산/우리들만이 느끼는/ 일기/전단대/피케	새벽길(조선사)
1948. 8	시	손	문학
1950	시	전단대	한 깃발 아래서 (문화전선사)
1951	시	영웅 최치정/ 동무는 우뚝히 우리들의 진두를 걸어간다	청년시인집 (민주청년사)
1951. 4	시	미해방지구(未解放地區)가 있다	문학예술
1952	가사	우리들의 함성이 들려온다/ 구월산 빨치산	신작가곡집
1953. 2	가사	보초병의 노래	문학예술
1957	시	결전/구호 병원/그리운 노래/길/ 너릿재/더욱더 기다려지는 사람이	새벽길 (조선작가동맹출판사)

발표일	분류	제목	발표지
		되라/동사의 거리/들판에서/례포/	
		매복전/면회/민청 깃발 아래/	
		밤의 제강소/벌 방/불ㅅ길/	
		산/산 우에 달이 뜬다/선거날/	
		유격대원들의 춤/전단/	
		전 세계 청년의 크낙한 힘으로/	
		전원 이상/전재민 부락/	
		철로를 끊어라/총아/폭풍의 거리/	
		하루빨리 인민의 편에 돌아 오라/	
		학생의 날에	
1998	가사	락동강/승리로 빛내이자/	결전의 길로
		포위섬멸의 노래	(문학예술종합출판사)

작성자 이상숙 가천대 교수

마녀와 히스테리 환자

1950~1960년대 손소희 소설과 여성의 욕망의 재현[1]

신수정 | 명지대 교수

1 손소희의 소설과 '어긋남'

한국문학사에서 손소희(1917~1987)가 출현하는 대목은 아마도 해방 이후 여성 문학 3세대를 호명하는 순간일 것이다. 나혜석, 김명순, 김일엽 등의 1세대와 박화성, 최정희, 강경애, 백신애, 모윤숙, 노천명, 이선희, 임옥인 등의 2세대를 잇는 여성 문학 3세대는 대개의 경우 손소희와 더불어 장덕조, 전숙희, 한무숙, 조경희 등으로부터 그보다 조금 아래 세대인 강

1) 이 논문은 2017년 4월 27일 대산문화재단과 한국작가회의가 공동 주최한 '2017 탄생 100주년 문학인 기념 문학제 심포지엄 — 시대의 폭력과 문학인의 길'에서 발표한 「손소희: 광기와 자살 — 손소희 소설에 나타나는 여성의 자기 처벌과 가부장제의 균열」을 수정, 보완하여 《현대소설연구》(2017. 6. 30)에 실은 논문 「마녀와 히스테리 환자 — 1950~1960년대 손소희 소설의 여성의 욕망과 가부장제의 균열」을 재수록한 것이다. 발표문에 대한 토론을 맡아 주신 숭실대 이경재 선생님과 논문을 심사해 주신 여러 심사위원들에게 감사의 마음을 전한다.

신재, 박경리, 송원희, 한말숙, 정연희 등을 포함하는 경우가 많다.[2] 이들은, 현저히 늘어난 숫자가 말해 주듯, '한국여류문학인협회'라는 이름의 문학 조직체를 결성하고 여성 전집을 기획, 발간하는 등 여성들만의 문학적 전통과 정전을 구성해 내고자 노력했다는 점에서 여성 문학의 수준을 한 단계 업그레이드한 세대라고 할 만하다. 그러나 최근의 여성 문학 연구는 이들의 성취에 의혹의 눈길을 보내는 경우가 적지 않다. 그들에 따르면, 3세대 여성 문학은 기존의 도덕적 관념과 인습으로부터 개인의 해방을 부르짖었던 1세대 여성 문학이나 민족 및 계급적 불평등의 심화에 저항했던 2세대 여성 문학과 달리 당대의 지배 질서나 가부장적 이데올로기와 공공연히 공모해 온 '연성의 문학'에 다름 아니다.[3] 무엇보다도 한국전쟁 및 베트남전 등 광범위한 국가 동원 전략에 적극적인 동조와 묵인을 표명한 대목은 이들을 반민중적 독재 정권의 '도우미'이자 국가주의와 군사주의의 '감성적 이데올로그'로 인식하는 데 절대적인 기능을 행한다.[4]

　손소희 역시 이런 맥락으로부터 자유롭지 않다. 일찍이 많은 논자들이 손소희의 소설을 '여성'의 관점에서 읽어 왔지만, 정작 손소희의 소설이 여성 문학의 중요한 전통으로 자리 잡고 있다고 하기에는 어려울 것이다. 정영자는 손소희의 단편 「갈가마귀 그 소리」를 두고 "여성적인 경험에 대한 여성 작가의 증언 문학이라는 특성 속에 한국 문학에 나타난 전통적

---

2)　장덕조와 전숙희 등은 1930년대 활동을 시작했다는 점에서 여성 문학 2세대로 분류되기도 한다.(김병익, 『한국 문단사』(문학과지성사, 2001), 197~198쪽) 그러나 장덕조와 전숙희의 전후 문단에서의 활동 양상을 생각하면 이들을 여성 문학 3세대에 포함시키는 것이 좀 더 타당해 보인다.

3)　물론 당대 지배 질서와의 공모 의혹은 비단 3세대 여성 문학에만 해당되는 것은 아니다. 2세대 여성 문학 역시 이와 같은 혐의로부터 자유롭지 않다. 심진경에 따르면 2세대 여성 작가들 역시 1930년대 후반의 제국주의적 모성 담론의 생산자이자 소비자로서 "주류 문단의 가부장제적 논리에 의해 침윤된 조선 문단의 일부"로 기능하고 있다.(심진경, 「문단의 '여류'와 '여류 문단'」, 『한국문학과 섹슈얼리티』(소명, 2006), 234쪽)

4)　박정애, 「'동원'되는 여성 작가: 한국전과 베트남전의 경우」, 《여성 문학연구》 10, 2003, 84쪽.

인 여성상으로서 희생, 기원, 사랑, 한의 여성상을 묘파했으나 여성 해방 논리에 의한 여성의 창조적 비전을 제시하는 데는 실패"[5]했다고 평가하고 있으며, 김해옥 역시 손소희의 소설에 나타나는 남녀 간의 사랑을 둘러싼 갈등과 좌절을 여성적 존재의 자각으로 해석하고 있지만, 손소희의 전후 소설에 두드러진 결혼을 통한 안주 욕망과 과도한 낭만성을 들어 '여성적 길 찾기의 퇴로'를 이야기하고 있는 형편이다.[6] 전혜자는 아예 장편 소설 『남풍』을 리얼리즘 서사가 아니라 프라이식 로맨스로 규정하며 "내용상 전통 파괴라는 느낌은 들지만 실제로 부가장적 결혼관의 해체라는 개혁성을 띠고 있지 않다."[7]라고 평가한다. 요컨대, 손소희 사후 시작된 본격적인 연구들은 손소희의 소설을 여성 문학의 관점에서 받아들이는 데 다소 인색한 편이라고 할 수 있다.[8]

이러한 '비판적 지지'는 손소희의 삶의 이력에서 연원한 측면도 적지 않은 듯하다. 1917년 함경북도 경성군 어랑면의 대지주 가문에서 태어난 손소희는 함흥 영생여고를 졸업하고 동경 유학을 갔다가 신병으로 중퇴하고 귀국한 뒤 만주로 건너가 염상섭, 안수길, 박영준 등이 관여하고 있던《만

---

5) 정영자,「손소희 소설 연구 ─ 속죄 의식과 죽음을 통한 여성적 삶을 중심으로」,《수련어 문집》16, 1989, 15쪽.

6) 김해옥,「현실과 낭만적 환상 사이에서의 길 찾기」,《현대문학의 연구》8(한국문학연구학 회, 1997), 101~103쪽.

7) 전혜자,「『남풍』의 서사적 특성 연구」,《아시아문화연구》4, 2000, 243쪽.

8) 오히려 최근의 연구들이 손소희의 소설에 대한 적극적인 의미 부여의 양태를 보여 주고 있어 흥미롭다. 이를테면, 문흥술(「나르시스적 사랑에 의한 비극적 현실의 정화 ─ 손소희 론」,《문학과환경》7(1), 2008), 김희림(「손소희 소설의 여성 의식과 서술 전략 연구」, 고려대 석사 논문, 2013), 김정숙(「손소희 소설에 나타난 '이동'의 의미」,《비평문학》50, 2013), 이 민영(「발화하는 여성들과 국민 되기의 서사 ─ 지하련의「도정」과 손소희의「도피」를 중심으 로」,《한국근대문학연구》17(1), 2016), 서세림(「사랑과 정치의 길항 관계」,《순천향 인문과학 논총》35(3), 2016) 등의 연구를 주목할 만한데, 그 가운데 가장 최근의 연구라고 할 김정 숙, 이민영, 서세림 등의 논문은 손소희 문학의 여성 문학으로서의 '결여'를 이야기하는 데서 벗어나 그러한 양상을 보이게 된 맥락을 재구성함으로써 정치적 함의를 포착하고 자 했다는 점에서 본고의 참조점이 되었다.

선일보》의 기자로 일하게 된다. 조선어 신문인 《만몽일보》와 《간도일보》를 통폐합해 만들어진 《만선일보》(1937~1945)는 '만주국 정부의 대변인'이라는 오명에서도 알 수 있듯이 노골적인 친일을 표방한 매체라고 할 수 있다.[9] 그러나 식민지 조선에 비해 일제의 검열과 통제로부터 상대적으로 자유로운 만주를 배경으로 하고 있다는 점, 조선어 말살 정책으로 한국어의 존재 자체가 의문에 붙여졌던 1940년대에는 한국문학의 명맥을 이어나갈 수 있었던 유일한 공간이기도 했다는 점 등에서 《만선일보》는 한국 문학사와 관련, 특별한 주목을 요한다.[10] 손소희는 《만선일보》를 통해 글쓰기의 기본기를 단련하는 한편, 만주에서 활동하던 다수의 문인들과 교류한다. 1942년 발간된 『재만 조선인 시집』에는 유치환, 김달진, 함형수 등의 시와 더불어 손소희의 시 「밤 차」와 「어둠 속에서」, 「실제(失題)」 등의 작품을 볼 수 있다.[11] 오족협화와 내선일체의 이념이 충돌하고 있던 만주국의 공간적 특수성을 생각하면, 《만선일보》 기자 경험과 『재만 조선인 시집』의 시작 활동이 손소희의 작가적 정체성의 형성과 관련하여 어떤 영향력을 행사했을지 짐작하기는 그리 어렵지 않다. 아마도 손소희는 "제국주의적 이데올로기와 실제 현실과의 간극"을 "슬픔과 애수, 퇴폐와 허무주의적 사유"로 토로하는 방식을 통해 개인적 정체성을 넘어서는 민족적 정체성을 탐색했을 것으로 미루어 짐작된다.[12] 그런 점에서 해방 이후 월남한 손소희가 1946년 《백민》에 소설 「맥(貘)에의 메별(袂別)」을 게재하고 박영

9) 손유경, 「만주 개척 서사에 나타난 애도의 정치학」, 《현대소설연구》 42, 2009, 196쪽.
10) 오양호(「1940년대 초기 만주 이민 문학」, 《한민족어문학》 27, 1995)의 선구적 실증 작업을 필두로 《만선일보》와 관련된 재만 시인들의 작품에 관한 연구는 조은주(「일제 말기 만주 체험 시인들과 '기억'의 계보학적 탐색」, 《한국시학연구》 23, 2008), 임용택(「일제 강점기의 만주 조선인 문학 소고」, 《한국학연구》 22, 2010), 이인영(「만주와 고향: 《만선일보》 소재 시에 나타난 고향 의식을 중심으로」, 《한국근대문학연구》 26, 2012) 등으로 이어지며 만주 연구의 한 축을 담당하고 있다.
11) 1942년 10월 10일 연길 예문당(芸文堂)에서 간행되고 13명의 시 53편이 수록되어 있는 이 시집에 손소희의 작품 세 편 역시 발표되어 있다.(임용택, 위의 논문, 117~118쪽)
12) 조은주, 앞의 논문, 61쪽.

준의 소개로 '문학가동맹'에 가입하여 최정희, 오장환, 박계주 등과 교류하게 되는 것은 지극히 자연스러운 귀결로 보이기도 한다.[13] 적어도 해방을 전후로 한 손소희의 삶은 소위 민족주의 좌파에 좀 더 가까운 양상을 보이고 있었다고 할 수도 있을 것이다.

그러나 1950년 6월 25일 발발한 한국 전쟁은 손소희의 삶을 송두리째 바꾸어 놓는다. 미처 피난을 가지 못한 그녀는 이른바 '잔류파'로 분류되어 9·28 수복 이후 군경 합동 수사 본부에 의해 최정희, 노천명, 박영준, 김영호, 박계주 등과 함께 연행된 뒤 부역 행위에 관한 조사를 받고 서대문형무소에 10일간 구금되었다가 불기소 처분으로 풀려난다.[14] 이 사건은 그녀로 하여금 '전향'을 선택하도록 만드는 결정적인 계기로 작용한다. 1951년 6월 손소희는 '해군종군작가단'에 가입하고 『적화삼삭구인집(赤禍三朔九人集)』(국제보도연맹, 1951)에 소설을 발표하는 등 이제까지와 구별되는 행보를 보인다.[15] '진정한 타공(打共) 인사'를 자처하던 오제도 검사에 의해 기획되고 편집된 『적화삼삭구인집』은 널리 알려진 것처럼 '적 치하 3개월'의 참상을 고발하고 있는 수기를 모은 책이다. 따라서 여기에 글을 발표했다는 것은 그것만으로도 정치적 의도를 짐작할 수 있는 대목이 없지 않다. 이 책은 부역 혐의를 받고 있던 작가들에게 면죄부로 기능한 바 적지 않았던 것이다.[16] 그러나 여기에서 주의할 것은 『적화삼삭구인집』에 실린 모든 소설들을 이데올로기의 눈으로 판단하려고 해서는 곤란하다는 점이다. 특히 손소희의 단편 「결심」은 다른 작가들의 글에 비해 부역 행위에 대한 반성이 소극적으로 이루어지고 있다는 점에 유의할 필요가 있

---

13) 손소희, 『때를 기다리며 — 손소희 문학 전집 11』(나남, 1990), 405~406쪽.

14) 위의 책, 407쪽.

15) 엄미옥, 「한국 전쟁기 여성 종군작가 소설 연구」,《한국근대문학연구》21, 2010, 267~269쪽.

16) 이 책에 대한 자세한 사정은 서동수(「한국 전쟁기 반공 텍스트와 고백의 정치학」,《한국현대문학연구》20, 2006, 92쪽), 신형기(「6·25와 이야기 — 전쟁 수기들을 중심으로」,《상허학보》31, 2011, 227쪽)를 참조할 것.

다.[17] 전시 체제하 손소희의 소설이 어쩔 수 없이 반공 국가주의와 공모하는 모습을 보이지 않을 수 없었던 것은 사실이지만 손소희는 그것에 대한 적극적인 옹호보다 피난민 여성의 심리를 통해 전쟁이 초래한 비극적 실상을 드러내고자 노력한 것으로 보인다.[18] 말하자면 손소희의 '전향' 및 '반공 국가주의에의 동원 양상'은 실제보다 그 내용이 확대되어 있는 경향이 있으며 개인사에서 비롯된 복잡 미묘한 정치적 양상이 생략되어 있는 경우가 많다고 할 수 있을 것이다. 아마도 전후 감행된 남한 문단의 거두 김동리와의 재혼 및 남한 문단 조직의 재편 과정에서의 지배적 위상의 점유 등이 이러한 부정적 평가에 영향을 미쳤을 것으로 판단되는데 이는 소설가 손소희의 작품에 대한 선입견을 조장함으로써 작품 이해를 가로막는 걸림돌로 작용한 측면도 없지 않다.

그런 의미에서 해방과 전쟁으로 이어지는 혼란기의 여성 문학의 모순과 비균질성을 그대로 노정하고 있는 전형적인 사례가 바로 손소희 소설이라고 할 수 있을 것이다. 그녀는 여성 문학의 주창자이자 그 비판자이며, 반공 국가주의와 공모하고 있는 한편, 그것과 거리를 둔 채 짐짓 그것으로부터 멀리 도망가는 자세를 취하고 있기도 하다. 무엇이 손소희 소설의 진면목이라고 할 수 있을 것인가? 손소희 소설의 모순과 비균질성을 어떻게 이해해야 할 것인가? 손소희의 「도피」를 지하련의 「도정」과 더불어 고찰하고 있는 최근의 한 연구는 이에 대한 하나의 답을 제공하는 측면이 있다. 이 연구에 따르면 "해방기 여성 작가들의 문학을 이해하기 위해서는 '여성'의 정체성을 남성의 타자로 한정 짓는 방식에서 벗어나 다층적 욕망을 담지하는 모순적인 것으로 이해할 필요가 있"다. 지하련과 손소희의

---

17) "오제도에 따르면 손소희의 글은 "다소 깊은 회한이 나타나 있지 않고 있는 것"에 속한다. 그만큼 고백의 질과 양에 있어서 다른 글들과 확연한 차이가 나기 때문이다. 우선 분량도 다른 글의 10퍼센트인 5쪽에 불과할 뿐만 아니라 무엇보다 문제가 되는 것은 고백의 주체가 손소희 본인이 아닌 '영희'라는 허구적 인물을 앞세우고 있다는 것"이다.(서동수, 위의 논문, 102쪽)

18) 엄미옥, 앞의 논문, 269쪽.

소설들은 "해방된 국가의 국민이 되고자 하는 강렬한 열망을 드러내는 동시에 그것에 대한 불안과 혼란의 감정을 노출"함으로써 "국민이라는 정체성에 내포된 환상을 간파해 낼 수 있"[19]도록 만들고 있기 때문이다. 이러한 해석은 혼란의 시기를 살아 낼 수밖에 없었던 많은 작가들, 특히 여성 작가들의 정체성의 모순을 이해하는 데 중요한 시사점을 제공한다. 손소희의 소설 역시 마찬가지다. 그것은 표면적 서사와 심층적 서사의 모순, 그 '어긋남'의 무의식적 발현으로 규정된다. 그때, 손소희의 소설은 기존의 평가처럼 단순히 여성 문학의 결여태로 한정되지 않는다. 오히려 그것은 그 결여와 그럼에도 불구한 잔여를 통해 여성을 호명하는 당대 가부장적 상징 질서에 내포된 환상을 내파하는 힘으로 작용할 수도 있을 것이다.

사실 남성적 상징 질서에 의해 유지되는 보편적 담론 구조 아래에서 자신의 정체성을 재현할 언어를 지니지 못한 여성은 항상 어떤 '어긋남'의 흔적으로 자신의 욕망의 잔여를 표출하는 경향이 있다. 여성이라는 재현 대상은 그것이 묘사하거나 재현하려는 바에 완진히 동의해야 하는 '안정된 기표'가 아니라 문제의 용어, 경합의 장소, 불안의 원인이라고 간주하는 버틀러의 젠더 구성론이 힘을 얻게 되는 것도 이 순간이다. 여기에는 여성들을 '하나'의 성이 아니라 '다수'의 성으로 의미화하고 남성적이고 남근 로고스 중심적인 언어 안에서의 여성들의 재현 불가능성(the unrepresentable)을 이야기하는 뤼스 이리가레의 주장에 대한 비판적 전유가 함축되어 있음은 다시 말할 것도 없다. 버틀러는 말한다. "남근 로고스 중심주의는 여성들에게 타자성이나 차이를 부여하는 제한적 언어의 제스처 대신, 여성적인 것을 감추고 그 자리를 대신할 이름 하나를 제시"[20]한다. 따라서 여성의 정체성은 '이름'을 호명하는 남성적 정체성의 전횡과 폭력성을 고발하고 '진정한 이름'을 재현하려는 전략을 통해 가시화되는 것이 아니라, 그 호명에 완전히 복종하지 않은 채 잉여 부분을 남김으로써

---

19) 이민영, 앞의 논문, 265~266쪽.
20) 주디스 버틀러, 조현준 옮김, 『젠더 트러블』(문학동네, 2008), 108쪽.

완전한 복종도, 완전한 저항도 아닌 복종을 감행하는 주체의 잔여물을 재구성하는 작업을 통해 순간적으로 포착될 수 있는 것인지도 모른다.

본고가 1950~1960년대 손소희의 소설을 중심으로 여성의 욕망의 재현과 관련된 징후적 독법을 감행하고자 하는 것은 그 때문이다. 우리에게 1950년대는 전후의 폐허와 재건을 기반으로 한 여성의 대약진 시기로 받아들여지는 반면, 4월 혁명으로 촉발된 1960년대는 '여성은 가정으로!'라는 표어가 암시하듯 젠더 교체의 시기, 즉 남성적 가부장제의 복권으로 이해되는 경향이 있다. 즉 1960년대의 혁명 주체인 '청년 세대'의 등장과 더불어 1950년대가 새롭게 호명한 '전후 여성'은 좌절할 수밖에 없었다는 것이다.[21] 그러나 이는 동의할 만한 의견이긴 하지만, 여성의 정체성을 '호명의 정치학'으로 치환하고 있다는 혐의도 없지 않다. '호명'에 복종하지 않고 여전히 '잉여'로 잔존하고 있는 여성적 정체성의 흔적을 재구성할 수 있는 방안은 없는 것일까? 그리고 그를 통해 남성적 호명 체계의 허구를 내파하고 가부장제의 승리로 기록되는 역사에 균열을 초래할 수는 없는 것일까? 만일 그럴 수 있다면 여성 문학도 사회정치적 격변과 밀접한 연관을 맺고 있으면서도 그 변화의 와중에서도 힘을 잃지 않는 여성 주체의 무의식적 불복종의 징후를 포착할 수 있을 것이다. 본고의 출발점은 바로 이 지점이다. 본고는 1950년대에서 1960년대에 이르는 손소희의 대표작들, 이를테면 손소희의 첫 장편인 『태양의 계곡』과 서울시 문화상 수상작인 「그날의 햇빛은」을 중심으로 남성적 상징 질서의 호명의 방식에 호응하지 않고 일탈하는 여성적 욕망의 비언어적 발화 방식을 포착하고자 한다. 그리고 이를 통해 일견 가부장제의 승리로 치환되고 있는 역사의 이면에 도사리고 있는 여성적 욕망의 끈질긴 불복종의 흔적을 확인해 보고자 한다. 이러한 작업은 손소희의 문학에 내재되어 있는 여성적 욕망의 정치적 무의식을 상기시키는 작업과 무관하지 않을 것이다.

---

21) 권보드래, 「아프레걸 변신담 혹은 신사임당 탄생 설화」, 『1960년을 묻다 — 박정희 시대의 문화 정치와 지성』(천년의 상상, 2012), 465~505쪽.

2 마녀의 웃음소리

　손소희의 첫 장편 소설인『태양의 계곡』(1959)[22]은 전후 부산 피난 시절을 배경으로 시누올케 사이인 정아와 지희가 각자 상반된 방식으로 자신들의 삶을 헤쳐 나가는 약 1년 동안의 삶의 과정을 정아의 시점에서 재현하고 있는 소설이다. 두 여자를 내세운 소설의 플롯에서 감지할 수 있는 것처럼 정아와 지희는 가부장제가 마련한 여성에 대한 두 가지 전형을 대표한다. 예컨대, 쾌락에 빠져 방종을 일삼는 정아가 '나쁜 여자'라면, 미망인 신분에도 불구하고 성적 규제와 규율을 내면화하고 있는 지희는 '착한 여자'의 전형이라고 할 수 있을 것이다. 그러나 이 이분법은 수미일관하게 지속되지는 않는다. 서사의 진행과 더불어 '나쁜 여자' 정아의 일탈은 '착한 여자' 지희의 욕망과 구별되지 않으며 서로 뒤섞이는 양상을 보여 준다. 뿐만 아니라 이 소설에는 백치에 가까운 순수 미인 최영실의 광기에 가까운 소유욕과 퇴폐적인 인물인 란다방 마담의 박진길에 대한 순정한 사랑과 자살 등 '나쁜 여자' 정아와 '착한 여자' 지희라는 두 개의 극단 사이에 다양한 방식으로 드러나는 여성 인물들의 욕망의 형식을 배치하고 있는데, 이들 역시 남성들이 인위적으로 구축해 놓은 '나쁜/좋은' 여자라는 구획과 부합하지 않는다.

　그럼에도 불구하고 이 소설은 주로 초점 화자 정아를 중심으로 이야기되어 온 것도 사실이다. 따라서 정아가 누구인지, 그녀의 탐색이 어디로 귀결될 것인지 그 궤적을 확인하는 작업은 이 소설의 여성적 욕망의 재현 양상을 확인하는 데 여전히 중요한 근거가 될 것이다.

　전쟁의 발발로 오빠 준호를 잃고 사랑하는 연인 한철휘와의 연애마저

---

22)　『태양의 계곡』은 1957년 5월부터 1958년 7월까지 《현대문학》에 연재되었다가 1959년 단행본으로 상자된 작품이다. 손소희의 첫 장편 소설이자 이른바 '아프레 걸'을 형상화하고 있는 작품이라는 점에서 그간 손소희론의 출발지 역할을 해 왔다. 본고 또한 이러한 관점에 동의한다. 아울러 그 때문에 더욱더 이 소설에 대한 해석상의 논란의 여지에 주목할 필요가 있다고 본다.

파탄 나 버린 정아는 제일 호텔 사장 문상태에게 정조를 유린당한 이후 남자들과의 찰나의 만남을 지속하는 방종한 여성이다. 그녀는 이러한 자신을 "한갓 호적(戶籍)만이 증명하여 주는, 허울 좋은 명목상의 어엿한 처녀"[23]라고 비아냥거리며 그 어떤 것에도 진지한 관심을 보이지 않는다. 그녀가 믿는 것은 다만 "나의 모든 것은 내가 지니고 있어야 하는 것"(11)이라는 자부심뿐이다. 그녀에 따르면 이런 종류의 에토스는 처녀성을 의미의 절대적 근원으로 숭배하는 '어른 사회의 위선'을 타기하기 위한 전략이자 "후원 별당에서 자라난 규수"(12)와 자신을 일치시키지 않으려는 저항의 시도이기도 하다.

이렇게 파격적으로 자신의 주체적 의지와 새로운 성 모럴을 내세우는 여성 인물은 비단 손소희만의 전용물은 아니다. 1950~1960년대 한국 소설은 정아와 같은 여성을 '아프레 걸'이라는 이름으로 특화하는 경향이 있다. 불어 après-gurre에서 파생된 이 용어는 세계 대전 이후 구질서에 반항하는 젊은 세대를 일컫기 위하여 사용된 말이기도 하다.[24] 그런데 이 용어의 의미는 서구와 우리에게 각기 다르게 나타난다. 서구에서 이 용어가 기존의 질서나 가치관과 유리된 방식으로 자신들의 세계관을 표출하는 전후 세대의 새로움을 기리기 위해 사용되었다면, 한국 사회에서 이 용어는 그 새로움보다 전통적 범주를 벗어난 여성의 부정성을 강조하기 위해 사용되는 측면이 있다. 말하자면 한국 사회에서 '아프레 걸'은 전후 새롭게 생겨난 특정인, 예컨대 자유 부인, 유한마담, 현대 여성, 계부인, 아르바이트 여성, 양공주, 미망인, 독신 여성 등을 지칭하는 용어이자 불특정 다수의 여성들의 부정적 일면을 비판하기 위해서 사용하는 추상적 기호이기도 했던 것이다.[25]

---

23) 손소희, 『태양의 계곡』(현대문학사, 1959), 11~12쪽. 이후 작품 인용은 쪽수만 기입하도록 한다.
24) 최미진, 「1950년대 신문 소설에 나타난 아프레 걸」, 《대중서사연구》 13(2), 2007, 122~123쪽.

선생님 같은 그런 위선자는 되기 싫어요. 선생님은 전쟁을 헛 겪으셨나 봐요. 사랑하는 사람에 대한 절박한 그리움도, 흐린 날의 해변의 공기같이 눅진거리는, 달라붙어서 영 떨어지지 않는 불안과 공포의 그 불행한 감정을 전연 체험하지 않으셨나 봐요. 낡아 빠진 헌옷과도 같이 쓸모없는 시대의 유물인 자학의 누더기를 제게 씌우려고 하셔도 저는 쓰지 않을 테야요. 싫어요. 저는 그런 따위 누더기는 싫어요. 어떻게 하면 즐겁고 유쾌한 시간을 많이 가질 수 있느냐, 젊고 아름다운 날의 권리와 보람을 행사하고 누릴 수 있느냐, 하는 것이 제가 당면하고 있는 선결 문제야요.(74~75)

'아프레 걸'이 된 것 아니냐는 옛 연인 '한철휘'의 비난에 맞서 "선생님 같은 위선자는 되기 싫어요."라고 당당하게 절규하는 정아의 목소리는 당대의 '아프레 걸'에 대한 손소희의 입장을 엿볼 수 있는 중요한 단서라고 할 만하다.[26] 손소희에게 '아프레 걸'은 적어도 『태양의 계곡』을 쓰고 있을 당시, 즉 1957~1958년까지만 하더라도 비난의 대상은 아니었던 것으로 보인다. 사정이 어찌 되었든 작가는 작중 인물에게 한 시대의 새로운 가치를 대변하는 도전적인 성 모럴을 제공하고 그녀를 '전후 여성'의 표상으로 내세우고 있는 형편이다. 정아는 '아프레 걸'에 대한 부정적인 판단을 내비치는 한철휘의 가부장적 욕망에 대하여 '싫어요.'라는 말로 그의 세계를 분명하게 거부한다. '쓸모없는 시대의 유물'인 '자학의 누더기'로 자신을 덧씌우지 말라는 것이다. 그녀에게 전쟁은 가부장제라는 낡은 가치에서 벗어

---

25) 김은하, 「전후 국가 근대화와 '아프레 걸(전후 여성)' 표상의 의미 ── 여성 잡지 《여성계》, 《여원》,《주부생활》을 중심으로」,《여성 문학연구》16, 2006, 191쪽.

26) 한때 정아가 사랑했던 한철휘는 전쟁 발발 이후 처음으로 만난 자리에서 그녀에게 설마 '아프레 걸'과 같은 것이 된 것은 아니지 않느냐고 묻는다. 그에 따르면 '아프레 걸'은 "분방하고 일체의 도적적인 관념에 구애되지 않고 구속받기를 잊어버린 여성"(74)에 다름 아니다. 그의 질문이 부정으로 마무리되고 있음에 유의할 필요가 있다. 이 부정의 질문에는 '아프레 걸'에 대한 사회 구성원의 비난의 시선이 내포되어 있을 뿐만 아니라 그 낙인이 초래하는 한 사회의 감시의 공포가 함축되어 있기도 하다.

나 더 이상 '위선자'로 살지 않아도 됨을 의미하는 획기적인 '사건'에 해당한다. '전쟁'과 더불어 그녀는 이전의 정체성에서 벗어나 완전히 다른 '새로운 여성'으로 다시 태어났다고 할 수 있을 것이다.

물론 이 '새로운 여성'에 대한 손소희의 태도가 찬양 일변도인 것만은 아니다. 이미 살펴본 대로, 정아의 올케인 지희는 남편 준호와의 과거의 사랑의 순간을 소중하게 간직하고자 하며 바로 그 점에서 그녀의 삶이 정아의 성적 방종과 대조되는 도덕적 준거로 작용하고 있는 것도 사실이다. 심지어 손소희 역시 한철휘의 목소리를 빌려 '아프레 걸'의 당당한 자기 선언을 "자기가 호흡하고 길리워진 환경을 버리고 미지의 허망한 조수와도 같은 불안한 지대에서 서식"하는 "불안한 신경의 표백에 지나지 않는"(75)다고 경고하고 있기도 하다.[27]

그럼에도 불구하고『태양의 계곡』은 이러한 힐난들을 도외시하는 '전후 여성'의 도발적인 응전을 재현하고 있어 흥미롭다. 이는 자신을 비난하는 지식인 한철휘의 성토를 접하며 일종의 '해방감'을 느낀다고 주장하는 정아의 태도에서도 가장 뚜렷하게 드러난다. 정아는 이제 순정을 믿지 않는다. 그녀에게 사랑은 단지 지나간 시대의 유물일 뿐이다. "나는 잠시 동안 슬픈 생각 속에 잠겨 있었다. 스스로에게 어거지를 써서까지 아름답고 훌륭한 것이라고 알뜰히 간직되었던 나의 고가(高價)한 장물들은 상대자의 입을 통해 그 가짜임이 증명되어 일체를 망각의 시장으로 넘겨야 하겠기 때문이었다."(77) 순정은 성적 방종으로 대체되고 이때 성적 방종은 육체적 쾌락과 무관하다. 다만 싸늘한 조롱 혹은 무심한 냉소로 빛날 뿐이다.

　1) 정말이야. 나는 언니가 부러워요. 왜냐하면 나는 언니같이 되더라도

---

27) 이러한 어휘들은 실존주의적 경향을 향한 당대의 비판을 연상시키기도 한다. 1950년대의 '자유'의 원천을 유럽발 실증주의와 미국발 사회과학으로 크게 대별하고 있는 권보드래에 따르면, '아프레 걸'은 적어도 대중적 감성에서는 단연 실존주의의 통속적 판본이라고 할 만하다.(권보드래,「실존, 자유부인, 프래그머티즘」,『아프레 걸, 사상계를 읽다』(동국대 출판부, 2009), 77~83쪽)

언니 모양 고민도 하지 않을뿐더러 어떤 관념 속에서 소라 모양 두꺼운 껍질을 쓰고 그 속에 웅크려뜨리고 앉아 자신을 학대하는 따위의 짓은 하지 않을 테니까. 그야말로 천의(天衣)나 무봉(無縫)일가. 인간 사회란 별수 없이 다 그렇구 그런 거라구 나는 손벽을 쳐 가며 웃을는지도 몰라.(19)

2) 사자의 몸둥이에 사람의 얼굴을 하고, 천고의 사막에서 피라밑을 지키고 있는 스핑크스란 괴물 모양 나는 어느 불행한 시간에 만들어진, 오늘의 괴물인 것이다.(54)

'인간 사회란 별수 없이 다 그렇고 그렇다'고 '웃음'을 터뜨리고 있는 정아의 욕망은 환멸의 낭만주의에서 배태된 씁쓸한 '냉소'라고 할 만하다.(인용문 1) 우리는 이런 종류의 웃음을 모르지 않는다. 엘렌 식수가 이야기하는 '메두사의 웃음'이 바로 그것이다. 여성적 힘의 원천으로서 메두사는 그것을 바라보는 남성의 눈을 멀게 하고 한없는 공포에 떨게 만드는 공포의 힘이다. 남성들이 포세이돈으로 하여금 메두사를 강간하게 하고 그녀에게 멧돼지의 어금니에 뱀의 머리를 가진 '괴물'이라는 이름을 선사하는 것은 바로 이 공포 때문이기도 하다. 식수에 따르면 이런 식의 혐오적 호명은 역설적으로 그녀의 힘을 반증하는 근거로 작용한다. 메두사가 웃기 시작하는 것은 바로 그 순간이다. 메두사는 웃음으로 자신을 괴물로 호명하는 남성적 상징 질서에 맞선다.[28] 자신을 그리스 신화 속 스핑크스로 표상하고 있는 정아의 현대적 자의적 역시 이와 유사하다.(인용문 2) 어떤 남자에게도 마음을 열지 않은 채 자신이 원하는 대로 그들을 조종하기 위해 자신의 여성적 매력을 마음껏 과시하는 정아의 욕망 표출 방식은 자신이 만들어 낸 수수께끼를 풀지 못해 쩔쩔매는 남자들을 보며 즐거워하는 스핑크스의 그짓과 다를 바 없다.

---

28) 엘렌 식수, 박혜영 옮김, 『메두사의 웃음/출구』(동문선, 2004), 28∼30쪽.

우리는 '스핑크스'의 '웃음소리'로 대변되는 정아의 에토스로부터 오늘의 '괴물' 즉 우리 시대의 '마녀'의 이미지를 추출해 볼 수 있을 것이다. 그러나 여기서 주의할 것은 '마녀'가 지니고 있는 이중적 의미다. 카트린 클레망에 따르면, 마녀는 반체제적임과 동시에 체제 수호적이다. '마녀'는 자연을 꿈꿀 수 있기 때문에 자연을 수태할 수 있는 여성, 즉 "승승장구하는 기독교에 의해 억압된 이교의 자취를 체화"하는 존재다. 그녀는 "교회 규범에 반하여 병을 치료하고, 낙태 시술을 하고, 불륜을 도와주며, 질식할 것 같은 기독교가 초래한 불모의 삶의 공간에 숨통을 터 준다."[29]는 점에서 반문화적이다. 그러나 '마녀'의 반체제성은 결국 체제 수호로 마무리되는 것도 사실이다. 중세의 허다한 마녀재판과 화형식은 여성의 몸으로 재현되는 기독교 문화와 이교 간의 오래된 전쟁의 서사이자 기독교의 승리의 기록이라고 할 수 있다. 기독교로 상징되는 가부장적 유일신 체제 아래에서 마녀들이란 결국 신화적 자취를 남긴 채 사라질 존재들에 다름 아니다. 『태양의 계곡』의 정아 역시 유사한 측면이 있다. 정아의 가부장적 사고에 대한 조롱과 냉소는 '마녀'의 '반체제적' 성격과 더불어 '체제 지향적'인 일면 역시 지니고 있다. 무엇보다도 정아의 육체에 가해진 임신과 낙태의 흔적이 바로 그것이다. 그것은 모든 '웃는 여자'에게 가해진 처벌이자, '마녀'에게 행해진 '화형식'이라고 할 만하다.

그렇다면 소설의 마지막, 정아가 일탈로 가득 찬 자신의 성적 모험을 중단하고 서울로 환도하는 기차에서 우연히 만난 '강 중령'과 서둘러 결혼하는 것은 모든 논자들이 이야기하는 것처럼 '화형'을 맛본 여성의 '순치' 혹은 '개종'이라고 할 수 있을 것인가? 그렇게 볼 여지도 없지 않다. 무엇보다도 그녀가 선택한 남자가 '중령'이라는 직위를 지니고 있다는 사실은 그러한 가정을 뒷받침하는 근거로 작용하기도 한다. 정아는 '중령'이라는 군인의 질서에 의탁함으로써 가장 강력한 현실 질서로의 복귀를 시도하고 있

---

29) 카트린 클레망, 이봉지 옮김, 「죄진 여성」, 『새로 태어난 여성』(나남, 2008), 21쪽.

다고 할 수 있다. 그런 점에서 정아의 결혼은 당연히 상징 질서로의 편입 혹은 뒤늦게 찾아온 사회로의 입사이자 '마녀'의 '성녀화' 작업의 일환으로 보아도 좋을 것이다.

그러나 이러한 독법은 지나치게 일면적인 것도 사실이다. 여기에서 주목할 것은 정아의 결혼 준비가 로맨틱한 상상이나 사랑을 증명하는 디테일로 구성되어 있지 않다는 점이다.[30] 오히려 그 과정은 결혼이라는 목표에 이르기까지 자신의 과거가 드러날지도 모른다는 불안과 공포를 견디고 넘어서야 하는 일종의 '서스펜스적 상황'으로 드러나기까지 한다는 점에서 흥미롭다. 그녀에겐 결혼 상대자가 누구인지 중요하지 않다. '결혼'을 한다는 사실, 그리하여 자신을 소유하고 그녀의 자유를 속박하고자 하는 남성(박진길)의 손아귀로부터 벗어날 수 있는 합법적인 계기를 마련하는 일만이 중요할 뿐이다. (실제로 강 중령과 함께 간 '란' 다방에서 강 중령은 정아에게 위협을 가하는 박진길의 '코피'를 터뜨리기도 한다.) 이는 그녀가 결혼 상대자 '강 중령'의 이름(강인식)도 모른 채 결혼을 약속하는 대목에서도 확연하게 드러난다.[31] "그의 이름"은 그녀에게 "잡초 모양 부질없는 것"에 다름 아니다. 그녀는 '그의 이름'을 알고자 하지 않는다. 그녀에게 '그'의 이름은 "존경과 경멸의 혼합체인 강 중령이란 대명사"(864)만으로도 충분하다. 결혼 상대자의 이름을 알고자 하지 않는 정아의 태도는 결혼이라는 가부장적 질서로의 투항으로도 미처 삭제할 수 없는 정아의 여성적 욕망의 잔여

---

30) 소설의 후반에 이르러 정아가 사랑하게 되는 대상은 한때 지희 언니를 짝사랑했던 의사 석은이다. 그러나 정아는 그와의 결합을 추구하지 않는데 그것을 "사랑하는 사람에게 나를 헐값으로 떠넘기지 않았다."라는 "속된 허영의 의지"(378)로 규정된다. 말하자면 정아에게 결혼은 사랑과 무관한 것이라고 할 수 있다. 어떤 의미에서 사랑하는 사람들은 결혼이라는 세속적 질서 속으로 들어갈 수 없다고 주장하는 것처럼 보이기도 한다. 이 도착된 결혼관은 낭만적 사랑에 기초한 일부일처제의 윤리에 위배됨과 동시에 그것의 낭만성을 조롱하는 기제로 읽히기도 한다.

31) 이름뿐만이 아니다. 정아는 강 중령의 학력에도 관심이 없다. 약혼한 뒤 강중령이 경응대학 정경과 3학년 때 학병으로 남방에 나갔다가 해방 뒤 귀국한 적이 있다는 사실을 알게 된다. 이 강 중령의 면모는 당대의 구체적 시대상과 관련하여 상당히 흥미로운 구석이 있다.

를 암시한다고 할 수 있다. 정아의 결혼을 그런 식으로 이해할 경우 그것은 단순한 패배가 아니다. 어쩌면 그것은 정체성의 교란 작전을 통한 전략적 제휴나 일시적 휴전의 다른 이름이라고 할 수도 있을 것이다.[32]

손소희는 『태양의 계곡』을 통해 말 그대로 '전후 여성'의 성과 사랑에 대한 새로운 형태의 에토스를 선보이고 있다. 손소희가 재현하고 있는 이 여성의 욕망은 남자들의 주체화의 논리를 교란시키고 모호하게 만드는 '마녀'의 이미지로 표상된다. 당연하게도 이 '마녀'는 화형으로 대표되는 남성적 상징 질서로의 순치의 과정을 거치지 않을 수 없다. 그러나 그렇다고 해서 이 순치를 들어 여성의 욕망의 소거를 이야기하는 것은 일면적이다. 특히 사회적 순치의 대표적 형식이라고 할 결혼에 대한 '전후 여성'의 새로운 에토스, 즉 낭만적 사랑의 환상에 대한 내파는 그녀들이 남성적 상징체계의 폭력적 호명에 굴복하지 않았음을 반증하는 중요한 징후라고 할 수 있을 것이다. 손소희는 바로 그 지점을 보여 주었다. 실존주의의 여파를 짐작하지 못할 바는 아니나 1950년대 후반 한 여성 작가의 첫 장편이 이런 식의 여성적 욕망을 표출하고 있다는 것은 의미심장하다고 할 만하다. 그런 의미에서 이 작품에 대한 그간의 악의적인 논평과 '정아'라는 여성 주체에 대한 '오인'은 재고되어 마땅하다고 판단된다.[33]

---

32) 물론 이러한 '제휴'는 언제나 일시적인 것이 사실이다. 정아 역시 이를 모르지 않는다. 그녀가 강 중령이 선물하겠다는 '앵무'를 생각하며 "나도 그 앵무새 모양 마음에 없는 애교를 떨며 그에게 봉사하지나 않을까. 그리고 또 어느 기간이 되면 강인식 씨를 사랑하게 될지도 모를 일"(381)이라고 독백을 행하는 대목은 여성적 정체성의 구성적 성격과 경합적 측면을 새삼 확인할 수 있는 대목이라고 해도 좋을 듯하다. 그러나 바로 그 사실을 안다는 사실, 결혼을 비웃던 자신이 '앵무새'처럼 그것의 주창자가 될 수도 있다는 사실에 대한 인지는 딱딱하게 고정된 여성적 정체성의 그물망에서 벗어나 언제든지 새로운 정체성의 탐색에 돌입할 수 있는 심리적 최저 저항선으로 작용할 수 있을 것으로 판단된다.

33) 개연성 없고 반페미니스트적이며 각성이 전제되지 않은 찰나주의적 생활의 나열을 보여주고 있을 뿐이라는 비판(조미숙, 「손소희 초기 소설 연구」, 《한국문예비평연구》, 2008, 123쪽)은 이해하지 못할 바는 아니나 지나치게 단언적인 어조로 여성의 욕망의 경제가 함축하고 있는 역설적 잉여에 눈감고 있다는 점에서 충분히 '여성적'이지 않다는 생각도 든다.

3 히스테리 환자의 자살 충동

1960년 10월 《현대문학》에 발표된 「그날의 햇빛은」은 중편 소설 분량의 단편이라고 할 수 있다. 손소희에게 '서울시 문화상'의 영예를 가져다준 작품으로 작가의 대표작으로 꼽히기도 한다.[34] 액자 소설의 형식에 시간의 역순으로 정신 병원에 수감된 여인의 비밀이 조금씩 노출되는 서술 전략이 사용되고 있다. 『태양의 계곡』이 전후 젊은 세대들의 성에 대한 태도와 삶에 대한 실존적 감각을 세태 소설의 형식에 담고 있다면, 일견 이 소설은 소설이라는 장르에 대한 작가의 실험적 고민이 느껴지는 측면도 있다. 정신분열적 여성의 수기를 액자 소설의 내화로 선택하고 있는 만큼 의식의 흐름과 관련된 서구 모더니즘의 기법을 염두에 둔 것은 아닌지 추측해 볼 만한 여지도 없지 않다.

그러나 이 소설의 형식이 의미심장한 것은 단순한 기교만의 문제는 아니다. 무엇보다도 이 소설이 1960년 10월에 발표되었다는 사실을 상기할 필요가 있다. 손소희는 왜 1960년 4월 혁명의 와중에 이런 종류의 소설을 선보이고 있는 것일까? 여성의 '이름'에 관한 문제가 혁명과 어떤 관련을 지니고 있는 것일까? 이러한 물음에 대한 대답은 이 소설에 대한 심층 서사의 복원과 무관해 보이지 않는다.

어느 날 '뇌병원' 의사인 '나'에게 같은 병실에 수용된 두 젊은 여자 환자가 이름 하나를 가지고 서로 자기의 것이라고 고집을 부리며 싸우고 있다는 소식이 전해진다. '진희'라는 이름을 두고 '순희'라는 여성과 '에스더'라는 수녀가 서로 자기 이름이라고 주장하고 있다는 것이다. 에스더는 자살 시도로 인한 연인의 죽음으로 발병하여 입원한 수녀다. 화자 '나'는 이 사건을 해결하기 위해 그녀의 육촌 오빠이자 자신의 동료인 R 군과 수녀원에 연락을 취하는 한편, 그녀가 쓴 '수기'를 손에 넣게 된다. '수기'에는 정

---

34) 작가 자신도 "내가 그중 힘들이고 그중 많은 시간이 걸려서 완성한 작품은 「그날의 햇빛은」이다. 그래설까. 나로서는 잊을 수 없는 작품이다."라고 밝히고 있다.(손소희, 『태양의 분신들』(문예창작사, 1978), 308쪽)

신병동에 입원해 있는 '에스더'의 과거가 서술되어 있고 화자인 '나'는 그 기록을 통해 그녀의 '발병' 이유를 짐작하게 된다.

이 소설의 서사가 정신과 의사의 진료와 관련된 임상 기록의 형식을 취하고 있다는 사실은 주목을 요한다. '진희'는 누구인가. 그녀는 제약 회사 사장의 집에서 일하는 '가정부의 딸'이다. 주인집 사장은 여고를 졸업한 그녀에게 음대 진학 기회를 제공한다. 이 사장에게는 유현이라는 아들이 있다. 그는 약대를 졸업한 뒤 미주 유학을 갔다가 갑자기 귀국해서 진희와 결혼하겠다고 가족들에게 선포한다. 그런데 결혼 선언과 함께 구포리 바다로 놀러간 두 사람에게 엄청난 사건이 발생한다. 바다에 뛰어들어 자살을 시도한 진희를 구하기 위해 바다에 뛰어든 유현이 진희의 목숨을 구한 대신 그만 자신의 목숨을 잃게 된 것이다. 이에 충격을 받은 진희는 수녀원에 들어가고 결국 발병하고 만다.

이와 같은 표면적인 스토리 라인에 따르면, 진희의 발병은 그녀의 자살 시도와 연인의 죽음에서 비롯된 죄책감 때문이라고 할 수 있다. 진희는 세 번씩이나 거듭 자살을 시도한 죽음 충동의 소유자로 재현된다.[35] 그녀가 자살을 시도한 이유는 무엇인가. 이 물음이 제기되는 순간 그녀의 기록은 단순한 '수기'에서 일종의 '유서'의 형식으로 돌변한다. '유서'가 되어 버린 '수기'에서 진희는 자신에게는 '임철'이라는 운명의 연인이 있음을 고백한다. 진희와 임철은 진희가 여고를 졸업할 무렵 유현의 생일 파티에서 우연

---

[35] 손소희 소설의 핵심적인 주제를 '죽음'이나 '죽음 충동 혹은 '상상계의 나르시스적 동일성에 대한 지향' 등의 키워드로 규명하고 있는 논자들이 적지 않다. 이인복(『문학과 구원의 문제』, 숙명여대 출판부, 1982), 정영자(「손소희 소설 연구 ─ 속죄의식과 죽음을 통한 여성적 삶을 중심으로」,《수련어문논집》16, 1989), 문흥술(「나르시스적 사랑에 의한 비극적 현실의 정화 ─ 손소희론」,《문학과환경》7(1), 2008) 등의 글이 대표적인데 이들은 손소희 소설의 핵심 모티프를 적절하게 추출하고 있지만 여기에서 중요한 것은 '죽음'이 아니라 '자살'임을 분명히 할 필요가 있다. 손소희의 소설에서 '죽음'은 '형이상학적 충동'에 기인한 것이기도 하지만, 궁극적으로는 '이름'과 관련된 여성 주체의 '정체성의 위기'와 긴밀하게 연관되어 있기도 하다. 문제는 죽음이 아니라 자살, 무엇보다 여성이라는 젠더의 자살 시도 혹은 자살 충동이다.

히 얼굴을 마주한 이후, 대학 캠퍼스에서 재회하게 된다. '살인자의 아들'이라는 원죄에 시달리는 임철과 '가정부의 딸'이라는 결핍에 시달리는 진희는 서로의 운명을 알아보고 자신들의 사랑이야말로 피할 수 없는 성질의 것임을 직감한다. 그러나 그들의 사랑은 더 이상 이어지지 않는다. 미국으로 유학가기 전 유현이 갑자기 진희에게 구애를 해 왔기 때문이다. 유현의 가족에게 생존을 의지하고 있는 진희는 임철과의 운명적인 만남을 뒤로한 채 유현과의 사랑을 선택한다. 그리고 다시 2년이 흐른다. 진희와 임철은 시공관의 음악회에서 다시 만나게 된다. 이 세 번째 만남을 통해 그들은 자신들의 운명을 확인하고 "황폐한 신의 유형지"[36]인 이 지구를 떠날 결심을 촉구한다. 그러나 그들의 동반 자살 시도는 미수에 그치고, 진희는 이 사실을 편지로 써 유현에게 보낸다. 유현의 파혼을 유도하기 위한 것이었으나 미국에서 급거 귀국한 유현은 다음 날 돌연 절에서 두 사람만의 결혼 예식을 치르고 부부가 되기를 원한다. 문제는 이 급작스러운 반전을 진희가 받아들이지 못한다는 사실이다. 그녀는 유현이 자신을 응징하고자 그녀의 죽음을 원한다고 믿고 거듭 자살을 시도하다 결국 유현의 죽음을 초래하고 만다.

과잉과 눈물, 사건의 급변, 과장된 극화 등 멜로드라마적 상상력[37]의 극치라고 할 진희의 '수기/유서'는 세 번에 걸친 자살 시도 끝에 결국 미쳐 버리고 만 한 여인의 내면적 갈등과 실존적 고통을 적나라하게 드러낸다. 우리는 이 이야기를 통해 어머니에 대한 과도한 이상화와 동일시 끝에 결국 정체성의 혼란을 야기한 전형적인 히스테리 환자[38]의 서사를 확인할

---

36) 손소희, 「그날의 햇빛은」, 손보미 엮음, 『손소희 작품집』(지만지, 2010), 177쪽. 이후 인용은 쪽수만 기입하기로 한다.

37) 피터 브룩스, 이승희, 이혜령, 최승연 옮김, 『멜로드라마적 상상력』(소명, 2013), 3~12쪽.

38) "히스테리는 신경증의 일종으로서 위험한 욕망을 다른 형태로 계속해서 이행시키려고 하는, 성공시키지 못한 욕망의 잔여라고 할 수 있다. 하나의 신경증으로서 히스테리는 두 사람이라는 주체 사이에서 욕망의 관계가 제대로 이루어지지 않았거나 충분한 보상이 이루어지지 못해서 생기는 정신 과정인데, 그때 문제가 되는 정신 기제는 이상화와 동

수 있다. '가정부' 일을 하며 부재하는 아버지를 대신하여 진희를 양육한 '엄마'는 진희에게 상징계의 질서를 상기시키는 '아버지의 이름'에 다름 아니다.[39] 자신을 '가정부의 딸'로 의미화하고 있는 진희에게 엄마는 "가난과 치욕의 날들"(181)을 선사한 "원죄"(167)에 해당된다. 심지어 그녀는 "나를 세상에 보내 준 엄마가 고맙지 아니하다."라고 말하기까지 한다. 일찍이 자신이 "세상에 오기를 원한 바 없"(166)다는 것이다. 그녀가 임철을 운명의 대상으로 여길 수 있었던 것도 바로 그 때문이다. '살인자의 아들'이라는 오명을 지울 수 없는 임철은 어떤 의미에서 진희의 또 다른 자아라고 할 수도 있다. 그들은 보자마자 서로를 알아보고 그들에게 '치욕적 이름'을 선사한 '유형지'의 삶을 청산한 뒤 영원한 자유를 얻고자 했다. 동반자살의 시도가 바로 그것이다.

한편 진희에게 엄마는 영원한 동정의 대상이자 무한한 애정의 수신자이기도 하다. 엄마는 오로지 진희의 행복을 위해 자신의 욕망을 희생하고 다만 '엄마'로서만 살아온 불쌍한 여인이다. 그녀의 고단한 생애는 진희가 유현에게 구애를 받음으로써 "앞으로 정상한 햇빛을 누리게 되리라는 희

일시다." (앙투안 베르고트, 김성민 옮김, 『죄의식과 욕망 ─ 강박신경증과 히스테리의 근원』 (학지사, 2009), 283~284쪽)

39) 사실 손소희 소설은 '엄마와 딸의 서사'라고 부를 만한 요소가 적지 않다. 그런데 흥미로운 것은 손소희의 소설에서 '모녀 서사'는 많은 경우 '부녀 서사'로 바꾸어 읽어도 크게 손색이 없다는 점이다. 부재하는 아버지의 자리를 대신하여 딸을 양육한 어머니의 이야기는 손소희의 소설에 내재해 있는 여성적 정체성의 탐색이라는 주제와 관련하여 시사적이다. 등단작 「맥에의 몌별」이나 「이라기」 등 초기 소설에서 홀로 '딸'을 키우는 어머니의 '모성'에 대한 강조로 귀결되었던 이러한 요소는 「이사」나 「창백한 성좌」 등 1950년대 소설들에 이르면 어머니와의 관계 정립에 실패한 딸들의 결혼에 드리운 불운과 불행을 표출하는 방식으로 드러난다. 「그날의 햇빛은」 역시 넓은 의미에서 이들 소설과 궤를 같이하고 있다고 할 수 있는데, 이 소설은 다른 소설들에 비하면 훨씬 간접화된 형태로 모녀의 서사가 제시되고 있어 이 지점에 착안한 독해를 찾아보기 어렵게 만드는 측면이 있다. 그러나 이 소설은 손소희의 다른 어떤 작품보다 엄마와의 관계 정립에 실패한 딸의 히스테리컬한 자살 충동이라는 관점에서 이해될 필요가 있다. 진희의 '정신병'과 '자살'을 이렇게 읽을 때 이 소설에 함축된 여성의 욕망이 꿈의 형태로 드러나듯 분출되는 장면을 목도할 수 있을 것이다.

망"(181)을 얻게 된다. 그런 점에서 유현은 그들 모녀의 불우한 과거를 보상해 줄 행운에 다름 아니다. 진희는 "엄마의 기원"(172)을 들어 주기 위해 유현에게 편지를 쓸 때 "마음보다도 더욱 과장된 언어로써 모처럼 잡은 행운에의 약속을 굳히고"(180)자 노력하며 그것이야말로 "굴욕이나 열등감을 고스란히 스스로의 것으로 지니고 있는" 자신에 대한 "통쾌한 복수"(181)가 될 수 있으리라 꿈꾼다. 요컨대 엄마는 진희의 남자관계를 구성하고 그들과의 관계의 양상을 규정하는 근본적인 요인이라고 할 수 있다. 엄마를 '아버지'의 대리라고 볼 수 있는 것은 그 때문이다.

문제는 진희가 욕망하는 임철과의 연애는 현실에서 불가능할 뿐만 아니라 오로지 죽음이라는 극단적 방식으로만 이루어질 수 있는 것임에 반해 엄마가 욕망하는 유현과의 사랑은 진희의 욕망과 상관없이 지속되어야 한다는 점이다. 유현은 진희가 욕망하는 대상이 아니다. 그는 철저히 엄마의 욕망에 속한다. 실제로 미국으로 떠나기 전 유현이 사랑의 징표로 준 '루비 반지'는 진희 대신 엄마가 간직하고 있기도 하다. 엄마는 "고독한 나이를 먹어 온 여자의 시기와 요행과 주인댁에 대한 의리를 합친 숱한 잔사설을 늘어놓으며 내게서 루비 반지를 빼앗"(178~179)아 간다. "자신이 간수한다는 것"(179)이다.

앞으로 진희에게 어머니의 은공을 표창할 수 있는 지위가 얻어진다면 어떠한 빛깔의 훈장을 달아 드릴까 — 나는 싱겁게도 해돋이 하늘에 피어나는 황금빛 노을과 장미꽃 형의 훈장 모양을 생각하고 있었습니다. 봄과 여름과 가을, 이렇게 세 철에 걸쳐, 지고는 피어나는 왕성한 생명력과 스스로를 지키기에 사뭇 가시로 무장을 하고 있는 장미꽃 모양의 훈장이, 어머니에게는 가장 알맞을 거라는 엉뚱한 생각을 하며 폭발물이라도 넘기듯 조심스레 유현 씨의 선물을 어머니에게 넘겼습니다.(179)

진희에게 있어 유현은 오로지 '어머니의 은공'을 보상할 '훈장'일 뿐이다. 엄마는 자신의 생명력을 지키기 위해 '가시'로 무장한 '장미꽃'과 같다. 만약 엄마의 욕망을 꺾으려 한다면 그 가시에 찔릴 각오를 단단히 해야만 할 것이다. 진희가 그런 시도를 행하지 않은 것은 아니다. 임철과의 자살 시도는 분명 엄마의 욕망 대신 자신의 욕망에 충실한 행위라고 할 만하다. 그러나 그럴 경우 '어머니의 은공'에 보답할 길은 막혀 버린다. 임철에 대한 강렬한 이끌림에도 불구하고 진희와 임철의 관계가 매번 좌절되고 마는 것은 바로 그 때문이다. 어머니와의 상상적 관계를 유지하고 그것이 제공하는 충만한 행복에서 깨고 싶지 않다면 어머니의 욕망을 자신의 욕망으로 받아들일 수밖에 없다. 진희는 자신의 욕망을 접고 엄마의 욕망이 자신의 욕망이었다고 '오인'하기 시작한다. 진희에게 이 '오인의 시스템'은 "언제부터인가 나 역시 그를 사랑하고 있"(179)었던 것 같은 착각에서 출발하여 유현에게 자신의 마음보다 훨씬 과장된 언어로 편지를 쓰고 그의 귀국을 손꼽아 기다리는 방식으로 출현한다. 그러나 이런 방식의 '착각'은 조만간 폭발할 수밖에 없는 성질의 것이기도 하다. 무엇보다도 진희의 욕망이 그 착각을 끝까지 유지하도록 자신의 욕망의 대상을 방임하지 않는다. 욕망은 숨길 수 없다. 그것은 드러날 수밖에 없고 또 어떤 방식으로든 드러나게 되어 있다. 그것이 욕망의 성질이기도 하다. 그런 점에서 유현이 준 '루비 반지'를 '폭발물'에 비견하고 있는 진희의 '무의식적 말 바꾸기'는 이 욕망의 구조를 드러내는 메타포가 아닐 수 없다.

「그날의 햇빛은」에서 이 억압된 여성의 욕망이 맨얼굴을 드러내는 가장 강렬한 장면은 자살 시도라고 할 수 있다. 엄마의 희생을 보상해 주고자 하는 '착한 딸'의 욕망은 끈질기게 살아남아 결국 자신을 '폭발'시키고야 마는 것이다. 이미 살펴본 대로 임철과의 자살 시도가 그러하고 유현에게서 '죽음의 명령'을 읽어 내며 기어이 자살에 이르고자 하는 진희의 환상 역시 그렇게 읽을 수 있다. 여기에서 유의할 것은 유현과의 관계에서 진희를 자살로 이끄는 동기가 유현의 종용 탓이 아니라는 것이다. 미국에서 돌아온 후 유현이 임철과의 동반 자살 모의 사실을 추궁하며 진희에게 권

총을 들이대고 생명을 위협한 적이 없지는 않다. 그러나 이를 두고 진희의 거듭되는 자살 시도를 '속죄 의식'이나 '죄책감'으로 읽는 것은 여성의 욕망이 재현되는 역설적인 방식을 고려하지 않은 독해라고 할 만하다. 진희의 욕망은 어떤 식으로든 유현과의 관계로부터 벗어나기(엄마가 주재하는 상징적 질서로부터 떨어져 나오기)를 욕망하는데 '착한 딸'로 호명되어 있는 그녀는 그럴 수가 없다. 그럴 수 없을 뿐만 아니라 자신에게 그런 욕망이 항존한다는 사실조차 알지 못한다. 그러나 주체가 알지 못한다고 해서 욕망이 사라지는 것은 아니다. 욕망은 언제나 그 자리에 그대로 있다. 그리고 무의식이 꿈의 작업을 통해 현전하듯 욕망 역시 자신만의 방식으로 그러한 작업을 수행하고야 만다. 유현이 자살을 종용하고 있다는 '환상'이 바로 그것이다.

1) 구포리에 머물러 이레째 되는 날입니다
　나는 그날 나의 마지막 날이 다가왔음을 직감할 수 있었습니다. 그사이 나에게 한 번도 웃는 얼굴을 보이지 아니하던 그이가 처음으로 웃음을 보였을 뿐 아니라 친절하고 다정한 음성으로 진희 진희, 하고 내 이름을 자주 불렀던 것입니다.(167)

2) 부디 강하소서
　그의 그러한 표정은 나에게 시간이 다가왔음을 종용하는 것이라고 나는 입속으로 말을 삼키고 거울 앞을 물러 나와 바다로 향했습니다.(169)

3) 나에게 약속된 영원이라는 세계
　그이에게는 다만 보낸다는 의무만이 남아 있다고 알았습니다.(170)

4) 그이는 모름지기 더 많은 증거인의 입을 통하여 그 시각의 우리들의 행동이 밝혀지기를 원하고 있는 눈치였습니다.(170)

위의 인용문들에서 보듯 진희는 유현이 자신에게 죽음을 강요하고 있을 뿐만 아니라 그것은 이미 두 사람 사이에 합의된 사안이라고 '믿는다.' 진희의 죽음에 대한 요구는 입 밖으로 꺼내진 적이 없다. '그녀가 죽기를 원한다.'라는 전언은 오로지 진희가 유현으로부터 유추해 낸 '환상'일 뿐이다. 1) 직감했다거나, 2) 종용하는 것이라고 생각했다거나, 3) 알았다거나, 4) 그런 눈치로 보였다는 등 진희는 유현의 일거수일투족, 그의 언어, 표정, 태도로부터 '말 없는 말', 요컨대 1) 마지막 날이 다가왔음을, 2) 시간이 다가왔음을, 3) 그이에게는 다만 보낸다는 의무만이 남아 있음을 4) 더 많은 증거인의 입을 통하여 그 시각의 우리들의 행동이 밝혀지기를 원하고 있음을 '실제로' 듣는다. 그리고 그의 '말 없는 말'을 제대로 '수행'하기 위해 바다로 뛰어들어 자살을 시도한다.

따라서 진희의 자살 시도는 죄책감에서 기인한 구원의 추구 행위가 아니라 오히려 자신의 욕망의 실현을 가로막는 상징 질서를 폭파하기 위한 끈질긴 욕망의 산물이라고 보아야 할 것이다. 널리 알려진 '심청의 이야기'에서 심청의 자살을 아버지에 대한 '복수'로 읽고 있는 한 논문[40]은 진희의 욕망과 관련하여 그녀의 자살을 어떻게 이해해야 할지 우리에게 하나의 암시를 제공하는 측면이 있다. 그에 따르면 심청의 자살은 "아버지의 이기심을 결코 용서하지 않겠다는 단단한 의지"에 다름 아니다. 그러므로 "그녀가 인당수에 뛰어들었을 때, 그녀가 죽인 것은 단지 그녀 자신뿐만이 아니라 그녀의 무의식에서 그녀는 아버지도 자신과 함께 죽인" 것으로 볼 수 있다. 이 해석을 우리의 진희에게 적용한다면 다음과 같은 결론에 이르게 될 것이다. 어머니에 대한 과도한 동일시에 빠져 '엄마/아버지'가 호명하는 대로 '착한 딸'이 되고자 했던 진희는 어머니의 욕망의 대상인 유현이 자신의 죽음을 원하고 있다는 '환상'을 창출하고 자살을 감행함으로써 자신의 욕망(임철에 대한 사랑)을 억압한 엄마에게 '복수'하고 그 엄마

---

40) 윤인선, 「'여성 오이디푸스'의 환상을 통해 살펴본 심청의 환상과 자살의 의미」, 《라깡과 현대정신분석》 18(2), 2016, 103쪽.

의 욕망을 대리하는 '유현'의 가부장적 상징 질서에 '폭발물'을 설치하고자 한다. 이때 거듭되는 진희의 자살 시도와 충동은 진희의 욕망의 언어라고 하지 않을 수 없다.

그런 의미에서 우리는 진희의 '이름'을 그녀에게 되돌려 줄 필요가 있다. 소설의 마지막, 진희는 자신의 이름을 버리고 '에스더'라는 이름의 수녀로 거듭날 뿐만 아니라 아예 거기에서 더 나아가 동정녀 '마리아' 그 자체가 되겠다는 욕망을 내비친다. 그러나 그것을 두고 그녀가 가부장제의 순종체인 마리아의 화신을 욕망하고 있다고 읽는 것은 곤란하다. 여성의 언어는 언제나 '흉내 내기'의 언어에 가깝다. '진희'라는 자신의 이름을 다른 사람에게 주고 '마리아'로 변신하겠다는 진희의 다짐은 그녀에게 그것을 요구하는 남성적 상징 질서에 대한 패러디적 연행이라고 할 수 있을 것이다. 여성의 욕망과 관련하여 「그날의 햇빛은」이 놀라운 점이 있다면, 바로 이 부분이다. 손소희는 여성의 욕망이 맨얼굴을 드러내는 결정적인 순간, 즉 자살을 감행하는 '그날'을 포착하고 거기에 과장된 극적 의미를 부여하는 멜로드라마적 상상력을 가미함으로써 여성의 욕망이 남성적 상징 질서의 엄중한 방어막을 폭파시키는 장면을 우리 소설사에 추가한다. 여성의 욕망이 비언어적 몸의 언어로 발화하는 것은 바로 그 순간일 것이다. 이로써 우리 소설사는 1950년대의 여성성의 시대를 해체하고 가부장의 복권을 선언한 1960년대의 상징 질서하에서도 미처 제거되지 못한 여성 주체의 욕망의 잔여물을 확인할 수 있게 되었다. 그것은 자살을 감행하다 못해 마침내 가부장제의 순결한 호명에 복종하겠다는 과잉 주체화의 상태에까지 도달하고 있다. 여성의 욕망은 사라지지 않는다. 다만 수면 아래로 가라앉아 자취를 감출 뿐이다.

4 남성적 상징 질서의 내파

1950~1960년대 손소희의 소설들은 표면적으로는 가부장제가 호명하

는 전형적인 여성 주체의 재현에 치중한 것처럼 보이기도 한다. 이 글이 꼼꼼하게 다시 읽기를 수행하고 있는 작품들만 하더라도 그러한 판단이 그리 잘못된 것이라고 하기 어렵다. 이를테면 『태양의 계곡』의 지희는 전시 상황에서 그녀를 보호하기 위해 자신의 안위를 포기한 남성의 희생정신에 책임감을 느끼고 그와 결혼한 뒤 그가 죽은 뒤에도 정절을 지키며 자신의 섹슈얼리티를 포기하는 삶을 사는 여성으로 등장하고, 그녀의 시누이로서 자유분방한 성적 일탈을 통해 남성들을 조롱하고 그들과의 팽팽한 성적 대결을 즐기던 '아프레 걸' 정아는 결국 아비를 알 수 없는 아이를 임신하고 낙태의 고통을 감내하면서 자신의 남편이 될 것이라고는 한번도 생각해 본 적이 없는 남자와 결혼하는 '참수'를 당하게 된다. 「그날의 햇빛은」 역시 비슷한 이야기를 할 수 있다. 이 소설의 중심인물인 진희는 남편이 부재한 상황에서 가정부로 일하며 자신을 양육한 엄마의 희생에 보답하기 위해 엄마의 욕망을 자신의 것으로 과도하게 동일시하고 있는 '착한 딸'의 형상으로 등장하고 있으며, 자살하려던 자신을 구하려다 목숨을 잃게 된 연인에 대한 죄책감으로 '수녀'가 되었다가 결국 정신 병동에 수감되고 마침내 동정녀 '마리아'로 변신하겠다는 다짐을 내놓는다.

이러한 순응적 여성 주체를 재현하고 있는 손소희의 소설은 그동안 가부장제의 이데올로기를 내면화하는 체제 지향적 기능을 수행하는 것으로 비판, 거부되거나, 반대로 여성 인물들의 내면적 갈등을 여성적 글쓰기의 형식, 요컨대 편지나 일기 등과 같은 문학 형식에 담아낸 여성 문학의 소중한 전통으로 옹호되어 왔다. 말하자면 이제까지 그녀의 문학은 내용과 형식, 인물과 스타일, 사상과 삶의 형식이 분리된 채 어느 한쪽의 일면만이 지나치게 강조되어 왔다고 할 수 있을 것이다. 그 결과 여성 문학사는 그녀의 소설에 대해 지나치게 단선적인 독해를 수행해 온 것도 사실이다.

그러나 발화 불가능성과 관련된 여성의 욕망의 형식을 상기해 볼 때 손소희 소설에 대한 단선적인 독해는 텍스트의 심층에 가라앉아 있는 작가와 지배 언어 간의 불일치 순간이나 지배 언어에 대한 흉내 내기와 패러디적 연행 등의 양상으로 재현되는 여성의 대항적 욕망을 미처 포착하기 못하는 측면도 없지 않다. 이는 여성 주체의 '호명'과 관련된 어긋남의 순간에 개입할 수 있는 동력을 상실하는 결과를 가져올 뿐만 아니라 발화 불가능하지만 규정 불가능한 것은 아닌 여성적 욕망의 다양한 재현 양상에 눈을 감는 사태로 이어질 수도 있을 것이다. 나아가 어떤 형태의 동일성의 논리로도 포섭할 수 없는 여성적 글쓰기의 유동적 상황을 단일한 논리로 재구축하려는 경직된 본질주의적 작업을 여성적 정체성의 탐색 과정으로 오인하는 결과를 낳을 수도 있을 것이다.

본고는 1950~1960년대 손소희의 소설 가운데 가장 널리 알려진 편이되 여전히 독법상의 반전 가능성이 적지 않게 산재되어 있는 『태양의 계곡』과 「그날의 햇빛은」을 대상으로 꼼꼼한 징후적 독법을 수행한 결과, 다음과 같은 잠정적 결론을 얻게 되었다. 우선 이 소설들이 지배 이데올로기와 공모 관계를 형성하고 있다는 판단은 여성적 텍스트의 재현에 내포되어 있을 수밖에 없는 앙가적인 맥락을 고려하지 못한 단선적인 결론임을 확인할 필요가 있다. 『태양의 계곡』은 표면적으로 '착한 여자' 지희의 삶을 긍정하고 '나쁜 여자' 정아의 섹슈얼리티를 응징하는 텍스트로 읽힐 수도 있지만 서사의 진행과 더불어 가부장제가 규정해 놓은 두 가지 범주의 여성 주체는 각자 역할을 바꾸고 서로 뒤섞이며 지배적 상징 질서의 '호명' 체계를 교란시키고 조롱하는 측면이 있다. 특히 '아프레 걸'의 면모를 재현하고 있는 정아가 '스핑크스'와 같은 '괴물' 혹은 '마녀'로 호명되는 순간 '나쁜 여성'에 대한 남성들의 공포와 매혹 역시 '잔여물'로 뒤따라오게 되고 그 결과 남성적 상징체계의 여성 주체 생산 과정에 함축되어 있는 커다란 어긋남, 즉 차이의 얼룩이 표출되는 징후를 감지할 수 있었다. 그런 의미에서 자신을 '오인'하는 남성적 상징 질서를 냉담하게 바라보는 '마녀' 정아의 '웃음소리'는 가부장제의 호명 체계를 소통하고자 하는 여성적 욕망이 '비언어적 발화'의 형식으로 드러나는 순간이라고 할 만하다.

손소희의 소설을 이야기할 때 어김없이 거론되는 「그날의 햇빛은」 역시 마찬가지다. 어머니에 대한 과도한 이상화와 동일시로 '히스테리 환자'가 된 진희는 광기의 표출을 통해 자신의 실현되지 못한 욕망의 잔여를 간접적으로 드러낸다. 그녀는 노골적으로 '이름'의 불일치가 초래하는 정체성의 분열을 호소하며 '마리아'를 자기와 동일시함으로써 남성적 욕망의 체계를 흉내 내고 패러디하는 한편, 호명된 주체로서의 자기를 죽이는 형태, 곧 자살을 시도함으로써 자신의 욕망을 주재하는 '엄마/유현'의 리비도의 경제에 폭탄을 투하한다. 그것은 순정한 희생양의 외피 아래 다른 어떤 여성 주체보다 가장 강렬한 방식으로 '아버지의 이름'을 대리하는 '엄마'에 대한 강렬한 복수심을 표출하는 행위라고 할 만하다.

마지막으로 많은 여성 문학 논자들이 소설 작품에 나타나는 편지(『태양의 계곡』)나 수기(『그날의 햇빛은』), 나아가 로맨스, 멜로드라마 장르 등의 형식을 여성적 정체성의 탐색을 시도하는 '여성적 글쓰기'의 하나로 소환하고 있는데 이는 실상 그 자체만으로는 여성적 글쓰기와 아무런 상관이 없다는 사실을 확인할 필요가 있다. 여성 문학은 고정된 형식으로 굳어 버린 문학적 양식을 해체하고 어떤 형태로도 미처 재현할 수 없는 여성적 욕망의 무한성을 감지하는 비동일성의 문학이라고 할 수 있을 것이다. 만약 여성적 글쓰기의 형식을 확립하고자 하는 기획이 수행된다면, 그것은 매번 다른 방법과 다른 결론을 낳을 수밖에 없는 여성적 텍스트의 복수성을 인정하는 데서부터 출발해야 할지도 모른다. 이 글이 그러한 '교란'과 '균열'의 한 순간을 포착하고자 한 것은 바로 그 이유 때문이라고 할 수 있다.

참고 문헌

1 기본 자료

손소희, 『태양의 계곡』, 현대문학사, 1959

손소희, 『태양의 분신들』, 문예창작사, 1978

손소희, 『때를 기다리며 ─ 손소희 문학 전집 11』, 나남, 1990

손소희, 「그날의 햇빛은」, 손보미 엮음, 『손소희 작품집』, 지만지, 2010

2 연구 논저

권보드래, 「아프레 걸 변신담 혹은 신사임당 탄생 설화」, 『1960년을 묻
    다 ─ 박정희 시대의 문화 정치와 지성』, 천년의 상상, 2012, 465~505쪽

_____, 「실존, 자유부인, 프래그머티즘」, 『아프레 걸, 사상계를 읽다』(동국
    대 출판부, 2009), 77~83쪽

김병익, 『한국문단사』, 문학과지성사, 2001, 197~198쪽

김은하, 「전후 국가 근대화와 '아프레 걸(전후 여성)' 표상의 의미 ─ 여성 잡지
    《여성계》,《여원》,《주부생활》을 중심으로」,《여성 문학연구》16, 2006, 191쪽

김정숙, 「손소희 소설에 나타난 '이동'의 의미」,《비평문학》50, 2013

김해옥, 「현실과 낭만적 환상 사이에서의 길찾기」,《현대문학의 연구》8, 한국
    문학연구학회, 1997, 101~103쪽

김희림, 「손소희 소설의 여성 의식과 서술 전략 연구」, 고려대 석사 논문, 2013

문흥술, 「나르시스적 사랑에 의한 비극석 현실의 정화 ─ 손소희론」,《문학과
    환경》7(1)

박정애, 「'동원'되는 여성 작가: 한국전과 베트남전의 경우」,《여성 문학연구》

10, 2003

서동수, 「한국 전쟁기 반공 텍스트와 고백의 정치학」, 《한국현대문학연구》 20, 2006, 92쪽

서세림, 「사랑과 정치의 길항 관계」, 《순천향 인문과학논총》 35(3), 2016, 84쪽

손유경, 「만주 개척 서사에 나타난 애도의 정치학」, 《현대소설연구》 42, 2009, 196쪽

심진경, 「문단의 '여류'와 '여류 문단'」, 『한국 문학과 섹슈얼리티』, 소명, 2006, 234쪽

신형기, 「6·25와 이야기 — 전쟁 수기들을 중심으로」, 《상허학보》 31, 2011, 227쪽

엄미옥, 「한국 전쟁기 여성 종군작가 소설 연구」, 《한국근대문학연구》 21, 2010, 267~269쪽

오양호, 「1940년대 초기 만주 이민 문학」, 《한민족어문학》 27, 1995

윤인선, 「'여성 오이디푸스'의 환상을 통해 살펴본 심청의 환상과 자살의 의미」, 《라깡과 현대정신분석》 18(2), 2016, 103쪽

이민영, 「발화하는 여성들과 국민 되기의 서사 — 지하련의 「도정」과 손소희의 「도피」를 중심으로」, 《한국근대문학연구》 17(1), 2016, 265~266쪽

이인복, 『문학과 구원의 문제』, 숙명여대 출판부, 1982

이인영, 「만주와 고향: 《만선일보》 소재 시에 나타난 고향 의식을 중심으로」, 《한국근대문학연구》 26, 2012

임용택, 「일제 강점기의 만주 조선인 문학 소고」, 《한국학연구》 26, 2012, 117~118쪽

전혜자, 「「남풍」의 서사적 특성 연구」, 《아시아문화연구》 4, 2000, 243쪽

정영자, 「손소희 소설 연구 — 속죄 의식과 죽음을 통한 여성적 삶을 중심으로」, 《수련어문집》 16, 1989, 15쪽

조미숙, 「손소희 초기 소설 연구」, 《한국문예비평연구》, 2008, 123쪽

조은주, 「일제 말기 만주 체험 시인들과 '기억'의 계보학적 탐색」, 《한국시학연

구》23, 2008, 61쪽

최미진, 「1950년대 신문 소설에 나타난 아프레 걸」, 《대중서사연구》 13(2),
　　2007, 122~123쪽

버틀러, 주디스, 조현준 옮김, 『젠더 트러블』, 문학동네, 2008

베르고트, 앙투안 김성민 옮김, 『죄의식과 욕망 ── 강박신경증과 히스테리의
　　근원』, 학지사, 2009, 283~284쪽

브룩스, 피터, 이승희, 이혜령, 최승연 옮김, 『멜로드라마적 상상력』, 소명,
　　2013, 3~12쪽

식수, 엘렌, 카트린 클레망, 이봉지 옮김, 『새로 태어난 여성』, 나남, 2008, 21쪽

──────, 박혜영 옮김, 『메두사의 웃음/출구』, 동문선, 2004, 28~30쪽

제4주제에 관한 토론문

이경재 | 숭실대 교수

손소희는 3세대 여성 문학을 대표하는 작가로서 이들 세대의 문학에 대한 찬양과 비판을 온몸으로 체화하고 있는 작가이다. 신수정 선생님의 글은 여성 문학의 가능성과 여성 문학의 파탄, 진보적 문학의 가능성과 체제 순응적 문학의 전형 등으로 해석되는 손소희 문학을 여성적 글쓰기라는 관점에서 새롭게 읽어 내고 있다. 꼼꼼하게 다시 읽기를 통하여 텍스트의 무의식에까지 다가가고, 이를 통해 손소희 문학에서 새로운 여성 문학의 가능성을 발견하고 있는 것으로 판단된다. 표면적으로는 가부장제가 호명하는 전형적인 여성 주체의 재현에 치중하고 있는 것처럼 보이지만, 텍스트의 심층에 가라앉아 있는 작가와 지배 언어 간의 불일치 순간이나 지배 언어에 대한 흉내 내기와 패러디적 연행 등의 형상으로 재현되는 여성의 대항적 욕망에 주목하여 전혀 다른 해석을 내놓고 있는 것이다. 손소희 문학 연구의 맥락에서는 물론이고, 여성 문학 일반에 대한 논의에 있어서도 새로운 비전을 제시하는 매우 창발적인 논문이라고 판단된다. 손소희는 물론이고, 여성 문학에 대해서도 거의 알지 못하는 천학으로서 몇 가지 질문을 드리는 것으로 토론을 대신하고자 한다.

첫째, 필자는 『태양의 계곡』이 가부장적 지배 이데올로기에 공모하고 있다는 기존 의견을 비판하며, 여성적 텍스트의 재현 양상의 고유성에 주목하고 있다. 이를 통해 자신에게 부여된 정체성에 무심한 시선을 되돌려 주는 주인공 정아의 웃음소리가 남성적 상징 질서의 동일성의 체계를 조롱하는 여성적 욕망의 순간적인 비언어적 발화라는 참신한 결론을 이끌어 내고 있다.

이와 관련해 그동안 가부장제(상징 질서)에의 순응으로 해석된 정아의 결혼을 전복적 의미의 새로운 시도로 재해석하고 있다. 나아가 정아에게 결혼은 "상징체계의 흔적을 남기고자 하는 일련의 위험으로부터 자신을 방어할 최소한의 저지선을 확보"한다는 의미가 있다고 본다. 이와 관련해 결혼 상대자인 강인식의 "이름을 알고자 하지 않"고, '강 중령'이라는 호칭에만 집착하는 것을 정아가 가진 결혼이 지닌 비순응적 성격의 논거로 제시하고 있다. 강 중령이란 대명사로도 충분히 그의 이름을 대신할 수 있을 것이라는 "'무심함'은 변형된 '웃음'의 한 파편"으로 보아도 좋다는 것이다. 그러나 전후에 중령이라는 직책이 가진 상징 질서 속에서의 위상과 역할을 생각한다면, 강인식이라는 이름 대신 강 중령이라는 직위에 집착하는 것은 오히려 상징 질서에 순응하는 성격을 더욱 강화하는 것으로 볼 수는 없는지 의문이다.

이와 관련해 손소희 소설이 여성적 글쓰기로서의 새로운 가능성을 지니고 있다는 확신이 작품 해석에 작용하는 정도가 매우 큰 것은 아닌지 하는 생각도 든다. 일테면 정아의 결혼을 두고, "영원히 '저항'하기란 어느 누구에게도 쉽지 않은 일이다. 그리고 여성에게 그런 의미의 저항을 요구하는 것 자체가 또 다른 허구를 구축하려는 시도는 아닌지 따져 볼 필요가 있을 것이다."라는 대목이 등장하는데, 이러한 해석은 정아의 결혼은 비순응적이라는 전제하에 이루어진 것일 수도 있다는 생각이 든다. 필자는 『태양의 계곡』을 "개연성 없고 반페미니스트적이며 각성이 전제되지 않은 찰나주의적 생활의 나열을 보여 주고 있을 뿐"이라는 선행 연구는 "여성의 욕망의 경제가 함축하고 있는 역설적 면모에 눈감고 있다."라며 강력하게 비판한다. 이때 '여성의 욕망의 경제'는 무엇인지 궁금하다. 말 속에 이 궁금증에 대한 해답도 담겨 있는 것으로 판단된다.

둘째, 「그날의 햇빛은」은 어머니에 대한 과도한 이상화와 동일시로 '히스테리 환자'가 된 진희가 광기의 표출을 통해 자신의 실현되지 못한 욕망의 잔여를 직접적으로 드러낸다고 결론 내리고 있다. 양적으로는 작품 속에서 큰 비중을 차지하지 않는 어머니의 모습에서 텍스트의 가장 핵심적인 기원을 발견해 낸 것은 매우 뛰어나다는 생각이 든다. 이 작품에 대한 해석에서도 가부장제 질서에 대한 순응으로 해석하는 기존 연구를 비판하는 날카로운 시각이 드러난다. 진희가 자신의 이름을 버리고 에스더라는 이름의 수녀로 거듭날 뿐만 아니라 아예 거기에서 더 나아가 동정녀 마리아 그 자체가 되겠다는 욕망을 드러내는 마지막 장면을 기존 연구에서는 가부장제에 순종하려는 욕망으로 읽어 냈는데, 이를 부정하는 것이다. 진희라는 자신의 이름을 다른 사람에게 주고 마리아로 변신하겠다는 진희의 다짐은 그녀에게 그것을 요구하는 남성적 상징 질서에 대한 패러디적 연행에 해당한다는 것이다. 또한 여성의 언어는 언제나 '흉내 내기'의 언어에 가깝기 때문에 진희의 모습에서 순응적 욕망을 읽어서는 안 된다고 주장한다. 이와 관련해 패러디적 연행과 흉내 내기의 언어가 작품 속에 어떻게 드러나는 것인지가 충분히 논증될 필요가 있는 것으로 판단된다. 이러한 과정을 거칠 때 손소희 문학이 지닌 여성 문학적 전복성이 보다 선명해질 것이다. 또한 이러한 결론이 텍스트의 무의식을 추적하는 징후적 독법을 통해 이루어진 것이라면, 과연 어떠한 부분이 무의식을 엿볼 수 있는 증상, 즉 텍스트 생산의 조건들이 상호 작용할 때 생겨나는 텍스트의 기형적인 부분에 해당하는 것인지도 해명되어야 할 것으로 보인다.

손소희 생애 연보

1917년(1세)	함경북도 경성군 어량면 수북리(水北里)에서 아버지 손주명, 어머니 이직단 사이의 6남매 중 막내로 출생. 본명은 손귀숙. 유복한 가정에서 출생했고, 어머니 이직단 여사는 인근에서 '어랑매매'로 불리는 저명한 여걸이었음.
1932년(16세)	함흥 영생여고보에 편입. 이때부터 동시를 발표하고 영시를 낭독하는 등 문학에 대한 관심을 내보이기 시작.
1936년(19세)	영생여고보 졸업.
1937년(21세)	3종 교원 자격 고사에 합격했으며 일본 도쿄에 있는 니혼 대학 (日本大學)에 유학을 갔다가 잦은 병발로 몸이 불편하여 중퇴.
1939년(23세)	만주로 건너가 장춘에 있는 만선일보사 학예부 입사, 염상섭, 안수길, 이석훈, 송지영 등과 함께 일함. 2년 뒤 사직.
1942년(26세)	시인 김조규가 만든 『재만 조선인 10인 시집』에 유치환, 김달진, 함형수 등 당대 저명한 시인들과 함께 시 수록.
1945년(29세)	1월, 휴가로 귀향했고 척추염으로 3개월간 입원 치료를 받음. 해방을 맞이하여 11월에 귀국함.
1946년(30세)	《백민》 10월 호에 단편 「맥(脈)에의 몌별(袂別)」를 발표하며 문단에 데뷔.
1948년(32세)	11월, 전숙희, 조경희 등과 명동에서 다방 '마돈나'를 공동 경영, 다방 한구석을 사무실로 고쳐 종합지 《혜성》을 창간하고 주간이 됨. 1950년 전쟁으로 발간이 중단됨. 소설가 김동리를 만남.

1949년(33세)	월간 종합지 《혜성》 발간.
1950년(34세)	6·25 전쟁 사세 판단 착오로 이른바 도강파가 되지 못하고 잔류파가 되었음. 9·28 서울 수복 이후 10월 3일 군경 합동 수사 본부에 연행되어 최정희, 노천명, 박영준, 김영호, 박계주와 함께 조사를 받고 서대문형무소에 10일간 구금되었다가 불기소 처분으로 귀가함. 창작집 『이라기(梨羅記)』 간행.
1951년(35세)	1·4 후퇴 때 부산으로 피난, 다방 '금강', '밀다원' 등에서 집필.
1953년(37세)	8월, 서울로 귀환.
1954년(38세)	국제 펜클럽 한국 본부 회원이 됨.
1957년(41세)	만학의 나이로 한국 외대 영어과 입학.
1958년(42세)	6월, 성동구 홍인동 155번지 주택을 구입하여 비로소 셋방살이를 면함.
1960년(44세)	단편 소설 「그날의 햇빛은」으로 서울시 문화상 수상. 문인극 「춘향전」(시민회관 공연)에 춘향으로 출연.
1961년(45세)	한국외대 영어과 졸업. 서라벌예술대학 문예창작과 대우교수 취임.
1962년(46세)	한국 펜클럽 한국 본부 이사 피선.
1964년(48세)	오슬로에서 열린 제32차 국제 펜클럽 세계대회에 한국 대표로 참가했으며 아테네, 로마, 런던, 파리, 뉴욕을 여행. 9월부터 11월까지 미국 아이오와 대학교의 국제 작가 워크숍에 참가함. 5월, 문예상 수상.
1971년(55세)	국제 펜클럽 더블린 세계 대회에 한국 대표로 참가.
1973년(57세)	도서출판 '한국문학사'를 창설하고 순문예지 《한국문학》 간행.
1974년(58세)	한국여류문인협회 회장.
1981년(65세)	펜클럽 한국 본부 부회장 역임. 국제 펜클럽 파리세계대회 한국 대표로 참가. 한국소설가협회 대표 위원.
1982년(66세)	보관 문화 훈장을 받았고 예술원 문학상 수상.

| 1983년(67세) | 청담동으로 이사. 소설가협회 운영분과 위원장, 문인협회 이사, 중앙대학교 예술대 교수 등을 역임. |
| 1987년(71세) | 1월 7일, 서울시 청담동 자택에서 위암으로 사망. |

손소희 작품 연보

발표일	분류	제목	발표지
1946. 5	시	동경(憧憬)	신세대
1946. 5	수필	회고와 창조	신세대
1946. 6	수필	녹엽의 일기	백민
1946. 8	단편	양심	예술신문
1946. 10	단편	맥(脈)에의 몌별(袂別)	백민
1946. 11	단편	삼대의 곡(曲)	민성
1946. 11	단편	도피	신문학
1947. 1	단편	가두에 서는 날	부인
1947. 4. 30	단편	승산	여성신문
1947. 5	수필	혼란의 봄	백민
1947. 6	단편	그 전날	문학비평
1947. 12. 2	단편	낙상(落傷)	서울신문
1948. 1	수필	향유(香油)의 산화(散華)	백민
1948. 2	단편	제단	신세대
1948. 4	단편	이라기(梨羅記)	신천지
1948. 5	단편	회심(回心)	백민
1948. 7	수필	꿈에 맺은 정	백민
1948. 9	수필	여름이 오기 전	예술조선
1948. 10	단편	현해탄	백민

발표일	분류	제목	발표지
1949	소설집	이라기	시문학사
1949. 1	수필	경계선에서	부인
1949. 3	단편	한계	신여원
1949. 4	수필	만우절의 달, 4월	민성
1949. 5	단편	척도	신천지
1949. 7	단편	흉몽(凶夢)	신천지
1949. 9	단편	지류	문예
1949. 11	단편	길 위에서	신천지
1949. 11	단편	삼대의 곡	신태양
1949. 12	수필	밤 길에	문예
1949. 12	수필	무업적(無業績)	한국공론
1950. 1	단편	고갯길	문예
1950. 2	단편	황사지대	혜성
1950. 2	수필	여인 서한(女人書翰)	백민
1950. 3	단편	해바라기	민성
1950. 4	단편	투전	문예
1952. 1	단편	쥐	문예
1952. 1	단편	향연	신천지
1952. 12	단편	그날에 있은 일	전선문학
1953. 1	단편	제모(制帽)와 위신(威信)	연합신문
1953. 5	단편	거리	전선문학
1953. 6	단편	닳아진 나사	문예
1953. 11	수필	독백초(獨白抄)	문예
1954. 1	단편	강남피혁상회지 (江南皮革商會誌)	문예

발표일	분류	제목	발표지
1954. 1	단편	연화당 주인(蓮華堂主人)	문화세계
1954. 3	단편	전말(顚末)	신천지
1954. 4	단편	춘몽(春夢)	연합신문
1954. 6	단편	이사(移徙)	문학과 예술
1955. 2	단편	층계 위에서	현대문학
1955. 3	단편	불협화음	신태양
1955. 7	단편	샛치기	현대문학
1955. 9-10	중편	별이 지는 밤에	평화신문
1956. 1	단편	이초시(李初試)의 하늘	문학예술
1956. 1	단편	음계	현대문학
1956. 2	단편	모녀(母女)	여원
1956. 5	단편	비	새벽
1956. 6	단편	두 소녀	문학예술
1956. 8	단편	창포 필 무렵	현대문학
1957. 1	단편	거래(去來)	현대문학
1957. 2	단편	백주몽(白晝夢)	녹원
1957. 2	단편	고예원(古藝苑)의 봄	문학예술
1957. 3	수필	외생(外甥)의 변(辯)	현대문학
1957. 5~1958. 7	장편	태양의 계곡	현대문학
1957. 9	단편	양지	신태양
1957. 10	단편	외로운 사람들	문학예술
1957. 11~12	중편	창백한 성좌(星座)	자유신문
1957	단편	양귀비 꽃	협동
1957~1958	단편	행동의 장미	부산일보
1958. 5	단편	바람 위로	한국평론

발표일	분류	제목	발표지
1958. 10	단편	어둠 속에서	사상계
1959	소설집	창포 필 무렵	현대문학사
1959	장편	태양의 계곡	현대문학사
1959. 2	단편	아카시아의 전설	자유공론
1959. 5~8	단편	배리(背理)의 광장	신태양
1959. 5~8	장편	태양의 시	한국일보
1959. 11	단편	태풍	사상계
1960. 10	단편	그날의 햇빛은	현대문학
1961. 8	단편	다리를 건널 때	사상계
1961. 10~1963. 11	장편	계절풍	현대문학
1961. 12	단편	어떤 배신	여원
1962	소설집	그날의 햇빛은	을유문화사
1962	장편	태양의 시	어문각
1962. 1~8	장편	사랑의 계절	한국일보
1962. 12	단편	귀향	여상
1963	장편	남풍(南風)	삼중당
1963. 7~1964. 3	장편	에덴의 유역	서울신문
1963. 9	단편	허영의 길목은	여상
1963. 10	단편	조춘(早春)	여원
1964	장편	원색의 계절	신사조사
1964. 1	단편	형제	신사조
1964. 5	단편	환향(還鄉)	현대문학
1965	소설집	다리를 건널 때	정음사
1965	장편	에덴의 유역	휘문출판사
1965	수필집	세월 속에 눈물 속에	신태양사

발표일	분류	제목	발표지
1965. 4	단편	어느 여상(女像)	문학춘추
1965. 6	단편	이 잔(盞)은	신동아
1965. 11	단편	현황 지대(玄黃地帶)	문학춘추
1966. 3	단편	왕씨 일가의 사람들	현대문학
1966. 4	단편	그 자매	사상계
1966. 5	단편	금색동화(金色童話)	신동아
1966. 6	단편	지애(地涯)에서	현대문학
1966. 11	단편	어떤 휴일	문학
1966. 12	단편	유월(六月) 잔치	현대문학
1967. 3	단편	사가사(思家詞)	현대문학
1967. 4	단편	정(靜)·동(動)	현대문학
1967. 5	단편	세한부(歲寒賦)	현대문학
1967. 8	단편	고독의 기원	신동아
1967. 8	단편	행복한 산신	현대문학
1968. 5	단편	성곽 밖의 봄	사상계
1968. 10	단편	하늘과 땅	현대문학
1968. 11	단편	범선	월간문학
1969. 12	단편	수박 한 덩이가	현대문학
1970. 5	단편	그물	세대
1970. 11	단편	갈가마귀 그 소리	현대문학
1971	소설집	갈가마귀 그 소리	한국문학사
1971	단편	봄이면 진달래가	주부생활
1971. 3	단편	갈 가마귀 그 소리(재수록)	문학과 지성
1972. 1~3	중편	꽃 피는 계절	북한
1972. 2	단편	저축된 행복	한양

발표일	분류	제목	발표지
1972. 7~1973. 7	장편	그 무성한 가지들	현대문학
1974	소설집	창백한 성좌	을유문화사
1974	소설집	선덕여왕	
1974. 5~1977. 1	장편	그 캄캄한 밤을	한국문학
1976. 9	단편	한여름 낮의 해무리	신동아
1977	소설집	고독의 기원	서음출판사
1977	소설집	한여름 낮의 해무리	문리사
1977	소설집	손소희 문집	명서원
1977	수필집	내 영혼의 순례	백만사
1978	장편	화려한 나들이	문예창작사
1978	수필집	태양의 분신들	문예창작사
1981. 12~1983. 1	장편	그 우기(雨期)의 해와 달	한국문학
1982	장편	그 캄캄한 밤을	한국문학사
1982	수필집	한국 문단 인간사	
1982. 2	단편	절뚝거리며 춤추며	문학사상
1984	장편	그 우기의 해와 달	한국문학사
1986. 9	시	사춘기(思春期)	현대문학
1987. 2	시	그때 목마름이여	월간경향

작성자 신수정 명지대 교수

윤동주의 내면의 시

상호 주관성으로서의 내성

정과리 | 연세대 교수

> 그러나 그의 심층부에서 무엇인가가 외쳤다.
> 위대한 비극이여 시작하라.
> 꼬리를 끄는 자비 속에서 아픔이 덮치고
> 슬픔이 그의 가슴 위로 쏟아져 내리라고.
> ── 에드윈 뮤어[1]

    널리 알려진 대로 윤동주의 시에서 가장 두드러진 주제적 면모는 내면의 성찰이다. 그의 시에서 잘 알려진 시편들, 「서시」, 「자화상」, 「참회록」, 「십자가」 등은 모두 현실에 대한 특별한 발견이나 인지 혹은 현실에 대한 행동의 표명이 아니라, 자신의 모습에 대한 성찰로 이루어져 있다. 「십자가」의 다음 구절은 그의 내성이 행동에 대한 갈망과 길항하고 있음을 보여 주는 예이다.

---

1)   도리스 레싱, 나영균 옮김, 『마사 퀘스트』(민음사, 2007〔1952〕), 359쪽에서 재인용; Doris Lessing, *Martha Quest*(New York: HarperCollins e-books, 2001〔1952, 1964〕).

종소리도 들려오지 않는데
휘파람이나 불며 서성거리다가

괴로웠던 사나이
행복한 예수·그리스도에게
처럼
십자가가 허락된다면

모가지를 드리우고
꽃처럼 피어나는 피를
어두워 가는 하늘 밑에
조용히 흘리겠습니다.[2]

　내면 성찰은 '근대(modernity)' 즉 지적 개별 단위로서의 '개인성'을 자각하고 그 개인의 존재론에 대해 '자의식'을 가진 존재들이 자신과 세계의 관계를 정비하고 세계[3]의 운영자로서의 자신을 정립하기 위해 사용하는 가장 중요한 '자기 의식의 장치'이다. 그것은 이른바 '개인'이 외부 환경 및 사회와 변별되는 존재로 자신을 구성할 수 있을 때부터 작동한다. 1930년대의 한반도의 조선 지식인들도 그러한 단계에 다다라 있었다. 근대의 체내화가 일정한 수준에 이르렀을 때 조선의 지식인들은 부당한 강점자에게

---

2) 정현종 외 편, 『원본 대조 윤동주 전집: 하늘과 바람과 별과 시』(연세대 출판부, 2004), 34쪽. 이하 특별한 부기가 없는 한, 윤동주 모든 시는 이 책에서 인용한다.

3) 필자가 여러 곳에서 누누이 강조하는 것이지만, '근대(modernity)'는 특정한 시대라기보다 하나의 '존재 양식(mode of existence)'이다. 특정한 시대로 치자면 삶의 부면에 따라서 근대가 시작된 시점은 너무나 다양하게 나타난다. 또한 '전근대'로 간주된 시기에도 근대적인 글의 편린들은 사금처럼 사방에 반짝이고 있었다고 할 수 있다. 이에 대해서는 숱한 증거를 제시할 수 있으나, 간편하게는 졸고, 「근대 소설의 기원에 관한 이론적 검토」, 『글숨의 광합성』(문학과지성사, 2009)을 참조하기 바란다.

"아(我) 조선의 독립국임과 아 조선인의 자주민임을 선언[4]"하고 요구하였다. 그러나 폭력적으로 좌절되었다. 그 좌절이 식민지의 지식인들로 하여금 다른 공간을 꿈꾸게 한다. 근대가 외면으로부터 내면으로 치환된 것도 그중 하나였다.

윤동주는 그러한 내면 성찰을 누구보다도 철저하게 밀고 나아갔다. 그것은 앞에서 보았던 것처럼, 행동의 가능성에 대한 그의 염원 혹은 '저울질'과 반비례 관계에 놓였기 때문이다. 인용된 구절 중에서 "괴로웠던 사나이"는 '예수'와 '나'를 매개하는 표지가 된다. 그런데 '예수·그리스도'에게 "십자가가 허락"되었다면 '나'에게는 아직 그럴 가능성에 대한 징조가 없다. 그 징조가 없다는 것을 "종소리도 들려오지 않는(다)"라고 비유로 암시하였다. 그래서 '나'는 하릴없이 "휘파람이나 불며 서성거리"고 있는 것이다.

그러나 그 때문에 그의 내면 성찰은 더욱 깊어질 수밖에 없었다. 그것이 윤동주적 순정성의 출발점이다. 그는 가장 많이 애송되는 시에서 "죽는 날까지 하늘을 우러러/ 한 점 부끄럼이 없기를/ 잎새에 이는 바람에도/ 나는 괴로워했다."라고 썼다. 그러한 태도가 태생적인 것인지 아니면 후천적인 연단에 의한 것인지 우리는 모른다. 그러나 우리는 그에 반하는 어떤 증거도 찾아볼 수가 없다. 그가 항상 부끄럼 없이 산 것은 아니다. 그러나 그는 부끄럼이 발생할 때마다 고통스럽게 '괴로워'했다. 그의 철저함은 그런 태도에서 왔으며, 그것이 진정한 정직함이다. 왜냐하면 결코 부끄럽지 않을 삶이란 없기 때문이다.

그런데 바로 여기에서 하나의 흥미로운 사실이 발견된다. 윤동주는 일기를 쓰지는 않았다는 것이다. 내면 성찰이 강한 사람들은 통상 일기를 쓰게 마련이다. 일기 쓰기는 16세기 '영국'에서 크게 확산되었는데, 영국이 당시 "프라이버시의 요람"[5]이었기 때문이라는 해석이 있다. 그러나 그것

4) 「己未獨立宣言書」, https://ko.wikisource.org/Wiki/3·1독립선언서.
5) 필립 아리에스, 「사생활의 역사를 위하여」, Philippe Ariès et Georges Duby 책임편집,

은 18~19세기에 가서야 유럽 전역에서 중요한 사회적 현상으로 급증했다. 그것은 그 시대가 '내면'이 사회적 구성요소로 정착한 근대의 완숙기이기 때문이었을 것이다.[6]

윤동주는 일기를 쓰지 않았는데, 그의 시의 본령이 '내면 성찰'이라는 점 말고도 그의 시 쓰기는 일기적 성격을 명백히 포함하고 있었다. 그는 자신의 시 말미에 창작한 날짜를 일일이 부기해 두었던 것이다. '일기'는 무엇보다도 '그날의 기록'인 것이다. 무엇을 위해 그날을 기록하는가에 대해서 모르는 사람은 없다. 오늘의 삶을 돌이켜 보고 내일을 준비하기 위해서라는 건 어린 시절부터 수없이 들어 본 얘기다. 그리고 그 내일의 준비는 무엇보다도 정신적 자세에 대한 준비이다. 그래서 한 철학자는 일기를 "영혼의 바로미터"[7]라고 불렀던 것이다. 윤동주의 내면 성찰은 그런 영혼의 척도로서의 일기에 가깝다. 김우창이 윤동주의 「자화상」에서 "행복한 자기 몰두"를 보는 이상한 독해에도 불구하고, 그 뒤에 "관조의 경지와 고독을 고통으로 느끼며 보다 높은 윤리적 자기실현을 요구하는 의식[8]"이 숨어 있음을 찾아낸 것은 일기의 영혼 단련적 성격을 포착했기 때문이다.

이영림 옮김, 『사생활의 역사 ― 3 르네상스부터 계몽주의까지』(새물결, 2002〔1986〕), 23~24쪽.

6) 알랭 코르뱅(Alain Corbin)은 19세기 '내면'의 형성을 두고, "개인은 비록 사법적으로 나약한 존재였지만, 그 깊이를 더해 갔으며 복잡한 구조를 가진 존재가 되었다. 계몽사상이 보편적 인간(이것은 하나의 문법적인 범주이다.)의 평온한 모습을 상정했다면, 낭만주의는 이에 맞서 각 얼굴의 특수성, 두터운 밤과 꿈, 내밀한 교류의 원활함을 내세웠고, 직감도 지식을 얻는 방식이라며 정당성을 회복시켰다."라고 기술한다. 그러면서 이러한 내면에 대한 가장 극적인 표현으로 아미엘의 다음의 진술을 부기한다. "내 자신에게 나는 움직이지 않는 공간이다. 그 속에서 나의 태양과 나의 별들이 회전한다."(알랭 코르뱅, 「무대 뒤켠」, 필립 아리에스, 조르주 뒤비 책임편집, 전수연 옮김, 『사생활의 역사 ― 4. 프랑스 혁명부터 1차 세계대전까지』(새물결, 2002〔1987〕), 580쪽)

7) 피에르 파셰(Pierre Pachet), 『영혼의 바로미터 ― 일기의 탄생(Les baromètres de l'âme-Naissance du journal intime)』(Hachette, 2001).

8) 김우창, 「시대와 내면적 인간」, 『궁핍한 시대의 시인 ― 현대 문학과 사회에 관한 에세이』 (민음사, 1977), 176쪽.

그러나 그렇다고 해서 윤동주의 시를 일기와 동일시할 수는 없다. 그리고 그것이 윤동주의 시를 시답게 만드는 것이다. 그 점을 살펴봐야 할 것이다.

윤동주의 시가 일기와 다른 점은 무엇인가?

무엇보다도, 그는 시를 '발표'하기 위해 썼다는 것이다. 원래 일기는 자신을 감추는 조건으로 기록하는 것이다. 혼자 쓰고 혼자 보며, 타인에게는 어둠이 된다. "이 어둠은 어쨌든 일기의 거름이다."[9] 이 감추어짐은 타인의 시선에서 유보되는 대가로 자기 성숙의 시간을 가진다는 의미를 띤다. 그렇다면 일기 쓰는 시간은 자아가 익어 가는 시간이라고 해야 할 것이다. 그리고 그 시간과 현실에서의 시간은 엄격히 구분된다. 내성과 행동의 경계선이 뚜렷이 그어지는 것이다. 행동은 분명 내성에 뒷받침되어 있지만 그 양태는 아주 다르다.

반면 윤동주는 연희전문 졸업 기념으로 시집을 묶어 출판하려고 했다. 그는 그 출판의 형식도 명확히 계산하고 있었다. "윤동주는 …… 19편의 시를 묶은 시집을 '77부 한정판'의 형식으로 출판하려고 했"[10]던 것이다. 그의 시는 감추어질 것이 아니라 '잘 드러나야 할' 것이었다. 그렇다면 윤동주의 내면 성찰의 시에서는 내성과 행동 사이에 일기와 다른 양상적 연관성이 있음을 가정해야 할 것이다. 이 양상적 연관성의 구체적 '양상'은 무엇인가?

우선 그의 내성적인 시가, 그 드러남의 성격에 의해서, 일기보다 훨씬 정돈되었다고 가정할 수 있다. 실로 일기에 대해 그것이 붓 가는 대로 쓴 글이라는 생각이 늘 있어 왔다. 가령 다음과 같은 진술이 그렇다.

"진짜 일기는 우리에게 보다 과격하고 정돈되지 않은 현실을 제시한다. (생각이) 발전하는 다양한 단계가 거기에 있다. 그러나 그것들은 뒤섞이고

---

9)   Pierre Pachet, *op. cit.*, p. 7.
10) 송우혜, 『윤동주 평전』(푸른 역사, 2004), 316쪽.

겹쳐지고 무작위로 반복된다."[11]

그러나 이러한 생각이 항상 옳은 것은 아니다. 왜냐하면 일기를 그렇게 쓴다는 것은 일기의 '의의'를 훼손할 수 있기 때문이다. 쥘 르나르는 이미 그의 『일기』에서 "일기는 단순한 수다가 아니다."라고 말한 바 있다. 오히려 일기야말로 정돈된 기록일 수 있다. 그 점에선 일기를 "영혼의 조수를 기록한 일력(a calendar of the ebbs and flows of the soul)"[12]이라고 한 소로의 정의가 적절하다. 우리는 바슐라르에게서 그에 대한 명료한 풀이를 본다.

객관적 인식이 주관적인 것에 대한 객관적 인식일 때, 우리가 우리 자신의 마음속에서 인간의 보편적 특성을 발견할 때, 우리 자신에 대한 연구가 당당하게 정신 분석을 받으면서 우리가 도덕적 규칙들을 심리적 법칙들에 통합시킬 때, 그러한 기쁨은 얼마나 더 강렬해지겠는가! 그럴 때, 지금껏 우리를 불태워 오던 불은 문득 우리를 밝게 비춰 주는 불이 된다. 우연한 열정이 의도적인 열정이 된다. 사랑이 가정(家庭)적이 된다. 불이 아궁이 불이 된다.[13]

주관적인 것에 대한 객관적 인식은 나의 삶을 비추어 더욱 증진하게끔 도와준다. 절묘한 비유로서 제시된 '아궁이 불'은 일기에도 내면 토로의 서정시에도 고루 적용될 수 있다. 그렇다면 드러난다는 것은 무엇인가?

---

11) Stephen Mulhall, "The Enigma of Individuality: I dentity, Narrative and Truth in Biography, Autobiography and Fiction", Cornelia Stott, *The Sound of Truth: Constructed and Reconstructed Lives in English Novels since Julian Barnes's Flaubert's Parrot*(Münster: Tectum Verlag, 2010), p. 143에서 재인용.

12) Henry David Thoreau, *The Writings of Henry David Thoreau* in 20 Volumes, vol. 7, Journal I(1837~1846)(Boston and New York: Houghton Mifflin and Company, 1906), p. 163.

13) 가스통 바슐라르, 김병욱 옮김, 『불의 정신 분석』(서울: 이학사, 2007), 184쪽; Gaston Bachelard, *La psychanalyse du feu*(coll.: Folio/Essais No. 25)(Paris: Gallimard, 1992), p. 165.

자서전적 글쓰기에 관해 오랫동안 탐구해 온 필리프 르죈(Philippe Lejeune)의 통찰은 하나의 시사점을 제공할 것이다. 그는 "일기는 밑그림을 가지지 않는다. 그것은 어떤 밑그림이 아니다.[14]"라고 단언하면서 이어서 일기를 당일의 사건들의 흔적을 모아 놓은 일종의 "식물표본채집도감"[15]으로 비유한다. 무슨 말인가? 그것은 일기가 오로지 쓰는 자를 위한 것이라는 생각을 포함하고 있다. "채집도감꾼들은 온전히 연구될 운명으로 정향되어 있지 않다. 그들은 즐거움이나 추억을 위해서 그 일을 할 수도 있다." 그것은 일기가 타인에게 보이지 않는다는 것을 가정하기 때문이다. 르죈은 이어서 말한다. "지금까지 연구된 일기는 모두 출간된 것들이다. …… 원래 씌어졌던 대로 출간되는 경우는 아주 드물다. 원 텍스트가 보존될 때조차, 그것들은 전정(剪定)되고 손질되어 있다."[16]

그렇다면 '바깥으로 드러나는' 텍스트는 정돈될 대상이 되기 일쑤인데, 그것은 바로 '드러나기' 때문이다. 즉 그것은 타인에게 잘 '보이기' 혹은 '읽히기' 위해서이다. 여기에 기묘한 변화가 있다. 여기까지 오면 윤동주의 '내면 성찰'은 바깥과의 '소통'을 통해 통해서 정련된다고, 즉 그의 주관성은 상호성에 근거한다고 얘기해야 하기 때문이다. 이것은 아마도 지금까지 소홀히 다루어진 부분일 것이다. 애초에 윤동주가 하나의 '사건'으로 존재했을 때,[17] 윤동주의 시가 순수시인가 저항시인가, 라는 기이한 논쟁에 사람들은 빠졌었다. 그러다가 사람으로서의 윤동주가 다가왔을 때 윤동주의 '내성'이 드러내는 '순수'가 그 자체로서 일본 제국주의의 폭력에 대한 항거이자, 그 제국주의을 추문으로 만들 수 있다[18]는 점이 부각되었다. 그

---

14) Philippe Lejeune, *Les brouillons de soi*(Paris: Seuil, 1998), p. 9.

15) *Ibid.*, p. 367.

16) *Ibid.*, p. 368.

17) 필자는 윤동주를 수용하는 독자 및 연구자들의 태도를 세 단계로 분류한 바 있다. '사건으로서의 윤동주', '사람으로서의 윤동주', '텍스트로서의 윤동주'가 그것들이다. cf.「윤동주를 느끼는 세 가지 차원」,《연세춘추》, 제1786호(연세대, 2017. 3. 6), 10쪽.

18) "한 편의 아름다운 시는 그것을 향유하는 자에게 그것을 향유하지 못하는 자에 대한 부

래서 윤동주는 내성의 시인으로서 외부에 대한 효과를 낳는 시인으로 간
주될 수 있었다. 그러나 오로지 그렇게 해석하기에는 윤동주의 바깥 세계
에 대한 관심이 그의 삶에 아주 중요한 비중을 차지하고 있었다. 가령, 그
가 쓴 최초의 작품 중의 하나로 알려져 있는 「삶과 죽음」(1934. 12. 24.)의
마지막 구절,

　　죽고 뼈만 남은
　　죽음의 승리자 위인들!

에서부터 그의 마지막 시가 된, 「쉽게 씌어진 시」(1942. 6. 3.)

　　육첩방은 남의 나라
　　창밖에 밤비가 속살거리는데

　　등불을 밝혀 어둠을 조금 내몰고
　　시대처럼 올 아침을 기다리는 최후의 나

에 이르기까지, 심지어 동시에 해당하는 「해바라기 얼굴」의

　　누나의 얼굴은
　　해바라기 얼굴.
　　해가 금방 뜨자
　　일터에 간다.

끄러움을. 한 편의 침통한 시는 그것을 읽는 자에게 인간을 억압하고 불행하게 만드는 것
에 대한 자각을 불러일으킨다."(김현, 「한국 문학의 위상」, 『김현 문학 전집』, 1권 『한국 문학
의 위상/문학사회학』(문학과지성사, 1991), 50쪽)는 것, 즉 "문학은 그것이 있다는 사실 하
나만으로 …… 무지를 추문으로 만든다."(위의 책, 52쪽)라는 의미에서.

같은 구절에서마저도, 우리는 윤동주의 바깥에 대한 짙은 관심을 알 수가 있다.[19] 때문에 그의 시적 특성을 오로지 내성적 성찰에 묶어 두는 관점은 충분하다고 할 수 없다. 최근 들어 뜬금없이 윤동주에게서 행동적인 퍼스널리티를 꺼내어 부각시키고자 하는 움직임이 있는 것은 그러한 불충분성에 대한 조급한 감정이 표출된 것으로 보인다. 그러나 그 역시 과도한 과장이라 할 것이다. 그에게서 직접적인 행동의 의지 및 계획은 보이지 않는다. 오히려 그에게 두드러진 것은 내성과 행동 사이의 단절에 대한 깊은 고민이다. 「쉽게 씌어진 시」의

　　나는 무얼 바라
　　나는 다만, 홀로 침전하는 것일까?

라는 구절은 그런 고민이 그의 전 생애를 괴롭혔다는 것을 알게 해 준다. 그러나 지금 이 자리에서 주목해야 할 것은 그러한 단절에 대한 극복을 그가 부단히 애썼다는 사실이다. 「참회록」의

　　밤이면 밤마다 나의 거울을
　　손바닥으로 발바닥으로 닦아 보자

는 「서시」의

　　한 점 부끄럼이 없기를
　　잎새에 이는 바람에도
　　나는 괴로워했다

---

19) 그래서 김응교는 윤동주가 어린 시절에 쓴 시에서도 저항성을 발견할 수 있다고 했던 것이다. 김응교, 『처럼: 시로 만나는 윤동주』(문학동네, 2016), 120~122쪽.

와 더불어 그 의지와 노력과 그에 따른 고통을 한꺼번에 보여 주는 상징적인 시구들이다. 그런데 이 자리에서 되새겨야 할 것은 그러한 단절 극복의 방법론을 그의 '내성으로서의 시'에서 실마리를 찾을 수 있다는 것이다. 그 내성으로서의 시는 '드러냄'을 본질적 특성으로 가짐으로써, 내성을 상호적 조명 혹은 상호 성찰을 통해서 가꾸었다는 것이다. 간단히 말해 그의 주관성은 객관화를 지향했다는 것이다. 우리는 그런 증거들을 시 내부에서 그리고 외부에서 다양하게 발견할 수 있다.

우선, 윤동주가 그의 시집 출간을 포기한 이후, 세 부를 직접 필사해서 스승 이양하와 후배 정병욱에게 준 사실 자체가 시를 현실 안에 정위시키려는 그의 '집념'을 잘 보여 준다. 다음, 홍장학에 의해 제기된 의문들을 통해 공론화된 육필 시고의 퇴고 및 가필 흔적들의 주체에 대한 논란은 그 사실 여부를 떠나, 즉 연필 퇴고 부분의 "일부의 퇴고의 주체가 윤동주가 아니"라는 주장[20]의 진위 여부를 떠나, 윤동주가 시작 자체를 이웃들의 의견을 구하는 과정을 통해 다듬어 나갔다는 증거로 볼 수 있다. 이는 그의 친구이자 윤동주가 도일할 때 "자기의 앉은뱅이책상과 책들과 시 원고들을" 맡겼던 "연전 때 친구" '강처중'의 다음 진술과 얼핏 모순된다.

이런 동주도 친구들에게 굳이 거부하는 일이 두 가지 있었다. 하나는 "동주 자네 시(詩) 여기를 좀 고치면 어떤가." 하는 데 대하여 그는 응하여 주는 때가 없었다. 조용히 열흘이고 한 달이고 두 달이고 곰곰이 생각하여서 한편 시를 탄생시킨다./ 그때까지는 누구에게도 그 시를 보이지를 않는다. 이미 보여 주는 때는 흠이 없는 하나의 옥(玉)이다. 지나치게 그는 겸허 온순하였건만, 자기의 시만은 양보하지를 안했다.[21]

---

20) 홍장학, 『정본 윤동주 전집 원전 연구』(문학과지성사, 2004), 498쪽.
21) 강처중, 「발문」, 『하늘과 바람과 별과 시』(정음사), 정현종 외 편, 『원본 대조 윤동주 전집: 하늘과 바람과 별과 시』(연세대 출판부, 2004), 305쪽.

이 진술은 자칫 윤동주가 아무에게도 시를 보이지 않고 혼자 썼고, 타인의 의견을 결코 참조하지 않았다는 얘기로 읽힐 수 있다. 그러나 아니다. 오히려 윤동주는 자신의 시작에 친구들의 의견을 적극적으로 참조하였다는 얘기에 더 가깝다. 왜냐하면 "동주 자네 시 여기를 좀 고치면 어떤가."라는 말이 먼저 나왔기 때문이다. 그것은 윤동주가 시를 쓸 때 친구들에게 미리 보였다는 뜻을 함유한다. 그렇다면 "그때까지는 누구에게도 그 시를 보이지를 않는다."는 것이 그가 '친구의 의견을 우선 듣고 그를 참조해 자신의 시를 고쳐 써서 완성된 것을 만들 때까지는'이라는 뜻 외에 달리 해석할 길이 없다. 그것은 윤동주가 친구들의 의견을 참조하면서도 자신의 주관적 판단을 결코 포기하지 않고 타인의 의견과 끊임없이 조율하고 조정하는 데에 중요한 견해로서 끌고 나갔다는 것을 가리킨다. 즉 말의 바른 의미에서 시작(詩作)의 과정이 상호 주관성이 활발히 교통하는 장소였다는 것이다.

시의 내부에서도 이런 상호 주관성의 장치들을 찾을 수 있지 않을까? 가령 「쉽게 씌어진 시」에서 '홀로 침전하는 괴로움'이 상기시키는 것이 무엇인가를 생각해 보자. 그 앞 구절에서 시인은

생각해 보면 어린 때 동무를
하나, 둘, 죄다 잃어 버리고

라고 썼다. 문면 그대로 읽으면 그의 '홀로(된) 침전'은 동무들을 잃어버린 데에서 가장 큰 원인을 두고 있다. 이 문제는 그가 그의 동료들을 항상 구체적인 실존 인물로서 느끼고 생각했다는 사실을 환기한다. 과연 그는 「별 헤는 밤」에서 "별 하나에 하나에 아름다운 말 한마디씩 불러 보"겠다고 하고는 그 '말'을 온통 이름을 채우지 않았던가?

소학교때 책상을 같이 했던 아이들의 이름과 패, 경, 옥 이런 이국소녀들의

이름과 벌써 애기 어머니 된 계집애들의 이름과, 가난한 이웃사람들의 이름과, 비둘기, 강아지, 토끼, 노새, 노루, '프란시스·잠', '라이너 마리아·릴케', 이런 시인의 이름을

불러 보지 않았던가?

그의 마지막 산문 「시종(始終)」은 그 점에서 매우 의미심장하다. 그는 '생활'을 만나기 위해 아침 거리를 나간 경험을 얘기하는데, 그 묘사가 특이하다. 사람들을 무리로 인지했을 때는

나만 일즉이 아츰 거리의 새로운 感觸을 맛볼 줄만 알았더니 벌서 많은 사람들의 발자욱에 輔道는 어수선할 대로 어수선했고 停留場에 머물 때마다 이 많은 무리를 죄다 어디 갖다 떠뜨릴 心算인지 꾸역꾸역 자꾸 박아 싣는데 늙은이 젊은이 아이 할 것 없이 손에 꾸러미를 안 든 사람은 없다. 이것이 그들 생활의 꾸러미요, 同時에 卷怠의 꾸러민지도 모르겠다.[22]

사람들의 생활에서 '권태'를 본다. 그러다가 "이 꾸러미를 든 사람들의 얼골을 하나하나씩 뜯어보기로" 하자,

늙은이 얼골이란 너무 오래 世波에 찌들어서 問題도 않되겠거니와 그 젊은이들 낯짝이란 도무지 말슴이 아니다 열이면 열이 다 憂愁 그것이오 百이면 百이 다 悲慘그것이다 이들에게 우슴이란 가믈에 콩싹이다

똑같은 부정적 묘사지만 일방적인 부정에 연민이 깃든다. '우수', '비참'이라는 규정에는 사람들의 상태를 부정적으로 바라볼 뿐, 위의 '권태'처럼 태도에 대한 부정적 판단을 포함하지 않는다. 그러면서 그는 "내 눈을 의

---

22) 정현종 외 편, 앞의 책, 290쪽.

심하기로 하고 단념하자!"라고 외치고는 "차라리 성벽 우에 펼친 하늘을 쳐다보는 편이 더 통쾌하다"고 시선을 돌리고자 하는데, 그러나 그의 결론은 그렇게 사람들로부터 눈길을 피하는 데에 있지 않다.

나는 終点을 始点으로 박군다./ 내가 나린곳이 나의 終点이오, 내가 타는 곳이 나의 始点이 되는 까닭이다. 이쩌른 瞬間 많은 사람 사이에 나를 묻는 것인데 나는 이네들에게 너무나 皮相的이 된다. 나의 휴맨니티를 이네들에게 發揮해낸다는 재조가 없다 이네들의 깁붐과 슬픔과 앞은 데를 나로서는 測量한다는 수가 없는 까닭이다. 너무 漠然하다. 사람이란 回數가 잦은데와 量이 많은데는 너무나 쉽게 皮相的이 되나보다 그럴사록 自己하나看守하기에 奔忙하나 보다.[23]

이 대목은 글의 제목과 글의 구성에 결정적인 자리가 된다. "종점이 시점이 된다."라는 말이 글의 모두에 나오고 다시 여기에서 나왔다. 처음에 나왔을 때는 암시로만 비쳐졌으나 여기에서는 의미를 드러내고 글의 내용을 완성하는 계기로 쓰였다. 이 말이 '결정적으로' 전하는 것은 여기에 와서 화자는 그가 애초에 '친구들의 대화'에서 발심해 거리로 나선 일을 스스로 기획한 일로 바꾼다는 것이다. 여기에 근거할 때 그가 사람들과의 만남의 문제를 최종적으로 '노동자의 발견'으로 메지를 내고 있다는 점을 온전히 이해할 수 있게 된다.

턴넬을 버서낫을때 요지음 複線工事에 奔走한 勞働者들을 볼수있다. 아츰 첫車에 나갓을때에도 일하고 저녁 늦車에 들어올 때에도 그네들은 그대로 일하는데 언제 始作하야 언제 끝이는지 나로서는 헤아릴 수 없다. 이네들이 아말로 建設의 使徒들이다 ── 땀과 피를 애끼지 않는다.[24]

---

23) 위의 책, 294쪽.
24) 위의 책, 295쪽.

그냥 읽으면 이 결말은 생활에 대한 강박 관념이 찾아낸 관념적 해결이라는 인상을 준다. 그러나 문제는 그게 아니었다. 「시종」의 필자가 생각한 것은 사람들과의 만남이 자연성의 상태에 머물러 있는 한 권태, 울분, 비참의 자장을 벗어날 수 없기 때문에 이제 그것을 의도적 기획 및 구성의 지평 위에 다시 올려놓아야 한다는 깨달음이었다. 그것이 "종점을 시점으로 바꾼다."의 의미이다. 그리고 그런 의도에서 보면, 만나야 할 인간의 형상이 선결적으로 이미 모습을 예비한다. 바로 그것이 노동자의 형상이다. 그 노동자의 형상의 의미는 분명하다. "땀과 피를 애끼지 않는" 존재, 즉 자연성의 상태로부터 자기와 세계의 갱신을 꿈꾸는 의도성의 상태로 나아간 '사람'인 것이다. 바로 그런 새로운 '존재'를 암시하기 위해 윤동주는 가상의 '터널'을 도입한다. 그가 만날 사람은 이제 노동자로서 거듭난 존재로 드러나야 할 것이다. 덧붙이자면, 이 터널은 앞쪽에서 지시된 '城壁이 끊어지는 곳'과 대조된다. 성벽이 끊어지는 곳은 그 형상이 거리의 비참한 인간 상황으로부터의 탈출을 암시한다. 「시종」의 화자는 일단 거기에 "한 가닥 희망"을 걸었지만 그 희망이 무참히 좌절되는 걸 목격한다. 다시 말해 인간 상황 바깥으로의 탈출은 없는 것이다. 따라서 이 상황 안에, 현실 안에 남아야 한다. 이 글에서 지시된 언어로는 '생활' 안에 기어코 남아야만 하는 것이다. 생활 안에 기어코 남으면서 이 비참한 상황을 극복하려면, '화자'의 태도가 적극적인 갱신의 시도로 바뀌어야 하고,(그래서 종점이 시점이다.) 그 시도를 통해 가정하자면 그가 만날 사람들도 그에 걸맞게 '노동하는 자'가 되어야 한다. 문자 그대로의 상호 주관성이 여기에서 성립하는 것이다.

이제 우리는 그의 시가 단순히 "죄의식과 뉘우침의 문제"[25]에만 머물러 있지 않았다는 것을 알 수가 있다. 그의 텍스트는 오히려 그가 자신의 부끄러움과 자기반성의 문제를 행동적 실천을 위한 '대화의 자리'로 옮겨 놓

25) 김학동, 「윤동주의 문학사적 위상」, 김학동 편, 『윤동주』(서강대 출판부, 1997), 10쪽.

으려고 부단히 애썼다는 것을 보여 준다. 그 대화의 자리로 가고자 한 가장 기본적인 동인은 '생활' 속으로 들어가고 생활 속에서 자신의 문학이 꽃피기를 바랐기 때문이다. 다시 말해 그는 현실의 중요한 문제들에 대해 개입하고 작용할 수 있는 문화적 실천으로서 시가 형성되기를 꿈꾸었던 것이다. 그러나 그것은 즉각적인 행동과는 다른 일이었다. 모두에서 「십자가」의 구절을 인용한 데서 보이듯, 그에게는 "십자가가 허락"되지 않았던 것이다. 그리고 그렇다는 것은 그가 생각한 행동이 그저 사회에 물리적으로 작용하는 행동이 아니라는 것을 가리킨다. 예수 그리스도가 했던 것과 마찬가지로 인류의 구원 정도의 수준에 이르는 행동이 그의 행동이었을 것이다. 그러나 그런 수준에 다다르기 전이라고 해서 마냥 "죄의식과 뉘우침"의 내면 '탁마'에 머무르는 것도 그가 보기엔 바람직한 태도가 아니었다. 그의 내성, 즉 반성적 행위 자체가 생활 속의 실천이 되어야 했던 것이다.

그렇다면 그건 무엇인가? 즉 상호 주관성을 통해 드러난 그의 내면의 시가 무엇을 꿈꾸고 있었던 것인가? 강처중의 「발문」에는 다음과 같은 진술이 있다.

> 그는 말이 없이 묵묵히 걸었고 항상 그의 얼굴은 침울하였다. 가끔 그러다가 외마디 비통한 고함을 잘 질렀다./ "아 하고 나오는 외마디소리! 그것은 언제나 친구들의 마음에 알지못할 울분(鬱憤)을 주었다."[26]

강처중의 증언을 받아들인다면 우리는 윤동주의 내성이 격정에 사로잡히곤 했다고 짐작해야 할 것이다. 즉 그의 내면은 언제나 바깥으로 표출되기 위해 몸부림쳤던 것이다. 그런데 그는 그런 격정을 어떻게 드러내었을까? 흥미롭게도 우리는 앞의 '고함'에 상응하는 시구를 발견한다. 시인은 이렇게 썼다.

---

26) 강처중, 앞의 책, 305쪽.

하루의 울분을 씻을 바 없어 가만히 눈을 감으면 마음속으로/ 소리, 이제 사상이 능금처럼 저절로 익어가옵니다.(「돌아와 보는 밤」)

그러니까 시인은 저 "외마디 비통한 고함"이 내적 성찰을 통해 '능금처럼 익은 사상'으로 익어 나가기를 꿈꾸었던 것이다. 우리는 아마도 저 명제를 '충만한 언어'로 받아들여야 할 것이다. 즉 "능금처럼"을 비유로서가 아니라 말 그대로의 직언으로 이해해야 할 것이다. 왜냐하면 거기에 윤동주의 시가 새롭게 해독될 열쇠가 숨어 있기 때문이다. 그의 시가 적어도 사상의 화장품이 아니라면 말이다. 그리고 앞서 등장하는 단어 '소리'는 이미 '능금'이 한갓 비유가 아니라는 것을 알려 주고 있는 것이다. 능금처럼 익어 가는 소리가 곧 사상이 형성되는 시간이니까 말이다. 윤동주는 고함을 익혀, '능금'이면서 동시에 '사상'인 '소리'로 만들려고 했다! 바로 그것이 윤동주의 '상호 주관성으로서의 내성'의 목표였다! 그것을 다음의 탐구로 놓는다.[27]

---

27) 이 글의 후속작으로 필자는 「윤동주 시의 내재적 자질로서의 상호 텍스트성」을 썼고, 연세대학교 국학연구원/연변대학 민족연구원(주최), "윤동주와 그의 시대 — 윤동주 탄생 100주년 기념학술회의", 연변대학교 과학기술청사, 연세대학교 국학연구원/연변대학 민족연구원, 2017. 5. 20에서 발표했다.

제5주제(5-1)에 관한 토론문

류양선 | 가톨릭대 명예교수

먼저 「윤동주 내면의 시 ─ 상호 주관성으로서의 내성」을 요약 정리한 다음, 필자 나름대로의 견해를 이야기하기로 하겠다.

흔히 윤동주를 일러 내면 응시의 시인이라고들 한다. 이 논문 역시 윤동주를 '내면 성찰'의 시인으로 보는 데서 출발한다. '내면 성찰'은 '하나의 존재 양식'으로서의 근대와 관련된 '자기의식의 장치'인데, 윤동주는 그러한 내면 성찰을 누구보다도 철저하게 밀고 나갔다는 것이다.

그러나 이 논문은 그 제목에서 시사하듯, 윤동주 시의 내면성은 그저 타인들과 단절된 세계에서의 고립된 내면성이 아니라 '상호 주관성으로서의 내성'이라는 것을 밝히고 있다.

무엇보다 먼저, 윤동주는 시를 발표하기 위해, 즉 타인에게 읽히기 위해 썼다. 이 점에서 그의 시가 내성의 기록이라 하더라도 일기와는 구별되며, 그렇기에 윤동주의 내면 성찰은 마깥과의 '소통'을 통해 정련된다는 것, 즉 그의 주관성은 상호성에 근거한다는 것이다. 이 점이 지금까지의 연구에서 소홀히 다루어진 부분이라는 것이다.

윤동주의 시에 바깥에 대한 짙은 관심이 나타나는 것을 볼 수 있으며, 이를 근거로 그의 시적 특성을 내성적 성찰에 묶어 두는 관점은 충분하지 못하다고 논자는 말한다. 윤동주의 시에서 두드러진 것은 내성과 행동 사이의 단절에 대한 깊은 고민이지만, 그는 그의 내성을 상호적 조명 혹은 상호 성찰을 통해 가꾸어 나갔다는 것이다.

그러면서 논자는 윤동주가 시작 자체를 이웃들과의 의견을 구하는 과정을 통해 다듬어 나갔다는 근거들을 제시한다. 정병욱의 회고와 관련된 이야기와 『하늘과 바람과 별과 시』 초판본에 수록된 강처중의 「발문」이 그것이다. 또, 그러한 상호 주관성의 장치들을 시의 내부에서 찾고 있기도 하다. 그리고 그의 산문 「종시(終始)」를 언급하면서, "종점을 시점으로 바꾼다."라는 말의 의미를 사람들과의 만남이 자연성의 상태에 머물러서는 안 되고, 그것을 의도적 기획 및 구성의 지평 위에 다시 올려놓아야 한다는 뜻으로 읽고 있다.

결국 윤동주의 시는 단순히 죄의식과 뉘우침의 문제에만 머물러 있지 않았다는 것이다. 그러나 그것은 즉각적인 행동과는 다른 것으로, 문화적 실천으로서의 시가 형성되기를 꿈꾸었다는 것이다. 나아가 그의 행동은 예수 그리스도의 경우처럼 인류의 구원 정도의 수준에 이르는 행동이었으리라는 것이다.

이상 이 논문을 거칠게 읽어 보았거니와, 결국 이 논문의 요지는 윤동주의 시가 세상(타인)과의 소통을 통해 쓰였다는 것, 그렇기 때문에 그의 시는 고립된 내면성이 아니라 상호 주관성으로서의 내성을 보여 주고 있다는 것이다. 그동안의 연구가 대부분 윤동주의 시에 나타나는 내면성 자체에만 주목해 왔다는 점에 비추어, 이러한 결론은 이 논문에서 거둔 중요한 성과라고 판단된다. 또한 윤동주가 직접적인 행동보다는 문화적 실천을 지향했다는 견해에도 동의하는 바이다. 나아가 윤동주가 생각한 행동은 인류의 구원 정도의 수준에 이르는 행동이었으리라는 견해에도 이의가 없다.

그러나 문제는 윤동주의 시작(詩作)이 과연 타인(세상)과의 소통을 통해 이루어졌느냐, 아니면 궁극적으로 세상(타인)과의 소통을 위한 것이었느냐 하는 점이 아닐까? 물론 이 둘이 뚜렷이 구별되는 것은 아니라고 할 수도 있겠다. 그럼에도 이 점을 지적하는 것은 그의 명편들의 대부분이 일단은 이 세상과 차단된 자신의 내면 깊은 곳에 도달하여 '나'가 '나'에게 말하는 형식으로 되어 있는 까닭이다. 그리하여 그곳에서 본래적인 자아를 찾고 다시 세상으로 나오는 모습을 보이고 있기 때문이다.

논자는 윤동주가 시작 과정에서 친구들에게 시를 보이면서 그들의 의견을 받아들여 시를 다듬어 나갔다고 했는데, 이 점도 좀 더 세밀한 검토가 필요한 것으로 보인다. 윤동주가 정병욱의 충고를 듣고 「별 헤는 밤」의 제10연을 추가한 것은 사실이다. 그러나 윤동주가 시작 과정에서 친구들의 의견을 받아들인 또 하나의 근거로 강처중의 「발문」을 든 것에는 동의하기 어렵다. 강처중의 글은 오히려 윤동주가 홀로 자신의 시를 완성해 나아갔다는 사실을 강조한 것으로 읽히기 때문이다. 친구들에게 시를 보여 주는 때는 이미 "흠이 없는 하나의 옥(玉)"이라고 하지 않았나?

이런 동주도 친구들에게 굳이 거부하는 일이 두 가지 있었다. 하나는 "동주 자네 시(詩) 여기를 좀 고치면 어떤가.' 하는데 대하여 그는 응하여 주는 때가 없었다. 조용히 열흘이고 한 달이고 두 달이고 곰곰이 생각하여서 한편 시를 탄생시킨다.

그때까지는 누구에게도 그 시를 보이지를 않는다. 이미 보여 주는 때는 흠이 없는 하나의 옥(玉)이다. 지나치게 그는 겸허온순하였건만, 자기의 시만은 양보하지를 안했다.[1]

---

1) 강처중, 「발문」, 윤동주 유고집 『하늘과 바람과 별과 시(詩)』(정음사, 1948), 70쪽.

여기에서 보듯, 윤동주는 스스로 만족스럽게 느껴질 정도로 한 편의 시를 완성할 때까지는 "누구에게도 그 시를 보이지를 않"았다. 정병욱에게 보인 「별 헤는 밤」도 이미 그렇게 완성된 작품이었던 것이니, 정병욱의 충고를 듣고 제10연을 추가한 것은 오히려 예외적인 경우라 할 것이다.

논자는 또, 강처중이 증언하는 윤동주의 '외마디 비통한 고함'을 염두에 두고 윤동주의 「돌아와 보는 밤」을 읽고 있다. 그리하여 내적 성찰을 통해 그 '외마디 비통한 고함'을 익혀 '능금처럼 익은 사상'으로 만드는 것이 윤동주의 '상호 주관성으로서의 내성'의 목표였다고 말한다.

그런데 문제는 그의 내적 성찰이 어떤 것이었기에, 그 '능금처럼 익은 사상'을 얻을 수 있었느냐 하는 것이다. 바로 이 지점에서, 윤동주의 시에 담긴 그리스도교 신앙에 주목하게 된다. 그러면 여기서 「돌아와 보는 밤」을 읽어 보자.

세상으로부터 돌아오듯이 이제 내 좁은 방에 돌아와 불을 끄옵니다. 불을 켜두는 것은 너무나 피로롭은 일이옵니다. 그것은 낮의 연장(延長)이옵기에 —

이제 창(窓)을 열어 공기(空氣)를 바꾸어 들여야 할 텐데 밖을 가만히 내다보아야 방(房) 안과 같이 어두워 꼭 세상 같은데 비를 맞고 오던 길이 그대로 빗속에 젖어 있사옵니다.

하루의 울분을 씻을 바 없어 가만히 눈을 감으면 마음속으로 흐르는 소리, 이제, 사상(思想)이 능금처럼 저절로 익어 가옵니다.[2]

이 시에서 시인은 이 세상과 소통하면서 자신의 내면("내 좁은 방")으로

---

2) 왕신영 외 편, 『사진판 윤동주 자필 시고 전집』(민음사, 2002), 317쪽.

들어가는 것이 아니라, 먼저 이 세상과의 불통을 느끼면서 내면 깊은 곳으로 들어가는 것이다. "세상으로부터 돌아오듯이" 한다든가, "하루의 울분을 씻을 바 없어" 하는 대목이 그 점을 잘 말해 준다. 시인은 세상과 떨어진 곳에서 울분에 찬 마음을 진정시키는 것이다. 이렇게 마음을 다스린 다음에야 이웃들과 소통할 수 있게 되는 것이다.

그러면 시인은 자신의 내면 깊은 곳에서 어떻게 '능금처럼 익은 사상'을 획득하는가? "가만히 눈을 감"고 기도하는 것이다. 이 시는 시인의 기도하는 모습을 보여 준다. 아니, 이 시 자체가 기도이니, '~하옵니다'체로 쓰인 것이 이 점을 명확히 말해 준다.

기도를 통해 "사상이 능금처럼 저절로 익어 가"는 것이다. '사상'은 사랑의 다른 이름이 아닐까? 바로 여기에서, 시인이 지닌 신앙의 깊이에 놀라게 된다. 시인은 먼저 자신의 내면에서 하나님과 소통한 다음, 그 신앙의 힘을 바탕으로 이웃과의 소통으로 나아가는 것이다.

윤동주의 시에 담겨진 시인의 내면은 물론 근대인의 내면일 것이다. 그러나 그의 시는 그런 시대적 의미를 지니되 그것을 훨씬 넘어선다. 우리는 윤동주의 시를 읽으면서, 신앙 안에서의 치열한 존재론적 투쟁을 읽어야 할 것이다. 그리고 그 존재론적 투쟁에서의 승리로부터 우러나오는 "모든 죽어 가는 것"(「서시」)에 대한 사랑을 읽어야 할 것이다.

그래야만 "윤동주가 생각한 행동은 인류의 구원 정도의 수준에 이르는 행동이었으리라." 하고 말할 수 있지 않을까? 윤동주는 「십자가(十字架)」(1941. 5. 31)에서 "모가지를 드리우고/ 꽃처럼 피어나는 피를/ 어두워 가는 하늘 밑에/ 조용히 흘리겠습니다." 하지 않았나? 「돌아와 보는 밤」(1941. 6)은 「십자가」와 안팎에서 서로 호응하는 작품인 것이다.

윤동주 시의 상호 텍스트성

유성호 | 한양대 교수

1 다독가로서의 윤동주

우리 근대 시 문학사에서 단연 빛을 발하는 다음 두 명편을 함께 읽어 보면, 후대 시인이 선행 시편에서 취한 신뢰와 계승의 흔적이 자못 선연함을 알게 된다.

> 하늘이 이 세상을 내일 적에 그가 가장 귀해하고 사랑하는 것들은 모두
>
> 가난하고 외롭고 높고 쓸쓸하니 그리고 언제나 넘치는 사랑과 슬픔 속에
> 살도록 만드신 것이다
>
> 초생달과 바구지꽃과 짝새와 당나귀가 그러하듯이
>
> 그리고 또 '프랑시쓰 쨈'과 陶淵明과 '라이넬 마리아 릴케'가 그러하듯이
>
> — 백석, 「흰 바람벽이 있어」 부분[1]

어머님, 나는 별 하나에 아름다운 말 한마디식 불러봅니다. 小學校때 冊床을 같이 했든 아이들의 일홈과, 佩, 鏡, 玉 이런 異國少女들의 일홈과 벌서 애기 어머니 된 게집애들의 일홈과, 가난한 이웃사람들의 일홈과, 비둘기, 강아지, 토끼, 노새, 노루, '푸랑시쓰·쨤' '라이넬·마리아·릴케' 이런 詩人의 일홈을 불러봅니다.

— 윤동주, 「별 헤는 밤」 부분[2]

가난하고 외롭고 높고 쓸쓸한 존재자들을 일일이 호명하는 두 시인의 목소리는 매우 닮아 있다. 그리고 그 세목에서도 선행 시편의 지극한 울림은 뒤의 시편에 그대로 살갑게 전해진다. 「흰 바람벽이 있어」는 1941년 4월 《문장(文章)》에 실렸는데, 이 시편을 접한 윤동주는 연희전문 졸업반이었던 그해 말에 백석의 호명 방법과 세목을 충실히 계승한 「별 헤는 밤」을 써서 친필 시고집 『하늘과 바람과 별과 시(詩)』의 맨 마지막 순서에 넣었다. 비유하자면 「흰 바람벽이 있어」는 골방에서 미리 쓰인 「별 헤는 밤」이요, 「별 헤는 밤」은 언덕에서 이어 쓰인 「흰 바람벽이 있어」라고 할 수 있다. 그만큼 그네들은 닮았다. 아닌 게 아니라 윤동주가 백석 시집 『사슴』(선광인쇄주식회사, 1936)을 구하지 못해 일일이 시편들을 필사하고 또 특정 구절에는 감상까지 써 두었다는 증언은 오래전부터 있어 왔다. 백석이 호명한 대상이 "초생달과 바구지꽃과 짝새와 당나귀"였다면, 윤동주는 그것의 이형동체(異形同體)들인 "비둘기, 강아지, 토끼, 노새, 노루"를 정성껏 불렀다. 서양 시인 두 사람을 함께 나열하는 장면이나, 백석이 어머니와 여인을 생각하듯 윤동주가 어머니, 아이들, 소녀들, 계집애들, 이웃 사람들의 이름을 연쇄적으로 부르는 모습도 퍽 닮았다. 그렇다고 「별 헤는 밤」이 「흰 바람벽이 있어」의 모작이나 아류작이냐 하면 그건

---

1)   백석, 이동순 편, 『백석 시 전집(白石詩全集)』(창작과비평사, 1987)
2)   윤동주, 왕신영 외 편, 『사진판 윤동주 자필 시고 전집』(민음사, 2002). 이하 윤동주 시편은 모두 이 책에서 인용.

결코 아니다. 오히려 윤동주는 선행 시편에서 받은 자극을 창의적으로 변형하여 더없이 아름다운 성찰 시편을 써냄으로써, 전통의 창의적 계승 사례가 되기에 족한 시인으로 남았을 뿐이다.

두루 알려져 있듯이, 윤동주는 정지용과 백석의 영향을 많이 입었다. 그 시인들의 시집을 여러 차례 숙독하면서 그는 선배들을 사숙하고 흠모하는 다독가로서의 면모를 충실하게 보여 주었다. 그리고 그들로부터 겸허하게 많이 배우고 또 배웠다. 그래서 윤동주 시편에 당대 선행 시편의 흔적이 여럿 발견된다. 그렇다고 윤동주가 선배 시인들을 무반성적으로 베끼거나 그 모방적 성과를 대수롭지 않게 발표한 흔적은 전혀 없다. 다만 그는 매우 성실한 습작의 정신으로 당대 대가들의 작품을 읽고 메모하면서, 거기에 창의적 변형을 가하는 작업을 지속적으로 수행하였던 것이다.

2 정지용과 윤동주의 상호 텍스트성

윤동주는 북간도에서 《가톨릭소년》에 동시를 발표했다. 이 잡지는 가톨릭이라는 종교의 힘에 의해 서울과 만주에서 발행되었다. 당시 연길에 가톨릭 만주 교구가 있었기 때문이기도 하다. 동지사대학 영문과에 다니던 정지용은 1928년 7월 경도의 가와라마치(河原町) 교회에서 천주교에 입교하는 의식으로 세례를 받은 바 있다. 영세명은 프란치스코였고, 중국식 표기인 방지거(方濟各)를 쓰기도 했다. 그 무렵 동지사대학에는 조선의 고대 미술과 문화를 찬탄하던 야나기 무네요시(柳宗悅)의 영문과 강의가 있었다. 1929년 휘문고보 영어 교사로 돌아온 정지용은 천주교 종현(鍾峴: 명동) 성당 청년회의 총무를 맡는다. 1933년에는 천주교 전국 5개 교구(만주 연길 교구 포함) 연합으로 창간한 월간 《가톨릭청년》의 문학 면(문예란) 편집을 맡게 된다. 편집 위원은 윤형중 신부, 장면, 장발, 이동구, 정지용이었고, 주간은 이동구(李東九)였다. 필진은 이병기, 정지용, 이상, 신석정, 이태준, 김기림, 김억, 조운, 유치환, 김동리, 박태원, 김소운, 이효상 등이었다.

《가톨릭청년》은 문예 전문지가 아니요 개인 중심의 잡지가 아니다. 다만 건전한 문예의 적극적 옹호자인 가톨릭교회는 문학인의 좋은 요람이 되어 줄 뿐이요, 가톨릭 2000년간 원천에서 출발하였노라.

— 정지용, 「한 개의 반박」

정지용은 《가톨릭청년》 문예면에 가람 이병기의 '조선어 강좌'를 연재 하였다. 당시 거의 알려지지 않았던 이상(李箱)의 시편을 처음 싣기도 했 다. 처음에 도상과 숫자로만 시를 썼던 이상은 이 지면에 이르러서 처음으 로 「꽃나무」, 「이런 시(詩)」 등 의젓한 한글 시편을 썼다. 비록 일제의 탄압 으로 청년회가 해체되었지만 정지용의 신앙은 더욱 고양되어 1937년 성프 란치스코회 재속(在俗) 회원으로 입회하기도 했다. 서울 백동(혜화동) 성당 에서 장면, 장발, 유홍렬, 한창우 등과 착의식에 참석했는데, 한창우는 나 중에 경향신문 사장이 된다. 정지용은 일제 강점기 말에는 부천 소사(素 砂) 마을로 이사하여 천주교 공소(公所: 간이 성당) 신자로 신앙생활에 열중 했다. 그 무렵 윤동주는 가톨릭 만주 연길 교구에서 발행하는 《가톨릭소 년》의 애독자이자 투고자로 있었던 것이다. 정지용은 해방 후 『하늘과 바 람과 별과 시』 초판(정음사, 1948) 서(序)에서 윤동주의 신앙시 「십자가(十 字架)」를 인용했다. 그는 천주교회가 운영하던 경향신문 주간에서 물러나 고 이화여대 교수직도 사퇴하고 녹번동 한 초가에 은둔하다가 홀연히 북 으로 떠나갔다.

정지용과 윤동주는 동지사대학 영문과 선후배였지만 생전에 만난 적은 없다. 그러다가 정지용은 윤동주의 동기인 강처중을 통해 윤동주 유고를 접했고, 시집 초판에 서문을 썼다. 그리고 그의 월북 후 만들어진 윤동주 시집 재판은 『정지용 시집』(시문학사, 1935)의 배열을 그대로 따랐다. 강처 중이 아니라 윤일주와 정병욱의 편집 결과였다. 박용철에 의해 만들어진 정지용 시집은 5부로 구성되었는데, 1부 최근작, 2부 초기 시편, 3부 동요, 동시, 4부 신앙시, 5부 산문시였다. 『하늘과 바람과 별과 시』 재판(정음사,

1955. 2. 16) 역시 1부 자필 시고, 2부 동경 시편, 3부 연대가 기입되지 않은 작품군(群), 4부 동요, 5부 산문으로 배열했다. 이 시집을 출간한 정음사(正音社)는 1928년에 외솔 최현배가 창설하여, 일제의 억압 속에서도 한글을 지키는 출판 활동을 벌여 온 출판사이다. 정음사에서는 외솔의 『우리말본』을 비롯하여 1930년대에도 꾸준하게 한글 관련 책을 출간했다. 바로 그 출판사에서, 일본 후쿠오카 감옥에서 '사상 불온, 독립운동'의 죄목으로 싸늘하게 옥사한 비극적 청년 시인의 유고 시집이 출간된 것이다. 결과적으로 이 시집은 해방 후 우리 나라에서 가장 널리 애송된 시집이 되었다. 정음사 사장 최영해(1914~1981)는 외솔 최현배의 아들로서 양정고보와 연희전문 문과를 나왔고, '삼사문학' 동인이었다. 조선일보 출판부에 들어가 《소년》 편집을 하기도 했다. 해방 후 정음사 사장이 되었고 경향신문 부사장을 역임하기도 했다. 여기서 우리는 정지용과 최영해와 한창우 등이 결속하여 윤동주의 유고 시편을 발표하고 시집을 발행하는 동선을 선연하게 그릴 수 있을 것이다. 그것은 '가톨릭―경향신문―정음사'의 동선과 그대로 겹친다.

윤동주는 『정지용 시집』을 자신이 소장하게 된 날짜를 1936년 3월 19일로 시집 내지(내지)에 기록했다. 정지용 시는 윤동주뿐만 아니라 당대의 여러 후배들 예컨대 신석정, 이상, 임화, 청록파 등에게 매우 보편적으로 감염된 어떤 수원(水源)이자 정전(正典)의 역할을 했다. 마치 근대 초기에 시인들이 모두 김억의 번역풍을 따라하자 춘원 이광수가 "『懊惱의 舞蹈』화"하였다고 말한 그러한 편재성에 가까운 것일 터이다. 특별히 윤동주에게는 정지용 영향의 흔적이 상대적으로 뚜렷하게 나타난다.

萬象을
굽어보기란 ―

무릎이

오들오들 떨린다.

白樺
어려서 늙엇다.

새가
나븨가 된다

정말 구름이
비가 된다.

옷 자락이
칩다.

— 윤동주, 「毘盧峯」 전문

이 작품은 윤동주의 초기 습작이다. 1937년 9월에 썼다는 시인 스스로의 기록이 있으니 그의 나이 스물한 살 때이고 북간도 광명학원 시절이다. 시편의 형식은 당시 유행하던 2행 1연의 작법을 취했고, 짧고 명료한 스타카토식의 어조를 선택했다. 까다로운 유추가 필요 없는 소품이자 삽화이다. 하지만 이 작품의 원천은 그대로 정지용 시편에 있다. 다음에 인용되는 두 시편과 정지용의 다른 작품 「난초(蘭草)」(《신생》 1932. 1. 나중에 『정지용 시집』에 수록)를 따라 윤동주의 습작이 상당수 태어났다는 것이 지울 수 없이 약여하게 드러난다.

白樺수풀 앙당한 속에
季節이 쪼그리고 있다.

이곳은 肉體없는 寥寂한 饗宴場
이마에 시며드는 香料로운 滋養!

海拔五千피이트 卷雲層우에
그싯는 성냥불!

東海는 푸른 挿畵처럼 옴직 않고
누뤄 알이 참벌처럼 옴겨 간다.

戀情은 그림자 마자 벗쟈
산드랗게 얼어라! 귀뜨람이 처럼.
　　　　　　　　　— 정지용, 「毘盧峯」 전문(『정지용 시집』)

담장이
물 들고,

다람쥐 꼬리
숫이 짓다.

山脈우의
가을ㅅ길 —

이마바르히
해도 향그롭어

지팽이
자진 마짐

흰들이
우놋다.

白樺 홀홀
허울 벗고,

꼿 넙에 자고
이는 구름,

바람에
아시우다.

── 정지용, 「毘盧峯」 전문(《조선일보》 1937. 6. 9)

이 동일 제목의 시편들을 들여다보면 정지용으로부터 윤동주가 영향
을 받았다는 것이 거의 확실해진다. '백화(白樺)'라는 한자 어휘가 함께 반
복되고 시 형태로도 정지용이 주류화하다시피 한 2행 1연의 작법을 윤동
주가 준용했기 때문이다. 첫 번째 작품의 마지막 행 "귀뜨람이 처럼"에서
와 같이 '처럼'을 띄어 쓴 것조차 윤동주의 「십자가」에서 1행으로 처리한
'처럼'을 생각나게 한다. 두 번째 시편은 윤동주가 정지용 시집을 본 것이
아니라 일간지에서까지 정지용 시편을 찾아 읽은 확연한 증거가 된다. 시
차(時差)로 보아 정지용의 두 번째 동명(同名) 시편과 윤동주의 습작은 거
의 동시기에 창작된 것이라고 할 수 있다. 이처럼 기성 시인의 작품을 필
사(筆寫)하며 배워야 할 시기에 윤동주는 정지용 시편을 읽고 또 읽으면서
습작을 했다. 이러한 정지용 영향의 편재성은 여러 군데서 눈에 띈다.

時計가 자근자근 가슴을 땋려
저 不安한 마음을 山林이 부른다.

─ 윤동주, 「山林」 중에서

　귀에 설은 새소리가 새여 들어와

　참한 은시게로 자근자근 얼어맞은듯,

─ 정지용, 「이른 봄 아츰」 중에서(『정지용 시집』)

　더 많은 흔적들이 있다. 물론 윤동주의 정지용 모작은 그 사례가 초기 습작에 거의 몰려 있다. 이를 두고 "그러나 이런 사실 때문에 윤동주 시의 가치가 절하되어서는 안 된다는 것이 필자의 생각이기도 하다. 왜냐하면 여기서 검토한 윤동주의 시 대부분이 그가 노트에 적어 놓은 습작품이기 때문이다. 윤동주의 수고 작품을 공개한 것은 윤동주 사후 윤동주 유족과 연구자들에 의한 것이다. 그러니까 이 작품들에는 윤동주가 대중에게 공개하기 싫었던 어떤 모방적 습작의 단면이 포함될 수밖에 없었던 것이다."(이승원)라고 한 비평적 전언은 귀담아들어야 한다. 아닌 게 아니라 그는 졸업을 앞둔 기념 시집에서 자신의 이러한 모작 혹은 습작들을 모두 빼고 19편만 정선(精選)했다.

3 '흰 그림자'의 연원과 창의적 변형

　물론 후대 시인들이 앞선 시편들을 어법이나 세계관 차원에서 무반성적으로 옮겨 적는 일은 거의 없다. 시편 곳곳에 선행 시편들의 흔적이 간접화되어 남게 되는 사례가 많을 뿐이다. 이 경우, 후대 시인들은 선행 시편에 의존하면서도 그에 대한 일정한 변형을 적극적으로 수행한다. 변형을 가하지 않고 고스란히 옮겨 적는 행위를 우리는 '표절'이라고 하는데, 여기서 '표절'과 '영향'의 낙차를 검증하는 일은 꽤 중요해진다. 다음으로 윤동주가 한 선행 시인의 작품으로부터 암시받은 키워드를 창의적으로 변형한 한 사례를 살펴보자.

흰 그림자.

黃昏이 지터지는 길모금에서
하로 종일 시드른 귀를 가만이 기우리면
땅검의 옴겨지는 발자취 소리,

발자취 소리를 들을 수 있도록
나는 총명했든가요.

이제 어리석게도 모든 것을 깨다른 다음
오래 마음 깊은 속에
괴로워하든 수많은 나를
하나, 둘 제 고장으로 돌려보내면
거리 모통이 어둠속으로
소리 없이 사라지는 흰 그림자,

흰 그림자들
연연히 사랑하든 흰 그림자들,

내 모든 것을 돌려보낸 뒤
허전히 뒷골목을 돌아
黃昏처럼 물드는 내 방으로 돌아오면

信念이 깊은 으젓한 羊처럼
하로 종일 시름없이 풀포기나 뜯자.

四, 十四.

윤동주의 말년은 일본 체류 기간이다. 그중 동경에 머무른 시기는 1942년 3월 일본으로 건너가 릿쿄 대학에 입학하고 여름 방학을 맞은 7월 하순까지의 5개월 정도에 지나지 않는다. 현재까지 발견된 일본 시편은 이때 동경에서 써서 친구 강처중에게 편지로 부친 다섯 편의 작품이 전부다. 그 가운데 1942년 4월 14일 「흰 그림자」가 쓰여졌다. 「흰 그림자」는 황혼을 배경으로 한다. 황혼은 '낮과 밤' 혹은 '삶과 죽음'의 경계를 상징하는 시간대이다. 원형 비평적으로 보아도 "황혼"은, 불안한 운명과 함께 행복했던 과거와 부정적 현실 사이에 놓인 자신을 뒤돌아보게 하는 시간이다.

"뒷골목"으로 이어진 통로를 통해 "내 방"으로 돌아온 "나"는 황혼의 발자취 소리를 듣는다. 이때 '시든 귀→흰 그림자→의젓한 양'으로 승화, 발전되는 단계가 시인의 상상 속에서 이루어진다. 미성숙에서 성숙으로 나아가는 일종의 성장 문법이 이 시편에서도 관철되는 것이다. 이때 "발자취 소리"를 들을 수 있도록 스스로 총명했는지를 사유하는 "나"는, "땅검의"에 울리는 "발자취 소리"에 지친 귀를 기울이며 황혼의 고요를 경청하는 존재이며, 시대의 발자취 소리를 듣지 못한 것을 부끄러워하는 타자적 존재이기도 하다. "나"는 모든 것을 깨닫고 나서야 고통스러워하는 것들을 하나둘 제 고장으로 돌려보내는데, 이는 '어리석음'을 벗어나 '깨달음'을 얻고 궁극에는 '부끄러움'을 넘어서려는 상징적 몸짓을 연쇄적으로 보여 주는 것일 터이다. 그렇게 제 고장으로 돌려보내는 '흰 그림자', 연연히 사랑하던 '흰 그림자'는, 지난날의 '모든 것'이자 이제는 사라져야 할 그 무엇이다. 희고 밝고 환하지만 그림자의 영역에만 존재하고, 사유될 수 있었던 '나'의 영원한 향수로 남게 될 그 무엇인 셈이다. '나'는 그렇게 고향으로 돌아가도 그 자리에는 존재하지 않을 어느 지점에서, 그것을 그리워하는 모습조차 그림자로 빨려 들어갈 것만 같은 위치에서, "내 모든 것"인 흰 그림자를 떠나 보낸다. 「슬픈 族屬」에서 민족 상징으로 각인되었던 '흰'색의 '그림자'는 여전히 그에게 남은 소중한 흔적이었으나, 이제는 그것을 윤동주 스스로 최후의 순간까지도 택할 수 없었던 제 고장으로 돌려보내는 것이다. 연연히 사랑하던 모든 것을 떠나보내고, "나"는 자신의 현실을 상징하는 "뒷골목"을 돌아 황혼처럼 물드는 "내 방"으로 돌아온다. 그리고 마치 속죄를 기다리는 의젓한 "양"처럼 스스로 내어 줄 준비를 하면서 "시름없이" 풀포기를 뜯겠다고 말한다. 이처럼 이 시편은 윤동주 특유의 종교적 감각과 희생 의지, 그리고 성장 문법이 곡진하게 담긴 명편이 아닐 수 없다. 그런데 이러한 '흰 그림자' 이미지를 윤동주에게 암시해 준 선행 시편은 의외롭게도 이용악의 작품이었다. 한번 읽어 보자.《인문평론(人文評論)》1940년 1월호 46~47쪽에 실린 원문 그대로다.

> 한방 건너 관 덮는 모다귀소리 밥비 끊진다
> 목메인 울음 땅에 땅에 슬피 내린다.
>
> 흰 그림자 바람벽을 거닐어
> 니어 니어 사라지는 흰 그림자 등을 묻어 무거운데
> 아모 은혜도 받들지못한 여러 밤이 오늘밤도
> 유리창은 어두워
>
> 뭉어진 하놀을 헤치며 별빛 흘러가고
> 마음의 도랑을
> 씨들은 풀닢이 저어가고
>
> 나의 병실엔 초라한 돌문이 높게 소스라 선다.
>
> 어느 나라이고 새야
> 외리운 새야 벙어리야 나를 기대려 기리 울라
> 너의 사람은 눈을 가리고 미웁다.
>
> ──이용악,「등을 동구리고」전문

잡지의 앞쪽 목차에는 '등을 동그리고'라고 제목이 적혀 있고, 해방 후에 나온 시집 『오랑캐꽃』(아문각, 1947)에도 '등을 동그리고'라고 제목을 달고 있으니, '동그리고'가 맞는 표현일 것이다. 물론 이 두 작품의 영향 관계를 명확하게 증명할 수는 없겠지만, 다음의 서지 사항이 이 두 작품 사이의 연관성을 뒷받침한다고 할 수 있을 것이다.

『사진판 윤동주 자필 시고 전집』(왕신영 외 편, 민음사, 2002) 제2부는 '사진판 자필 메모, 소장서 자필 서명'이다. 198쪽을 보면 윤동주가 일본 책 『體驗と文學』 뒤 속표지에 일제 말기 잡지 《문장(文章)》과 《인문평론(人文評論)》의 소장 사항을 정리해 놓은 것이 있다. 상단부에 적어 놓은 《인문평론》의 경우, '昭. 15. 5月. 2卷 5号 有'라고 쓴 후에 그 왼쪽에 화살표를 넣어 '以上 全部 有'라고 윤동주는 적었다. 그리고 오른쪽으로 가면서 '6. 7. 無', '昭. 15 8月 2卷 8号 有', '9 10, 11, 12 無', '昭. 16. 1月 3卷 1号 有'라고 적었고, 오른쪽에 화살표를 넣어 '以上 全無'라고 썼다. 그러니 이용악 시편이 실린 《인문평론》 1940년 1월호를 소장하고 있었음을 밝힌 것이다. 그리고 《문장》의 경우, 왼쪽에 '第一卷 全部 有', '第二卷 1号 有, 昭 15, 1月', '2号 無', '3号 有, 昭 15, 3月', '4号 有, 4月', '5 6号 無', '第二卷 7号 15. 9月' 以下 全無라고 적었다. 물론 왼쪽 상단에 '有吉'이라는 서점 이름이 적혀 있는데, 이로 보아 이 소장 사항은 윤동주 개인의 것일 수도 있고, 서점의 것일 수도 있겠다. 하지만 우리는 윤동주가 위의 소장 도서에 어렵지 않게 접근했을 것이고, 유난한 다독가였던 그가 소장 잡지 소재 시편을 읽었을 가능성이 퍽 높다고 판단하게 된다.

이용악은 이 시편에서 방 하나 건너 들리다가 잦아드는 "관 덮는 모다귀소리"를 노래한다. '모다귀'는 '못'의 함경도 방언이다. 당연히 관을 내리누르는 못질 소리가 끝나자 "목메인 울음"이 땅에 슬피 내린다. 이때 시인은 "흰 그림자" 하니가 비람벽을 거닐더기 시리져 기는 모습을 환각처럼 바라본다. 그리고 "흰 그림자"가 등을 묻어 무거운데 아무런 은혜도 받들지 못한 자신의 처지를 안타까워하면서 어두운 오늘밤 유리창을 바라본다. 이어지는 심상들, 곧 "묽어진 하눌"이나 흘러가는 "별빛" 그리고 "씨들은 풀닢"은 모두 이러한 죽음의 상관물들이다. 이때 시인의 존재를 알리는 "나의 병실"이 나온다. 어쩌면 병실에서 시인은 "초라한 돌문이 높게 소스라" 서는 환각을 다시 경험하면서 등을 동그린 채 '외로운 새야 벙어리야'를 외치면서 길이 울라고 하는 것일 터이다. 어떤 이의 죽음을 '병실'에서 듣고서 자신의 외로운 처지를 표백하는 서정시라고 할 수 있겠다. 여기서 윤동주는 '흰 그림자'라는 이미지를 찾아서 자신의 시에 더욱 고유한 이미지를 새겨 넣은 것이다.

인문평론사는 이용악이 1940년에 근무하던 직장이다. 이때는 윤동주가 연희전문 2학년으로 겨울 방학을 맞은 시기였다. '흰 그림자'는 윤동주 자필 시고를 간직했다가 세상에 내놓은 후배 정병욱이 자신의 아호를 '백영(白影)'이라 할 정도로 소중하게 생각했던 고유한 윤동주 브랜드다. 하지만 '흰 그림자'는 윤동주의 개인 창안이라기보다는, 이용악의 「등을 동구리고」를 접하고 나서 그 이미지를 변형 수용한 것으로 보아야 할 것이다. 여기서도 우리는 윤동주 독서력의 한 장면을 환하게 보게 된다. 혹시라도 윤동주가 이용악 시편을 못 보았다고 할지라도, 이용악이 먼저 쓴 '흰 그림자'의 기표는 마땅히 적시해 두어야 할 것이다.

4 '학생 윤동주'에서 '시인 윤동주'로

윤동주는 명동소학교에 들어간 이후 죽을 때까지 '학생' 신분으로만 있었다. 학교도 여럿 다녔다. 그는 자신을 '시인'이라고 여기지 않았고(그런 그도 동경 시편에서 "詩人이란 슬픈 天命"(「쉽게 씌어진 시」)이라고 적었다.) '학생'이라는 아이덴티티를 계속 견지하면서 선행 명편들을 읽고 또 읽으면서 그 가운데 핵심이 되는 표현이나 사유에서 자신의 시적 좌표를 정성스레 찾아갔다. 마치 서양화 그리는 학생이 데생 연습을 반복하면서 어떤 상(像)을 그려 가듯이, 윤동주는 선배들의 빛나는 성과에 힘입어 자신의 시상(詩想)에 형태를 간단없이 부여해 갔고, 그 대상은 정지용, 김광섭, 이상, 백석, 이용악 등에 두루 걸쳐 있다. 특별히 정지용의 압도적 영향 아래 여러 편의 습작들을 써 두었다. 하지만 윤동주는 자신이 마지막으로 정리한 친필 시고에서 정지용 모작들을 모두 뺌으로써, 그것들이 학생 시절의 습작이었음을 스스로 증명했다. 그러니 윤동주가 남긴 노트의 모작들을 일일이 인용하면서 그가 엄선한 작품들과 등가로 처리하는 일은 적절하지 않다. 심지어 그것을 예로 들어 윤동주의 한계를 지적하는 것은 절대 온당하지 않다. 다만 우리는 윤동주가 최종적으로 갈무리한 열아홉 편을 일단 윤동주 정선(精選)이라고 보아야 하고, 그 나머지는 섬세하게 실증적 위상을 판단하여 윤동주의 '습작'과 '완성작'을 구분해야 할 것이다. 그때 비로소 '학생 윤동주'와 '시인 윤동주'가 온전하게 미학적 분기를 맞이하게 될 것이다.

또 하나 새겨 두어야 할 것은 윤동주의 후행 시인이 그 계보를 이어 간 경우가 거의 없다는 점이다. 우리 근대시사에서 정지용, 이상, 백석, 서정주, 김수영 등은 막강한 계보와 후행 현상을 거느리고 있다. 정지용의 경우 한시적이기는 했지만 당대의 가장 커다란 '지용 에피고넨'들을 만들어 냈고, 백석은 해방 후 많은 시인들의 서사 지향 시편과 유장한 호흡의 고백 시편들에 영향을 남겼다. 이상-서정주-김수영은 우리 근대 시문학사의 세 지향, 곧 실험, 서정, 참여의 비조(鼻祖)가 되었다. 하지만 윤동주는 후행 계보가 존재하지 않는다. 있더라도 간헐적이거나 예외적으로 존재할 것이고, 그 또한 괄목할 만한 시사적 자산이 아닐 것이다. 그만큼 윤동주는 반복 불가능한 유일 사건이다. 흉내를 내거나 모방할 경우 바로 촌스러워지는 유일성을 그는 가지고 있다. '윤동주적(的)'인 존재는 윤동주 자신밖에 없게 되었다. 이처럼 윤동주는 선행 시인에게 많은 영향을 받고 때로는 참자도 하며 창외적 변형을 통해 새로운 길로 나아갔고, 후행 시인들에게는 윤리적이고 미학적인 진정성으로 모방할 수 없는 아이콘으로 남았다. 윤동주만이 누리고 있는 기억 전승의 특권이 아닐 수 없다.

제5주제(5-2)에 관한 토론문

정은경 | 중앙대 교수

이 글을 통해 윤동주 시를 둘러싼 맥락과 외연을 알게 되었습니다. 이 글은 핵심 논지인 정지용, 이용악 시의 상호 텍스트성뿐 아니라 '가톨릭 잡지'를 통해 알 수 있는 정지용와 윤동주의 인연, 정지용 시집 배열과 윤동주 시집 재판 배열의 유사성, 윤동주의 정지용 「비로봉」 모작, 윤동주의 소장 도서 등등 윤동주의 시를 이루고 있는 시대적, 일상적 사실성을 흥미롭게 펼쳐 놓고 있습니다. 시인과 시를 연구한다는 것은 단순히 '시어'의 의미와 주제, 사상을 분석하는 것만이 아니며, 시가 놓여 있는 구체적이며 물질적인 사물과 현실 맥락을 되살릴 때 더 풍요롭고 긴요해진다는 것을 알게 되었습니다.

'사진판 윤동주 자필 시고 전집'을 골똘히 들여다본 적 없는 필자로서는 다음과 같이 '편안한' 몇 가지 질문을 드리고자 합니다.

첫째, '다독가로서의 윤동주, 유난한 다독가'를 강조하고 계시는데 그 구체적인 예들을 알려 주셨으면 합니다. 정지용과 이용악 이외에 윤동주의 '다독'은 윤동주 시에 어떠한 상호 텍스트성으로 드러날까요?

둘째, 윤동주가 정지용 시집을 읽었음을 밝히고, 정지용의 「비로봉」 모작시를 썼다는 사실을 들어 윤동주가 정지용에게 직접적인 영향을 받았음을 밝히고 있습니다. 그런데 말씀하셨듯 '정지용 영향의 편재성'은 그가 정선한 19편 이외에 습작시(더 직접적으로는 모작)에서 두드러집니다. 자선한 윤동주 시, 즉 '시인 윤동주'로서의 개성을 획득하고 있는 시편에서는 정지용의 영향을 어떤 식으로 찾아볼 수 있을까요? 윤동주는 정지용의 후기 산수시를 모방했지만, 윤동주의 시 세계는 정지용의 후기 산수시의 세계관과 이념과는 다른 방향으로 나아갔다고 생각합니다. 물론 표현 형식과 시어에서도 '비로봉'류의 정형성을 탈피, 산문성으로 나아갔다는 점에서 다르다고 보입니다. 즉, 윤동주의 대표시, 개성적인 시에 나타난 정지용 시의 영향 관계는 무엇입니까?

셋째, 윤동주의 「흰 그림자」(1942년 4월 14일)가 이용악의 「등을 동구리고」(《인문평론》 1940년 1월호)의 '흰 그림자'에서 모티프를 얻어 창의적으로 변형했다는 것은 흥미롭습니다. 그러나 말씀하신대로, 그 근거는 '윤동주의 자필에 의하면《인문평론》40년 1월호를 소장하고 있었던 것으로 추정된다'는 것입니다. 사실 관계에 있어서 이것으로는 다소 불충분하지 않을까 생각합니다.

좀 더 중요한 것은 '흰 그림자'의 의미 사용과 변전이라고 봅니다. 윤동주의 '흰 그림자'와 이용악의 '흰 그림자'가 어떤 의미이고 어떻게 변형되었는지 좀 더 쉽게 보충 부탁드립니다.

발표문에서는 「흰 그림자」의 화자 '나'가 '시든 귀→흰 그림자→의젓한 양'으로 승화한다고 했고, '흰 그림자'란 "지난날의 모든 것이자 이제는 사라져가야 할 그 무엇", "희고 밝고 환하지만 그림자의 영역에만 존재하고 사유될 수 있었던" 것, "'나'의 영원한 향수로 남게 될 그 무엇인 셈"이라고 하셨는데, 그것은 '민족혼'을 말씀하시는 건가요? 그렇다면 괴로워하는 수많은 "나"를 돌려보냈을 때야 비로소 어둠 속으로 사라진다는 것은 무엇을 의미하는 것일까요? '흰 그림자'는 또 다른 윤동주의 시, 「슬픈 족속」의 "흰 수건이 검은 머리를 두르고/ 흰 고무신이 거츤 발에 걸리우다"

라는 구절에 보이는 '흰 수건', '흰 고무신'과는 다른 것이 아닐까요?

윤동주에 대한 기억

2017년 3월 인터넷 사용자의 윤동주 인식: 윤동주 연구[1]

김응교 | 숙명여대 교수

1 서론: 윤동주의 귀환

윤동주 열풍은 시집의 재출간에서 시작되었다. 2016년은 윤동주 시집 『하늘과 바람과 별과 시』의 저작권이 풀리는 해였다.

현재 한국의 저작권 보호 기간은 저작자(창작자)가 사망한 다음 년도 1월 1일부터 70년간이다. 간단히 말해 저작자 사망 후 70년간 보호된다.(저작권법 제39조) 보호 기간이 만료된 '만료 저작물(Public Domain)'은 누구나 별도의 이용 허락이나 승인 절차 없이 자유롭게 이용 가능하다.

윤동주 시인은 1945년 2월 16일에 사망했고, 다음 년도인 1946년 1월 1일

1) 이 글은 2017년 4월 27일에 열릴 내산문화새난 탄생 100주년 문학인 기념 심포지엄에서 발표한 연구 보고서이다. 토론해 주신 서재길 교수님(국민대), 그리고 분석과 도표 등에 도움을 주신 (주)데이터 디자인 엔지니어링 소속, 데이터 사이언티스트 전인영 선생님께 감사드린다.

부터 70년간 저작권 보호를 받았다. 따라서 2016년 1월 1일부터 저작권 보호가 해제되는데 바로 이 시기에 초판 복각본 시집『하늘과 바람과 별과 시』(소와다리)가 저작권 만료 저작물로 자유롭게 출간되었던 것이다. 인터넷 서점 알라딘에 따르면, 한국 최고의 맨부커상 수상으로 화제가 된 한강 작가의 소설『채식주의자』에 이어 초판 목각본『하늘과 바람과 별과 시』가 2016년 전체 도서 판매량 2위에 올랐다. 인터파크도서에서도 '2016 올해의 책' 2위를 차지했다.

그해 2월 17일에 개봉한 영화「동주」의 누적 관객수는 2017년 3월 16일 현재 117만 3958명으로 집계되었다. 영화「동주」는 몇 가지 사실과 다른 내용들이 있으나 영화 미학으로 볼 때 높이 평가할 수 있는 수작[2]이었다. 미학적 평가뿐 아니라 흥행에서도 저예산 영화로는 성공한 작품이다. 본문에서 설명하겠으나 윤동주 시집과 영화「동주」는 윤동주 열풍 혹은 '윤동주 현상'을 만드는 데 중요한 역할을 했다. 그렇다면 윤동주는 한국인에게 어떻게 기억되어 왔을까. 그 과정을 분석, 보고하려 한다.

1 윤동주 시인에 관한 설문 조사

윤동주 시인에 대한 선호도는 여러 번에 걸쳐 확인되어 왔다. 지난 10여 년간 윤동주에 관한 설문 조사를 보자.

2002년 계간《시인세계》가을 창간호는 국내 시인과 평론가들을 대상으로「한국 현대시 100년, 100명의 시인 ·평론가가 선정한 10명의 시인」이라는 설문 조사를 했다. 1980~1990년대에는 김소월과 서정주가 한국 문단에

설문결과 합산 집계(시인·평론가 100명 합산)

	시인	평론가	합계
김소월	43	44	87
서정주	46	40	86
정지용	41	39	80
김수영	42	35	77
백석	34	29	63
한용운	27	29	56
김춘수	29	20	49
이상	24	24	48
박목월	25	18	43
윤동주	14	19	33

※ 집계표는 지면 관계상 생략
(시인 53명, 평론가 47명이 참여)

2) 김응교,「영화「동주」와 윤동주 아우라」,《사고와표현》, 9권 2호(한국사고와표현학회, 2016).

큰 영향을 미친 것으로 알려져 있었는데, 이 조사에서도 국내 시인과 평론가들은 한국 현대시 최고 시인으로 김소월을 꼽았다. 100명의 문인(시인 53명, 평론가 47명) 중 87명은 김소월을 1위로 선정했다. 2위는 서정주(86표), 3위 정지용(80표)이었다.

놀라운 것은 4위 김수영(77표), 5위 백석(63표)이었다. 작고한 지 얼마 지나지 않은 김수영이 4위까지 올라간 것은 주목할 만하다. 1980년대 말 해금된 재북 시인 백석에 대한 관심도 크다. 김수영과 백석은 한용운(56표)을 6위, 김춘수(49표)를 7위, 이상(48표)을 8위, 박목월(43표)을 9위로 밀어냈다.

윤동주가 33표로 10위라는 조사 결과는 놀라운 사실이다. 대중에게 1, 2위 정도로 사랑받는 윤동주 시인은 10위로 하위권에 속하는 것을 볼 수 있다. 시인이나 문학평론가들에게는 윤동주가 그리 주목받는 대상이 아니라는 것을 알 수 있다.

2008년 11월 14일, KBS 1 TV가 한국 현대시 탄생 100주년 기념 특집 프로그램 「시인 만세」 방송에 앞서 인터넷과 우편엽서, 인터뷰를 통해 설문 조사를 한 적이 있다. 1만 8298명이 참여한 '국민 애송시' 설문에서 김소월의 「진달래꽃」이 1557표로 1위를 차지했다. 윤동주의 「서시」는 1377표로 2위에 랭크됐고, 김춘수

진달래	김소월	1557	8.51%
서시	윤동주	1377	7.53%
꽃	김춘수	667	3.65%
별 헤는 밤	윤동주	409	2.24%
귀천	천상병	372	2.03%
님의 침묵	한용운	288	1.57%
낙화	이형기	282	1.54%
향수	정지용	244	1.33%
접시꽃	도종환	220	1.20%
초혼	김소월	194	1.06%

의 「꽃」(667표), 윤동주의 「별 헤는 밤」(409표), 천상병의 「귀천」(372표) 등이 상위 5위를 형성했다. 한용운의 「님의 침묵」(288표), 이형기의 「낙화」,(282표), 정지용의 「향수」(244표), 도종환의 「접시꽃 당신」(220표), 김소월의 「초혼」(194표) 등이 10위 안에 늘었다.[3]

---

3)   「김소월의 진달래꽃' 애송시 1위」, 《경향신문》, 2008. 11. 14.

김소월의 「진달래꽃」, 「초혼」을 좋아하는 응답자 수를 더하면 1751명으로 9.57퍼센트다. 윤동주의 「서시」, 「별 헤는 밤」을 좋아하는 응답자 수를 더하면 1786명으로 9.77퍼센트로 대중이 가장 좋아하는 시인은 윤동주로 보인다. 여기서도 시인이나 평론가가 아니라, '대중'이 윤동주를 좋아한다는 점을 확인할 수 있다.

시인 179명이 참여한 설문에서는 1위로 「서시」가 가장 많은 28표를 얻었다. 2위는 김춘수의 「꽃」, 3위는 한용운의 「님의 침묵」(각 21표), 4위는 서정주의 「국화 옆에서」, 5위는 김소월의 「진달래꽃」(각 19표), 6위 유치환 「깃발」, 7위 박목월 「나그네」, 8위 정지용 「향수」, 9위 서정주 「동천」, 10위 김수영 「풀」로 조사되었다.

2009년 윤동주에 대한 정전화(正傳化) 연구가 있었다. 허정 교수[4]의 연구는 윤동주가 한국인에게 어떻게 대중적인 사랑을 받는 대상이 되었는가를 여러 각도에서 분석하고 있다. 이 연구는 윤동주의 시를 정전 이론의 관점에서 독해하고 있다. 정전은 특정 사회 집단의 이익에 의해 구성되기 때문에 지배나 통치의 도구로 이용될 수 있다는 문제를 이 글은 지적하고 있다. 윤동주의 시가 한국 사회에서 대표적인 저항시로 정전화되는 현상, 그 과정에는 윤동주 시의 가치 못지않게, 반공 이데올로기로 인한 사회주의의 억압, 반일주의로 인한 윤동주의 희생 부각, 학교 교육을 통한 재생산이라는 사회적 영향력이 복합적으로 작용하고 있음을 밝히고 있다.

2012년 계간 《시인세계》는 창간 10주년 기념 가을 특집호에서 「평론가들이 선정한 한국 대표 시집 톱 10」을 발표했다. 평론가 75명이 응답했고, 각각 10권씩을 추천해 순위를 매겼다. 1923년 김억의 『해파리의 노래』 이후 출간된 시집을 대상으로 했다.

1위는 63명이 지지한 김소월의 『진달래꽃』이었고, 2위는 60명이 적은 서정주의 『화사집』이었다. 3위는 백석의 『사슴』(59명), 4위는 한용운의 『님의

---

4) 허정, 「윤동주 시의 정전화와 민족주의 지평 넘기」, 《어문론총》 51호(한국문학언어학회, 2009).

침묵』(56명)이었고, 5위는 윤동주의 『하늘과 바람과 별과 시』(48명), 6위는 정지용의 『정지용 시집』(45명)이었다. 7위는 이상의 『이상 선집』(35명), 8위는 김수영의 『달나라의 장난』(28명), 9위는 임화의 『현해탄』(25명), 10위는 이육사의 『육사 시집』(24명)이었다.

시인별 득표수로는 『화사집』(60명), 『서정주 시선』(8명), 『귀촉도』(4명) 『질마재 신화』(3명)를 순위에 올려 75명의 지지를 획득한 서정주가 1위, 『정지용 시집』(45명), 『백록담』(20명) 등 총 65명의 지지를 얻은 정지용이 2위였다. 하지만 이번 조사는 시인이 아니라 시집의 순위였으므로, 시인별 득표수는 참고 수치로만 병기하기로 했다. 이번 조사에서도 윤동주 시집은 5위 정도에 이를 뿐이다.

2016년 《한국대학신문》에서 「창간 28주년 기념 대학생 의식 조사: 인물 선호도」를 조사했다. 창간 28주년인 2016년에는 8월 20일부터 9월 10일까지 한국대학신문과 캠퍼스라이프 온라인 홈페이지, 이메일을 통해 진행해 1396명이 응답했다. 이 조사의 '문학인'을 선정하는 조항에서 윤동주는 9퍼센트의 지지를 얻어 사랑받는 작가 1위로 선정되었다. 이후 2위는 한강(4.5%), 3위는 이외수(4.2%), 4위는 공지영(3.9%), 5위는 박경리(3.9%)로 조사되었다.[5]

2 연구자들의 윤동주 연구 동향

과연 통계나 숫자로 문학의 중요성을 확인할 수 있겠는가에 필자는 동의할 수 없다. 다만 문학 작품을 보는 독자들의 심리를 확인할 수 있을 뿐이다. 이선영 교수가 2001년에 낸 『한국문학 논저 유형별 총목록』(한국문화사, 2001)은 한국 현대 문학 100년을 조감할 수 있는 방대한 자료집이다. 모두 일곱 권인 이 자료집은 1895년부터 1999년까지의 한국 문학 연구 논문과 저작들을 유형별로 체계화하고 있다. 1980년 초부터 시작하여 20여

---

5) 특별기획팀, 「창간 28주년 기념 대학생 의식 조사」, 《한국대학신문》, 2016. 10. 17.

년 동안 계속된 작업인데, 필자도 대학원 시절에 이 책 제작 과정에 참여해 배울 수 있었다. 이 책에 따르면 윤동주는 1999년까지 한국 문학 연구사 전체에서 11위에 해당한다.

이선영의 통계 연구를 보면 문학 연구자와 전문가들이 가장 선호한 한국 문인이 누구인지 확인할 수 있다. 작가론·작품론이 가장 많은 문인은 이광수로, 모

가장 많이 연구한 한국문학작가

순위	작가	주요작품명(작품론 수)	총수(건)
1	이광수	무정(61), 흙(44)	688
2	이상	날개(72), 오감도(27)	625
3	김소월	진달래꽃(22), 산유화(15)	499
4	염상섭	삼대(75), 만세전(33)	480
5	채만식	탁류(46), 태평천하(46)	425
6	한용운	님의 침묵(83), 알 수 없어요(10)	424
7	서정주	화사집(23), 질마재신화(22)	422
8	김동인	감자(17), 배따라기(8)	416
9	정지용	유리창(9), 백록담(8)	404
10	김동리	무녀도(49), 사반의 십자가(23)	380
11	윤동주	서시(7), 자화상(4)	363
12	김수영	풀(14), 거대한 뿌리(3)	317
13	이태준	사상의 월야(8), 농토(7)	286
14	김유정	동백꽃(7), 봄봄(5)	273
15	황순원	움직이는 성(26), 일월(17)	271
16	최인훈	광장(55), 화두(16)	261
17	조지훈	청록집(13), 승무(3)	260
18	박태원	천변풍경(41), 소설가 구보씨의 일일(39)	252
19	이효석	메밀꽃 필 무렵(37), 화분(5)	251
20	박목월	청록집(23), 경상도의 가랑잎(4)	244

두 688편의 논저가 발표되었다. 그 뒤로는 이상(625편, 이하 편수), 김소월(499), 염상섭(480), 채만식(425), 한용운(424), 서정주(422), 김동인(416), 정지용(404), 김동리(380) 순으로 밝혀졌다. 작고 문인이면서 해방 이전의 문인이 압도적으로 많은 셈이다. 생존 작가로는 16위를 기록한 최인훈(261), 22위의 이청준(213), 23위의 김춘수(211), 30위의 이문열(167) 등으로 나타났다. 연구 논저가 가장 많이 발표된 작품은 한용운의 『님의 침묵』(83)이다. 2위는 박경리의 『토지』(80)인 것으로 나타났다. 3위는 염상섭의 『삼대』(75), 4위 이상의 『날개』(72), 5위는 3인 시집 『청록집』(63), 6위 이광수의 『무정』(61), 7위 이기영의 『고향』(60), 8위 최인훈의 『광장』(55) 순이었다. 윤동주는 작가로는 이 기간에 10위권 안에 들지 못하고 11위에 올라 있다.

작품으로는 20위권에도 들지 못했다. 대중의 사랑과 달리 전문가들에게는 윤동주가 관심받지 못하는 현황을 볼 수 있다.

이후 윤동주 연구의 변화를 보기 위해 필자는 석박사 논문과 등재지 논문을 대상으로 편수를 조사해 보았다. 단행본 1권을 등재지 논문이나 석박사 논문과 동일하게 계산했다. 그 이유는 현재 연구자의 업적을 평가할 때 대부분 단행본 한 권을 등재지 논문이나 석박사 논문 한 편과 동일하게 100퍼센트로 산정하기 때문이다. 단 상업용으로 나온 윤동주 시집 등은 괄호에 넣어 표기했다.

	석사논문	박사논문	논문	단행본	번역서	계
1960.1~1964.12	0	0	2	1	0	3
1965.1~1969.12	0	0		1	0	1
1970.1~1974.12	1	0	3	1	0	4
1975.1~1979.12	11	2	27	11	0	51
1980.1~1984.12	14	3	55	25	1	98
1985.1~1989.12	41	4	55	10	2	112
1990.1~1994.12	30	5	35	13	0	83
1995.1~1999.12	55	1	63	26	6	151
2000.1~2004.12	54	7	68	23	3	155
2005.1~2009.12	60	3	85	25	2	175
2010.1~2014.12	43	2	93	26	1	165
2015.1~2017.4	18	3	42	16(48)	3	82(48)
합계	327	30	528	178(48)	18	

이 분석표 작성에 몇 가지 어려움이 있었다. 선정할 때 연구자가 자의적으로 결정해야 할 때도 있었다. 첫째, RISS에 나타난 논문만을 대상으로 했다는 점이 이 글의 한계다. RISS에 오르지 못한 논문이 있을 수도 있다.

둘째, 박사 논문이나 단행본에서 윤동주가 연구의 부제로 들어갈 정도로 비중 있는 연구 대상이 아니라, 전체 분량 가운데에서 적은 비중으로 연구되었을 경우는 계산하지 않았다. 외국의 학위 논문들도 넣어 확인했는데 영어권 국가들과 일본의 논문은 검색해서 찾아보고 검토해 보았으나, 다른 언어권에서 나온 윤동주 시 연구는 확인하지 못한 한계가 있다.

셋째, KCI 등재지에 실린 학술 논문은 모두 넣었고, 그 외에 학술성이 있는 글은 모두 넣었다. 아울러 연구에 읽어야 할 평론도 넣었다.

넷째, 단행본을 선택할 때 적지 않은 문제가 있었다. 1948년『하늘과 바람과 별과 시』가 출판된 이후로 파악하기 힘들 정도로 많은 출판물이 간행되었다. 1975년까지 1권이라고 쓴 책은 모두 정음사에서 낸 윤동주 시집 개정판이다. 그 기간 동안에는 대학 교과서와 민족 시인, 작고 시인 등을 주제로 한 단행본에서 여러 시인과 함께 윤동주 시를 소개하고 있다. 1984년 마광수 박사 논문인『윤동주 연구』부터 주목해야 할 연구 도서들이 있어 왔는데, 2016년 저작권이 만료되면서 상업적인 목적으로 출판된 시집이 대량 출판되었다. 윤동주 필사 시집, 윤동주 엽서 시집, 윤동주 달력 시집, 윤동주 캘리 카드 시집 등 다양한 시집들이 출판되고 있는데 그것을 모두 개수해야 할지 쉽지 않지만 모두 무시할 수는 없었다. 그래서 꼭 표기해야 할 단행본은 숫자를 표기했고, 학술적이거나 복각본 시집이나 동시집이 아닌 다양한 문화 콘텐츠로 기획된 출판물은 괄호 안에 넣었다.

1	Japanese(日本語)	空と風と星と詩: 尹東柱全詩集	影書房	1984
2	French(Français)	Leciel, levent, lesétoilesetlapoésie	ComputerpressdeCorée	1988
3	English(English)	Heaven, the wind, start and poems	Samseong Publishing	1989
4	Japanese(日本語)	空と風と星と詩人尹東柱評伝	藤原書店	1995
5	Japanese(日本語)	死ぬ日まで天を仰ぎ: キリスト者詩人 尹東柱	日本基督教団出版局	1995
6	French(Français)	Ciel, Vent, Etoiles et Poèmes	Autres Temps	1997
7	Japanese(日本語)	星うたう詩人	三五館	1997
8	Japanese(日本語)	天と風と星と詩	詩画工房	1998
9	English(English)	Theheavens, thewind, thestarsandpoetry: the works of Yun Tong-ju, Korean patriot and poet	Hakmun	1999
10	Spanish(Español)	Cielo, viento, estrellas y poesía	Verbum	2000
11	Spanish(Español)	Flor y oro de la poesía coreana	ALDUS	2001
12	English(English)	Sky, Wind, and Stars	Asian Humanities Press	2003
13	Chinese(汉语)	天风星星与诗:尹东柱诗集	吉林大学出版社	2011
14	Russian(Русский)	НЕБОВЕТЕРЗВЕЗДАИПОЭЗИЯ	ГИПЕРИОН	2016
15	Polish(Polski)	Mgła jedwabna	Wydawnictwo Akademickie DIALOG	2005
16	Japanese(日本語)	尹東柱評伝	藤原書店	2009
17	English(English)	The Colors of Dawn: Twentieth-Century Korean Poetry	Univ of Hawaii Press	2016
18	Spanish(Español)	19.459km		2016

다섯째, 외국어로 번역된 윤동주 번역 서적도 넣어 보았다. 윤동주 시집의 외국어 번역 서적 현황은 다음과 같다.

이 번역서들은 2017년 6월경에 은평역사한옥박물관에서 기획전으로 열릴 「세계가 읽는 우리 문학」[6]을 준비하면서 모은 번역서들이다. 이외에 많은 번역서들이 여러 나라에서 출판된 것으로 추측하는데, 이후 보강해야 할 부분이다. 이 기획전을 준비하면서 한국문학번역원 자료에 새 정보를 보강하여 정리한 보고서 「한국 문학 해외 번역 상황」(2017. 3. 큐레이터 이랑 조사)에 따르면, 1위는 황순원 52종이고, 2위는 한용운 37종, 3위는 김동리 33종, 4위 이상 29종, 5위 서정주 28종 등이다. 윤동주는 18종으로 근대 문학 작가 중 번역 순위 9위에 해당한다. 국내의 대중성에 비해 그리 많이 번역되었다고 할 수는 없겠다.

또한 번역된 윤동주 시집을 언어권에 따라 분류하면, 일본어가 6종, 영어가 4종, 스페인어 3종, 프랑스어 2종, 중국어 1종, 러시아어 1종, 폴란드어 1종이다. 세계 10대 언어[7] 중 아랍어, 독일어, 포르투갈어, 힌두어 등으로는 번역되지 않은 상황이다.

석박사 논문, 학술 논문, 단행본, 변역서를 모두 계수한 이 분포도를 통해 윤동주 연구의 특징을 대략 알아 볼 수 있다.

근대 작품 번역 순위		
1	황순원	52종
2	한용운	37종
3	김동리	33종
4	이상	29종
5	서정주	28종
6	김동인	27종
7	이광수	27종
8	한설야	20종
9	윤동주	18종
10	현진건	16종

첫째, 1995년 윤동주 40주기 행사 때 가장 많은 연구가 나온 것을 볼 수 있다. 당시 윤동주 심포지엄 등 다양한 학술

---

6) 이 기획전에 선정된 작품과 작가는 고전 문학에서는 『춘향전』 번역본, 현대 문학에서는 시인 고은, 윤동주, 소설가 한강이다. 필자가 기획위원장으로 참여하고 있다.

7) 유엔에서 2008년 사용 인구수와 중요도에 따라 선정한 세계 10대 언어를 보면, 1위 영어, 2위 일본어, 3위 독일어, 4위 프랑스어, 5위 러시아어, 6위 스페인어, 7위 한국어, 8위 아라비아어, 9위 중국어, 10위 포르투갈어 순으로 나타났다.

행사와 KBS와 NHK의 공동 특집 방송이 방영되는 등 윤동주 시인은 큰 관심을 받았다.

둘째, 2000년대 들어 연구가 많아진 것은 『사진판 윤동주 자필 시고 전집』(민음사, 1999)의 영향이 있지 않았나 추측해 볼 수 있다. 이 정본 연구서가 나온 뒤, 이 책을 토대로 적지 않은 논문과 연구서들이 출판되었다. 오무라 마스오 교수를 중심으로 한 윤동주 연구의 토대 연구가 밑받침 되지 않았나 싶다.

3 인터넷 설문 방식의 장단점

지금까지 여러 조사 기관에서 한 분석은 '한국인이 가장 좋아하는 시인은 누구인가' 식이었다. 이번에 실시된 설문 연구는 '윤동주' 자체에 대한 최초의 분석이다. 그러나 조사의 한계는 미리 예견되었다.

첫째, 문학 작품이나 작가를 과연 통계나 수치로 평가하는 것이 바람직할까라는 의문이다. 당연히 통계나 수치가 작품이나 작가를 평가하는 잣대가 될 수는 없다. 참고 사항으로 쓰일 수 있을 뿐이다. 따라서 이 설문 조사에서 보고하는 내용들은 '윤동주 현상'에 대한 참고 자료일 뿐이라는 한계를 미리 밝힌다.

둘째, 페이스북과 인터넷 매체를 중심으로 조사했기에 윤동주를 모르는 사람에게 접근하지는 못했다. 다만 나이별로 보면 균형 있게 조사되어, 나이별로 어떤 시를 좋아하는지, 어떤 구절을 좋아하는지 등을 알 수 있다.

셋째, 질문 문항을 10개로 제한했다는 한계다. 설문은 응답률이 중요한데 문항이 많으면 응답률이 적다. 아쉽지만 문항을 10개로 제한하고 서술형 문항을 4개 두었다. 8, 9, 10 항목은 자유롭게 쓰게 했다. 이제 문항별 평가를 하며 살펴보려 한다.

다행히 구글(Google)에 설문을 위한 장치가 있어 편히 작업할 수 있었다. 설문을 모아 자동으로 모든 것을 인포그래픽으로 변환시키는 장치도 있었다. 엑셀 시트도 있어서, 응답자를 개인별·나이별·학력별로 자동 분류해 주기도 하여, 윤동주의 무엇이 좋고 싫은지를 한눈에 볼 수 있었다. 참가자의 등록 시간, 나이, 학력, 좋아하는 시 등이 사람별로 기록되어 확실하게 개인별 내용을 볼 수 있었다. '윤동주' 하면 떠오르는 이미지도 한눈에 볼 수 있다. 상상만 했던 윤동주에 대한 한국인의 수용미학(Reception Theory)을 인포그래픽으로 한눈에 볼 수 있다.

조사 기간을 3월 1일부터 한 달간으로 정한 것은 민족주의를 자극하고자 했던 것이 아니다. 조사 기간 한 달 동안 1086명이 응답해 주었다. 따라서 이 연구는 2017년 3월 한국 인터넷 사용자의 윤동주에 대한 인식을 조사한 것이다. 단 1086명의 응답자 중 실제 응답자는 1018명이라는 사실을 명기해 둔다. 1086개 응답을 분석하기 전, 응답이 확실하지 않거나 복수로 쓴 사람을 제하니 1018개 응답이 남았다. 이 논문에서 비율은 1086명을 대상으로 계산했지만, 1018명으로 할 때 약간의 차이가 있다. 약간의 차이가 있지만 1086명으로 컴퓨터가 계산한 퍼센트와 큰 차이가 없어 일단 그대로 인용하기로 한다. 문항은 다음과 같이 10가지였다. 필자는 설문의 결과를 재구성하지 않으려 한다. 설문 결과를 가장 명확하게 있는 그대로 전하는 것이 이 글의 목적이기 때문이다.

4 설문 조사 문항

① 본인 소개를 부탁합니다.(성별, 나이, 학력)

② 윤동주를 왜 좋아하시는지요.

③ 윤동주를 싫어한다면 왜 싫어하시는지요.

④ 윤동주는 어떤 시인이라고 생각하시는지요.

⑤ 윤동주를 어떤 계기로 좋아하게 되었습니까.

⑥ 윤동주 시 중에 외우는 시가 있으면 제목만 써 주세요.

⑦ 윤동주 시 중에 좋아하는 시를 써 주세요.

⑧ 기억에 남는 시구절을 써 주세요.

⑨ '윤동주' 하면 떠오르는 단어나 이미지를 적어 주세요.

⑩ 윤동주가 내 삶에 끼친 영향이 있다면 써 주세요.

2 윤동주 설문 조사의 결과

1 본인 소개를 부탁드립니다.

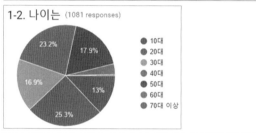

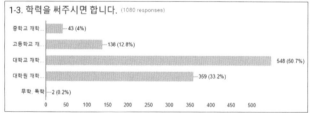

설문에 참여한 분들의 성 비율은 여자가 681명(62.7퍼센트)로 남자보다 많았다. 여성과 남성이 각기 윤동주를 어떻게 기억하는가는 이 설문의 목적이 아니기에, 비율만 보고한다. 이 연구는 전 연령층을 대상으로 하려 했기에, 핵심 연구 대상은 나이를 가리지 않았으나 고른 분포의 응답자를 얻고 싶었다. 나이뿐 아니라 학력도 마찬가지였다.

3월 1일 페이스북에 이 설문을 링크시키지마자 3일 만에 응답자 수 400명 선을 넘었다. 페이스북 사용자만 응답하면 의식이 편중될 거 같아, 대산문화재단 전체 메일, 문학동네 독자, 대학생, 중학교 교실 등 다양한 통로로 설문해 조사했다. 특히 10대의 의견을 중요하게 생각하여, 중고등학교 독서동아리와 선생님들께 도움을 청해 응답을 받았다.

2 윤동주를 왜 좋아하시는지요?

이 조사를 하기 전에 예상하기로는 1위가 '교과서에 나와서'였고, 2위는 '기독교인이라서'였다. 조사자의 예상은 전혀 맞지 않았다. '교과서에 나와서'라는 대답은 24명(2.25퍼센트)에 불과했

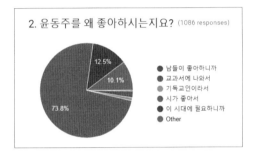

다. 24명 중 14명은 10대였고, 20대 5명, 30대 3명, 40대와 50대에 각 1명씩이었다. 윤동주를 교과서에서만 접할 수 있는 10대 학생들을 넘어서면, 교과서를 넘어 윤동주 시집을 직접 대하고 좋아하고 있다는 결과를 볼 수 있다.

'기독교인이라서'라는 응답도 많을 것으로 생각했으나 예상은 빗나갔다. 이 이유를 선택한 응답자는 11명(1퍼센트)에 지나지 않았다. 이 설문에 응했던 많은 기독교 신자들도 윤동주가 기독교 신자라는 이유만으로 좋아하지는 않는다는 것을 확인했다.

'시가 좋아서'라는 견해가 801명(73.8퍼센트)로 압도적이다. 물론 이 설문에 응하는 사람들 자체가 윤동주에 대한 관심을 가진 사람들이기에 가능할 것이다.

더욱 적극적으로 윤동주를 좋아하는 사람들의 견해는 '이 시대에 필요

하니까'라는 항목에 모여 있다. '이 시대에 필요하니까'라는 항목은 136명 (12.5퍼센트)이 선택했다. 이 항목을 선택한 사람이 많은 까닭은 이 설문을 실시한 시기에도 영향이 있지 않았을까 싶다. 설문하기 바로 전까지 대통령 탄핵을 요구하는 촛불 집회가 매주 열리고 있었다. 그때마다 여러 매체에서 "등불을 밝혀 어둠을 조금 내몰고,／ 시대(時代)처럼 올 아침을 기다리는 최후(最後)의 나"라는 윤동주의 「쉽게 쓰여진 시」의 한 구절이 자주 인용되었던 배경도 있을 것이다.

3 윤동주를 싫어한다면 왜 싫어하시는지요?

이제까지 독자들이 윤동주를 왜 좋아하는지, 왜 싫어하는지 세세하게 밝혀진 바는 없다.

다만 이번 설문에서 응답자의 9.8퍼센트 정도가 윤동주를 싫어한

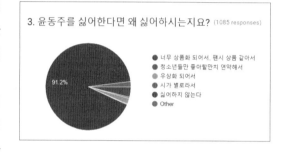

다고 답했다. 10명 중 한 명은 이른바 윤동주 열풍이 불편한 것이다.

싫어하는 이유 중 가장 큰 것은 '너무 상품화 되어서, 팬시 상품 같아서'가 41명(3.8퍼센트)이다. 인터넷 서점 알라딘에서 판매하고 있는, 팬시 상품처럼 제작된 여러 윤동주 관련 상품의 세일즈 포인트가 낮은 것은 상품화되는 윤동주에 대한 거부감의 표현일 것이다.

다음은 윤동주가 '우상화되어서'로, 24명(2.2퍼센트)이 선택했다.

이 문항에 대한 응답 내용과 '기타'를 선택한 응답자들이 직접 작성한 이유를 보면 '윤동주를 싫어한다.'는 응답자들은 윤동주 자체가 싫은 것이 아니라, 팬시 상품으로 얼룩지고 우상으로 만들어지고 있는 '윤동주 열풍'을 거부하는 이들이라는 생각이 든다. 거꾸로 말하면, 윤동주의 진정한 의미가 훼손되는 것을 안타까워하는 이들이다. 그렇다면 응답자 중 윤동

주 자체를 싫어하는 응답자는 거의 없지 않나 싶다.

4 윤동주는 어떤 시인이라고 생각하시는지요?

이 설문에 대한 선택
지를 만들 때, 교과서나
단행본에서 윤동주를 일
컬을 때 많이 쓰는 명칭
을 앞에 두었다. 제일 많
이 쓰는 용어가 '민족시
인'이고, 그다음이 '저항

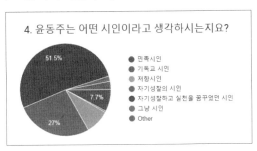

시인', '기독교 시인'인데, 이것이 지금까지 윤동주를 수식하는 보편적인
용어였다. 그러나 설문 결과, 응답자가 생각하는 윤동주의 이미지는 기존
과 전혀 달랐다.

설문 결과 윤동주 하면 떠올리는 '민족시인'이니 '저항시인'이니 하는 평
가는 이제 응답자들이 외면하고 있다는 것을 볼 수 있다. 일부 연구자나
기독교인들이 윤동주를 '기독교 시인'으로 규정하지만 이 용어를 선택한
사람은 1020명의 조사 대상 가운데 단지 5명(0.5퍼센트)으로 거의 외면받
고 있다.

'민족시인', '저항시인', '기독교 시인' 등 한 시인을 특정 용어로 제한하
려는 태도에 대해 거부감을 나타내고 있는 것이 아닐까. 이 조사 결과에
따르면 윤동주 시인을 알리려고 현수막을 달거나, 책을 홍보할 때 '민족시
인 윤동주', '저항시인 윤동주'라는 식의 표현은 이제는 공감받지 못할 가
능성이 크다.

16명(1.6퍼센트)은 윤동주를 평가하는 말로 '그냥 시인'을 선택했다. 시인
은 시인일 뿐 시인이라는 명칭 앞에 어떤 한계 두기를 거부하는 태도일 것
이다. 가령 '노동자 시인'이니 '농민 시인' 등으로 시인을 한계 지을 수 없다
는 판단이 아닐까 싶다. 신동엽이나 김수영을 민족시인이나 참여시인 등으

로 표현하는 것도 거부감을 유발시키지 않는지도 조사해 볼 만하겠다.

'민족시인' 혹은 '저항시인'이라고 표기한 응답자의 나이대를 확인해 보려 한다. 혹시 50대 이상이 아닐까. 이런 시각을 가진 사람이라면 윤동주에게서 민족이나 저항이라는 단어를 떼어 내는 것이 아쉬울 수도 있겠다. 윤동주에게서 역사성을 삭제시킨 판단이라고 생각할 수도 있다. 윤동주의 시를 항일 저항시로 독해하는 현상은 특히 중국 조선족들에게서도 잘 나타난다.

윤동주의 시는 세계인이 공유할 만한 요소를 가지고 있다. 그런데 윤동주를 일제에 저항한 저항시인으로만 한정하면 더 많은 공감대를 갖고 세계인에게 다가갈 윤동주 시의 넓은 모습을 막아 버리는 문제가 생긴다. 가령 "윤동주는 이육사와 함께 항일 운동의 최선봉에 선 시인으로서 온몸으로 저항을 실천한 시인이다. 그러므로 이 시를 저항시로 보는 데는 이의가 없다."[8]는 전제 아래 윤동주 시 번역을 시도하는 것이다. 이는 비교 문학 쪽에서도 마찬가지이다. 비교 문학자들은 윤동주가 민족을 대표하는 저항시인이라는 전제 아래, 윤동주를 셰프첸코(우크라이나)나 호세 리살(필리핀), 크시슈토프 카밀 바친스키·타데우시 카이치·타데우시 보롭스키(폴란드)와 같은 외국의 저항 작가들과 비교 연구하고 있다.[9] "이런 관점들 아래서는 윤동주를 민족을 대표하는 저항시인으로는 외국에 알릴 수는 있어도, 그 시가 담고 있는 고통의 연대감이나 국경을 초월한 연대의식은 소개하지 못한다."라는 허정[10]의 지적은 중요하다.

---

8) 김효중, 「문학 번역과 문화적 문맥―윤동주 시 영역을 중심으로」, 《번역학연구》 8권 1호 (한국번역학회, 2007), 92쪽.

9) 아래 자료는 허정 논문에서 인용되어 재인용한다. 김석원, 「쉐브첸코와 윤동주의 역사의식, 저항 정신」, 《슬라브연구》 13 (한국외국어대 외국학종합연구센터 러시아연구소, 1997); 최숙인, 「제3세계 문학과 탈식민주의 ― 필리핀의 호세 리잘과 한국의 윤동주」, 《비교문학》 27 (한국비교문학학회, 2001); 최성은, 「폴란드 콜롬부스 세대와 윤동주의 저항시 비교 연구」, 《동유럽발칸학》 4권 2호(한국동유럽발칸학회, 2002); 연점숙, 「한국과 필리핀의 식민 저항시 연구」, 《비교한국학》 9(국제비교한국학회, 2001).

10) 허정, 위의 글.

'자기 성찰하고 실천을 꿈꾸었던 시인'이라는 평가가 1000여 명의 답신자 중 절반을 넘은 529명(51.7퍼센트)이라는 사실은 고무적인 결과가 아닌가 싶다. 민족이니 저항이니 하는 관념적인 표현보다는 '실천'이라는 단어를 택한 응답자들이다. 그런데 "자기 성찰하고 실천을 꿈꾸었던 시인"이 많은 선택을 받은 이유로, '답안 중 제일 길다'는 측면도 고려해야 할 것이다. 선택형 설문 조사에서 '제일 긴 항목'이 정답에 근접해 보이는 효과가 있기 때문에, 응답자들은 무심결에 긴 항목을 선택하는 경우가 있다.

다만 언론과 많은 연구자들 중 일부는 윤동주를 '자기 성찰의 시인'에만 가두는 경향이 있는데 이에 동의하는 참여자는 275명(26.9퍼센트)이다. 이외에 기타 의견을 써 주신 30명(2.9퍼센트)의 여러 답신은 차후에 세세히 분석해 보려 한다.

물론 나이별, 학력별 결과에 따라 윤동주에 대한 나름의 이미지가 드러날 수 있겠다. 일단 1000여 명의 조사 결과를 볼 때, 많은 학자나 언론이 갖고 있는 윤동주에 대한 선입관은 인터넷을 사용하는 응답자들에 비해 대단히 낡아 있는 것 같다.

5 윤동주를 어떤 계기로 좋아하게 되었습니까?

한 시인을 좋아하게 되는 데에는 다양한 계기가 있을 것이다. 그중에 교과서를 통해 시를 접하는 경우가 가장 많지 않을까. 이 때문에 '교과서에서 읽고' 윤동주 시를 좋아하기 시작했다는 응답자

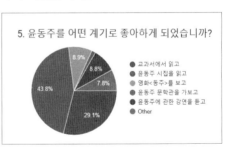

가 가장 많으리라고 예상했다. 그런데 결과는 전혀 달랐다. 316명이라는 적지 않은 응답자가 교과서를 통해 윤동주를 좋아하기 시작했다고 답했지만, 전체의 29.1퍼센트에 불과했다. 겨우 10명 중 3명만이 교과서를 통

해서 윤동주를 좋아하게 되었던 것이다.

그런데 가장 많은 선택을 받은 항목은 '윤동주 시집을 읽고'라는 항목으로, 476명(43.8퍼센트)이 이렇게 답했다. 2016년 2월 출간된 초판 복각본 시집 『하늘과 바람과 별과 시』는 알라딘 집계에서 소설 『채식주의자』에 이어 2016년 전체 도서 판매량 2위에 올랐다. 예스24에 따르면 이 시집 구매자의 55퍼센트가 20~30대였다. 시집을 읽고 윤동주를 좋아하기 시작했다는 응답자 중 20대는 81명, 30대는 65명이었으며, 특히 40대가 134명, 50대가 125명인 것을 보면, 시집 구매가 윤동주 열풍을 점화했다는 분석은 틀리지 않다.

특히 영화 「동주」를 보고 좋아하기 시작했다는 응답자가 97명(8.9퍼센트)인 것을 보면, 영상물의 영향도 중요한 것을 확인할 수 있다. 강연을 듣고 윤동주를 좋아하기 시작했다는 응답자가 96명(8.8퍼센트)이라는 사실도 주목된다. 시인을 알리기 위해 시청각 교육과 강연이 중요하다는 것을 응답자들이 말해 주고 있다.

	10대	20대	30대	40대	50대	60대	70대 이상
교과서에서 읽고	55	85	58	53	31	6	
윤동주 시집을 읽고	27	81	65	134	125	23	3
영화(동주)를 보고	25	37	17	12	3		
윤동주 문학관을 가보고	1	5	4	4	1		
윤동주에 관한 강연을 듣고	8	21	16	26	16	4	
기타	20	13	15	12	10	2	1

윤동주 문학관에 가 보고 윤동주 시인을 좋아하기 시작했다는 응답자는 16명(1.5퍼센트)인데, 많은 응답자들이 윤동주 문학관에 가 보지 못했기 때문인지, 아니면 갔다 왔지만 별 감흥이 없다는 표현인지 명확하지는 않다. 윤동주 문학관이 윤동주 생애와 특별히 관련 없는 곳에 세워졌기 때문인지, 반성적 고찰이 필요할 듯싶다. 이번 조사에서 윤동주 문학관이 차지하는 영향력은 아쉽게도 그리 크지 않은 것 같다.

6 윤동주 시 중에 외우는 시가 있는지요?

억지로 외운 시가 아니라, 스스로 좋아서 외운 시 한 편은 가장 힘들 때 영혼의 힘이 되기도 한다. 암기해 둔 시 한 편은 결정적인 순간에 위로가 되고, 벅찬 기쁨이 되기도 한다. 어떤 시든 리듬이 흐르는 윤동주 시는 특히 명랑함과 위로를 느끼게 한다. 또한 연세대 윤동주기념사업회는 윤동주의 시정신을 기리고 시를 생활화하기 위해 매년 '윤동주 시 암송 대회'를 열고 있어, 이 대회에 참여하려고 몇 년 동안 암기를 연습하는 이들도 있다.

시	횟수	순위
서시	723	1
별 헤는 밤	155	2
없다	120	3
참회록	104	4
십자가	73	5
팔복	69	6
쉽게 쓰여진 시	63	7
자화상	61	8
길	19	9
새로운 길	19	9
병원	18	11
나무	14	12
반딧불	7	13
또다른 고향	7	13
오줌싸개지도	4	15
개	3	16
바람이불어	3	16
눈 감고 간다	2	18
종달새	1	19
햇비	1	19
이불	1	19
봄1	1	19
빨래	1	19

윤동주 시의 암송을 묻는 이 항목은 예시를 두지 않고 공란에 쓰도록 했다. 그러다 보니 '없다'는 120명(11퍼센트)으로 3위다. 이 설문에 응답한 10명 중 한 명은 윤동주 시를 한 편도 암기하지 못하는 것이다. 반대로 10명 중 9명이 윤동주의 시를 한 편 이상을 외울 수 있다 하니, 이 설문에 응답한 독자들의 윤동주 사랑이 어느 정도인지 짐작할 수 있다.

게다가 암송할 수 있는 시 1위는 「서시」로 723명(66.5퍼센트)이 선택했다. 「서시」가 짧기 때문일 수도 있지만 다르게 생각하면 「서시」밖에 암송할 수 없는 편중된 시 교육에도 문제가 있는 것이 아닐까.

고등학교 과정에서 다양한 시 암송 교육이 이루어져 왔다. CD음반 자료집과 주제별·소재별로 체계적으로 학생들의 흥미와 관심을 주는 시 암송, 낭송 프로그램이 있는데, 좀 더 다양한 윤동수 시를 암송할 수 있도록 소개해야 할 것이다. 전국에 시 낭송 모임이 많은데 현재 인터넷 유통을 통해 구매할 수 있는 「윤동주 시 낭송 CD」는 한 종에 불과하다는 사실도 안타깝다.

시 암송을 위해서는 시를 노래로 만들어 전파하는 방식도 좋을 것이다. 작곡가 유영민 선생이 발표한 『윤동주, 반딧불: 동요·동시집』(CD 포함, 예솔, 2015)처럼 수준 높은 음악적 실험과 결합되어야 할 것이다.

그래도 「새로운 길」(19명), 「병원」(18명), 「나무」(14명), 「반딧불」(7명) 등 많이 알려지지 않은 시를 외우는 독자들이 이 항목을 조금은 다양하게 하고 있다.

7 윤동주 시 중 좋아하는 시를 써 주세요.

좋아하는 시 1위는 667명의 응답으로 「서시」가 선정되었다. 2위 「별 헤는 밤」은 384명의 선택으로 선정되었다. 윤동주의 좋은 시가 많은데 「서시」와 「별 헤는 밤」에 대다수 응답자가 표기한 것은 윤동주 시를 교육하고 알릴 때 편중해서 알린 결과가 아닐까. 우려할 문제라고 생각한다.

7위에 「병원」이 오른 것은 식민지 시대뿐만 아니라, 이 시대도 살기 힘든 병원 같은 상태라는 것에 공감하는 응답자들의 반응이 아닐까 한다.

시	횟수	순위
서시	667	1
별헤는 밤	384	2
자화상	351	3
십자가	223	4
참회록	202	5
쉽게 쓰여진 시	192	6
병원	110	7
팔복	71	8
길	66	9
새로운 길	37	10
나무	19	11
또 다른 고향	17	12
반딧불	9	13
바람이 불어	9	13
오줌싸개지도	9	13
눈감고 간다	6	16
햇비	2	17
개	2	17
이불	1	19
없다	0	20
종달새	0	20
봄1	0	20
빨래	0	20

> 나는 그 여자의 건강이 —— 아니 내 건강도 속히 회복되기를 바라며 그가 누웠던 자리에 누워 본다
>
> —— 윤동주, 「병원」 3연

이 구절은 응답자들이 기억하는 구절로 주목받는 부분이기도 하다.

9위 「나무」나 13위 「반딧불」은 노래로 많이 불리기에 기억하는 응답자

순위	10대	횟수	20대	횟수	30대	횟수	40대	횟수	50대	횟수	60대	횟수	70대	횟수
1	서시	78	서시	159	서시	104	서시	172	서시	93	서시	16	서시	4
2	별헤는	55	별헤는	91	별헤는	74	별헤는	95	자화상	58	자화상	10	자화상	1
3	참회록	21	자화상	89	자화상	66	자화상	83	십자가	37	참회록	5	참회록	1
4	자화상	20	쉽게	66	쉽게	44	십자가	57	별헤는	34	십자가	5	봄	1
5	쉽게	15	참회록	55	십자가	42	참회록	41	참회록	28	별헤는	2		
6	병원	11	십자가	47	참회록	38	쉽게	36	쉽게	12	팔복	2		
7	십자가	11	병원	37	병원	26	병원	22	길	11				
8	길	8	길	25	팔복	22	팔복	16	병원	10				
9	봄	7	팔복	17			길	12	팔복	8				
10	새로운	5					새로운	12						
11	없음	4												

가 나온 것으로 추측된다.

위의 도표는 연령대로 좋아하는 시를 정리해 본 것이다. 연령대로 좋아하는 시에 차이가 있는 것을 확인할 수 있다.

10대와 20대가 좋아하는 시들은 교과서에 실려 있는 시들이다. 현재 고등학교 교과서에 실려 있는 윤동주 시는 「서시」,(3종의 교과서에 실려 있다.) 「쉽게 씌어진 시」, 「자화상」, 「별 헤는 밤」이다. 참고로 교과서에 많이 실려 있는 시인은 윤동주 6회, 이육사 6회, 백석 5회, 김소월 5회, 정지용 4회, 정호승 4회, 김수영 3회 등이다. 10위에 「새로운 길」이 실려 있는 것은 유웨이 중앙교육에서 펴낸 2010학년도 『중학교 1학년 국어 교과서』에 「새로운 길」이 실려 있는 영향이 아닐까 싶다. 도표에서 4위까지의 시는 모두 교과서에 실려 있는 시로, 교과서 수록의 영향이 있다는 것을 볼 수 있다.

30대와 40대에서 7위에 「병원」이 실려 있는 것도 눈여겨볼 만하다. "인생은 살기 어렵다"는 구절이 생계를 책임지는 나이가 되는 연령대의 독자들에게 울림을 주었으리라 추측해 본다. 50대 이후 60대와 70대 독자들에게 「자화상」이 오른 것은 자신의 삶을 회고하는 이 시의 특성이 이 연령대의 독자들에게 공감을 주었기 때문이라 여겨진다.

마지막으로, 윤동주 시가 아닌데 윤동주 시로 인터넷에 떠돌고 있는 구절을 외우고 있는 응답자들이 있었다. 수작업으로 모두 빼냈는데, 이러한 문제는 인터넷의 악영향이라 할 수 있겠다. 아울러 윤동주 시의 정본이 아직 확실하게 출판되지 않았다는 점에도 문제가 있지 않을까 추측할 여지가 있다.

8 가장 기억에 남는 시구절을 쓰신다면(시집 보고 찾아 쓰셔도 됩니다.)

가장좋아하는시구	횟수	순위	Real Rank
죽는 날까지 하늘을 우러러	282	1	1
한점 부끄럼이 없기를	275	2	2
모든 죽어가는 것을 사랑해야지	135	3	3
잎새에 이는 바람에도	119	4	4
나는 괴로워했다	110	5	5
오늘밤에도 별이 바람에 스치운다	96	6	6
별을 노래하는 마음으로	73	7	7
별 하나에 어머니 어머니	73	7	
걸어가야겠다	53	9	8
그리고 나한테 주어진 길을	52	10	9
시가 이렇게 쉽게 씌어지는 것은	52	10	
별 하나에 사랑과	51	12	10
부끄러운 일이다	51	12	
별 하나에 추억과	49	14	11
별 하나에 시와	45	15	12
별 하나에 쓸쓸함과	44	16	13
별 하나에 동경과	42	17	14
인생은 살기 어렵다는데	41	18	15
육첩방은 남의나라	26	19	16
내가 사는 것은 다만	25	20	17
눈물과 위안으로 잡는 최초의 악수	25	20	
잃은 것을 찾는 까닭입니다	25	20	
행복한 예수 그리스도에게	25	20	
처럼	24	24	18

괴로웠던 사나이	22	25	19
나는 나에게 작은손을 내밀어	21	26	20
시대처럼 올 아침을 기다리는 최후의 나	20	27	21
등불을 밝혀 어둠을 조금 내몰고	18	28	22
십자가가 허락된다면	17	29	23
꽃처럼 피어나는 피를	16	30	24
우물 속에는 달이 밝고 구름이 흐르고 하늘이 펼치고 파아란 바람이불고 가을이 있고 추억처럼 사나이가 있습니다	16	30	24
슬퍼하는 자는 복이 있나니	15	32	25
아직 나의 청춘이 다하지 않은 까닭입니다	15	32	25

컴퓨터 프로그램에 문장을 넣으면 윤동주의 시의 어떤 구절을 대중들이 가장 좋아하는지 1위부터 자동으로 정리된다. 1위부터 10위까지 모두 「서시」의 구절이 점하고 있는 것을 볼 수 있다.

7위에 "별 하나에 어머니 어머니"로 등장했던 시 「별 헤는 밤」은 여러 구절이 10위부터 17위까지 차지하고 있다. 이후 18위에 "인생은 살기 어렵다는데"로 등장한 「쉽게 쓰여진 시」는 22위까지 여러 번 등장한다. 다음은 17위에서 "행복한 예수 그리스도에게", "처럼"으로 등장한 시 「십자가」는 24위까지 여러 번 등장한다. 이후 "우물 속에는 달이 밝고 구름이 흐르고"라는 구절로 암송되고 있는 「자화상」이 등장한다.

이 순서는 문항 7에서 좋아하는 시의 순서와 유사하면서도 차이가 있다. 좋아하는 시의 순서는 「서시」, 「별 헤는 밤」, 「자화상」, 「십자가」, 「참회록」, 「쉽게 쓰여진 시」의 순서다. 그런데 기억에 남는 시 구절은 「서시」, 「별 헤는 밤」, 「쉽게 쓰여진 시」, 「십자가」, 「자화상」 등으로 순서가 바뀐다.

기억에 남는 구절 조사에서 「자화상」이 「별 헤는 밤」에 밀린 이유는 기억하기 쉬운 구절이 「별 헤는 밤」에 훨씬 많은 까닭일 것이다. 「십자가」에서 "처럼"이라는 구절을 좋아하는 사람이 24명인 것은 『처럼: 시로 만나는 윤동주』라는 책이 있기에 그런 듯하다.

이 시구절 조사는 이후 '한국인이 좋아하는 윤동주 시 100 구절'이라는
제목으로 이후 단행본으로 내려 한다.

9 '윤동주'하면 떠오르는 단어나 이미지

이미지	횟수	순위
별	312	1
부끄러움	249	2
성찰	78	3
하늘	64	4
저항	44	5
바람	42	6
순수	40	7
참회	37	8
십자가	31	9
어머니	30	10
고뇌	30	10
슬픔	28	13
눈물	29	12
자아성찰	28	13
거울	27	15
청년	26	16
시	24	17
해방	23	18
자기성찰	21	19
서시	20	20
우물	19	21
반성	18	22
사랑	18	22
시인	17	24
맑음	15	26
민족	16	25
밤	15	26
괴로움	11	28

이번에는 윤동주를 생각하면 떠오르는 이미지를 분석해 보려 한다. 윤동주에 관한 이미지 조사는 예시를 들지 않고 빈 칸만 두어 응답자가 자유롭게 쓰게 했다. 이미지 단어들은 응답자들이 아무 예시 없이 직접 쓴 단어다. 응답 횟수가 10회 이상 나온 슬픔, 눈물, 자아 성찰, 거울, 청년, 시, 해방, 자기 성찰, 서시, 우물, 반성, 사랑, 시인, 맑음, 민족, 밤, 괴로움 등등의 단어가 28위까지 차지한다. 이 글에서는 10위까지 알아보려 한다.

전체 1082명 중 312명이 '윤동주=별'이라고 썼다. 응답자의 28.8퍼센트가 윤동주 하면 별을 떠올리는 것이다. 윤동주를 좋아하는 독자 3명 중 1명은 윤동주 이미지를 '별'로 생각하는 것이다.

'윤동주=부끄러움'으로 생각하는 이들은 1082명 중에 249명으로 응답자의 23퍼센트다. 윤동주를 좋아하는 독자 4명 중 1명은 윤동주 이미지를 '부끄러움'으로 생각하는 것이다.

사실 부끄러움이 압도적으로 많을 줄 알았다. 그런데 윤동주 하면 떠오르는 이미지가 '별'이었다는 점이 놀라웠다. 다시 RISS(학술연구정보서비스)에서 '윤동주 부끄러움'으로 검색해 보니 관계된 논문이 19건 나왔다. 한편 '윤동주 별'로 검색해 보니 관계된 논문이 46건이 나왔다.

별이 1위로 나온 이유는 독자들이 사랑하는 시, 외우는 시와도 관계가 있다. 설문 조사 결과 윤동주 시 중 가장 사랑하는 시, 외우는 시의 1, 2위는 응답수는 다르지만 동등하다. 1위는 「서시」고 2위가 「별 헤는 밤」이다.

「서시」에는 "별을 노래하는 마음으로 모든 것을 사랑해야지"라는 구절이 있고 「별 헤는 밤」에는 별이라는 단어가 12번이나 나온다. 이외의 윤동주의 글에서도 별은 여러 번 등장한다.

윤동주의 이미지를 '별'과 '부끄러움'으로 생각하는 응답 횟수가 51퍼센트에 해당한다는 것은 윤동주의 심성을 독자들이 대단히 소극적으로 파악하고 있다는 뜻일까. 인포그래픽 워드 클라우드(word clouds)는 이러한 분석을 한눈에 파악할 수 있는 인포그래픽이다.

응답자들이 쓴 문장을 기초로 단어의 빈도수 분석 및 어절(語節)에 대한 가중치 분석, 색인어 추출 등을 통해 응답자의 성향을 문자 그래픽으로 만들어 보았다. '별', '부끄러움', '성찰', '하늘' 같은 단어들이 높은 빈도수로 인해 크게 확대되어 보인다.

10 윤동주 시가 내 삶에 끼친 영향이 있다면 써 주시면 합니다.

이 문항의 응답은 완전히 자유롭게 서술하도록 공란을 두었다. 1000여 명의 응답자들이 자유롭게 글을 썼기에 같은 문장은 없다. 하지만 그들이 쓴 특정 단어의 분량을 확인하며 응답자들이 윤동주에게 어떤 영향을 받았는지 확인할 수 있다.

이를 위해 공개형 형태소 분석기 몇 개를 시험해 보았다. 윤동주에게 받은 영향을 데이터 분석하면서 NLP(Natural Language Processing)을 응용해서 결과물을 만들었다. 우선 공개형 한국어 형태소 분석기 여러 개를 사용해서 명사만을 추출하고 비교해 보았다. 다만 '나'라는 명사, '시'라는 명사, '윤동주' 같은 명사는 이 항목의 문장 구성을 위해 필요한 것이지 핵심 단어가 아니기에 미리 수작업으로 분류해야 했다.

그 결과 '삶'이라는 단어가 221회 1위로 등장해 집계되었다. 2위는 '성찰'로 155회 나타났다. '성찰'을 연관어인 '생각(153회), 마음(100회), 고민(32

순위	형태소	횟수
1	삶	221
2	성찰	155
3	생각	153
4	때	108
5	마음	100
6	시대	96
7	자신	93
8	사람	77
9	부끄러움	70
10	자기	61
11	실천	48
12	저항	43
13	사랑	41
14	영향	39
15	힘	37
16	시절	36
17	관심	33
18	문학	33
19	고민	32
20	위로	31

회)'과 함께 계산하면, 440회로 응답자의 거의 절반에 해당되는 이들이 공감하고 있다는 것을 알 수 있다. 한편 '때(108회), 시대(96회), 실천(48회), 저항(43회), 힘(37회)'처럼 시대에 대한 실천의식은 332회로 적지 않은 비중이 등장한다.

문장이 길면 길수록, 가장 많이 등장하는 단어들이 포함될 수밖에 없다. 형태소 분석을 통해 응답자들의 마음에 가장 큰 공감을 포함하고 있는 문장 6개를 선정해 보았다.

순위	응답 내용	score
1	윤동주 시 덕분에 문학이 좋아졌고 국어가 좋아졌다. 그리고 공부하던 도중 윤동주의 친척 송몽규도 좋아하게 됐다. 윤동주는 진짜 진짜 좋아하는 시인이어서 많은 작품을 공부했고 너무 좋아해서 기억에 오래 남는다.	1611.338
2	중학교 국어선생님을 지나면서 시라는 것이 굉장히 딱딱하고 재미없고 무엇이든 외워야 하는 것으로만 여겨지던 때가 있었습니다. 그러다 교과서에서 만난 윤동주 시인의 시는 해석을 하면서 시인의 감정을 느끼게 해 주고 공감하고 이해하게 해 주었습니다. 그 해 선생님을 잘 만난 탓도 있겠지만 그냥 시가 너무 아름다웠어요. 윤동주 시는 무척 괴롭고 아프지만 끝까지 자신의 삶을 성찰하고 포기하지 않기를 다짐한다는 점이 가장 인상깊습니다. 시에 대한 인식을 넘어 삶에 의지를 갖게 해준 그 시들이 고맙습니다.	216.4241

3	어린 시절부터 감수성을 자극했으며 시를 사랑하고 외우게 했고 영원을 꿈꾸게 하고 시대를 생각하게 하고 약자를 돌아보게 하고 별을 사랑하게 하고 봄을 기다리게 하고 일본을 미워하게 하고 나이드는 것을 부끄럽게 하고 인생의 가을을 가꾸게 합니다.	145.9646
4	윤동주 시인은 자신의 약함을 인정하고 나라를 위해 할 수 있는 것이 없음을 부끄러워했는데 난 나라를 위해 무엇을 할 수 있는가를 생각해 볼 수 있게 하는 분이신 것 같습니다. 그리고 전 기독교인인데요, 기독교인으로서 정말 좋은 역할을 해주신 것 같아서 항상 감사함을 느끼며 살아가고 있습니다.	123.6194
5	고교시절 국어선생님께서 (윤동주, 김소월, 이육사) 중에 남자친구를 선택해야 한다면 누구를 택하겠냐는 질문을 하셨습니다. 저는 윤동주 시인의 조곤조곤하고 거칠지 않은 어투가 참 좋았기에 잠시 고민했지만, 이육사 시인의 남성적이고 선비같은 느낌이 더 좋았습니다. 이 때의 고민 덕에 제 남성취향을 알게되었습니다. 말을 곱게 하고 자기 반성을 하면서 동시에 강한 의지와 행동력을 가진 남성에게 매력을 느낀다는 것을 깨달았습니다.^^	80.1237
6	교과서에서 처음 봤고 엽서에 윤동주의 시가 여럿 적혀 있었지요. 학창시절 이 분의 시를 읊으며 저의 삶에 대해 깊이 생각하게 되었습니다. 그리고 이과생이어서 글 하나 제대로 못 쓰는 사람인데 이 분의 시 덕분에 시를 정말 좋아하게 되었어요. 수업시간에 선생님이 이 단어는 무엇을 의미하고 이 구절은 무엇을 의미한다고 해도 그런 건 외워지지 않았습니다. 그냥 시에서 제 마음에 다가오는 제 삶에 다가오는 것을 느끼고 생각하게 되는 것 같습니다. 정답보다 더 많은 것이 담겨 있다는 생각이 듭니다.	73.25596

3 결론: 윤동주와 시 교육의 문제와 가능성

과연 이런 연구가 어떤 기여를 할 수 있을까. 이 논문은 설문 조사를 통해서 윤동주에 대한 편견을 확인하는 것 이상의 내용을 보여 주지 못하는 것은 아닐까 하는 비판이 예상된다. 그런데 필자가 보기엔 그것은 쉽게 단정 지을 수 있는 것은 아니었다.

우선 독자들이 가진 윤동주에 대한 이미지는 연구자들이 예상하고 있는 고정 관념과 차이가 있었다. 저항시인, 민족시인, 기독교 시인 같은 용어들, 시인의 세계를 좁힐 수 있는 규정에 대해 독자들은 반발하고 있는 것으로 나타났다. 언론이나 교과서에서 윤동주를 '자기 성찰'의 시인으로 가두고 있는 점도 지적할 수 있겠다. 현재 많은 응답자들이 윤동주를 '자기 성찰하며 실천하려는' 시인으로 보고 있으며 그의 성찰과 실천은 같은 무게로 보고 있다는 점도 주목해야 할 것이다.

또한 좀 더 넓게 윤동주 시를 교육해야 한다는 교훈도 얻을 수 있었다. 윤동주의 시 중에 좋아하는 시, 외우는 시에는 「서시」가 절대적인 위치를 점하고 있었다. 「서시」 외에도 뛰어나고 외우기 쉬운 시들이 많건만, 오로지 「서시」에 집중해 있다. 「서시」만 강조해서 교육해 오지 않았나 반성해야 할 것이다. 문화 콘텐츠에서 인용되고 작곡된 노래들이 대부분 「서시」처럼 이미 주목받고 있는 노래를 반복해서 만드는 데에도 원인이 있을 수 있겠다. 윤동주에 대한 대중적 편견이 '시 교육'을 통해서 교정될 수 있을까. 필자는 그것이 가능하다고 본다. 가령 윤동주 시 중에 좋아하는 시로 「나무」가 11위, 「반딧불」이 13위로 오르고, 그것을 선택한 이들이 쓴 이유를 보면 이 시들을 강조하는 강연을 듣고 인상 깊어 선택했다는 언급을 볼 수 있다.

특히 응답자들이 윤동주의 동시를 모르고 있었다는 사실이 주목할 만하다. 윤동주는 '동시 시인'이라 할 만큼 많은 동시를 썼다. 아쉽게도 문화 콘텐츠 중 윤동주의 동시를 등장시킨 연극, 뮤지컬, 영화는 없다. 주목받지 못했지만 다시 조명해야 할 윤동주 시를 더 알리고 노래로 만들어 알리는 일이 필요하다.

마지막으로, 윤동주 시집의 정본 확정이 필요하다는 것을 확인할 수 있었다. 독자들이 같은 시를 조금씩 다르게 기억하는 경우가 있었다. 심지어 윤동주 시가 아닌데 윤동주 시인 줄 알고 외워서 답하는 경우도 적지 않았다.

설문을 마치면서 우리의 시 교육이 너무 관념적으로 시를 가르치는 것이 아닌가 생각해 보았다. 그럼에도 독자들은 윤동주 시를 시험 대비 용도가 아니라, 지금 자신의 '삶'에 구체적으로 적용시켜 나가고 있었다. 윤동주뿐만 아니라, 내년에 50주기가 되는 시인 김수영 등 탄생 100주년 행사에서 주목되는 작가들에게도 독자들의 반응을 연구할 수 있을 것이라 생각한다.

참고 문헌

김응교, 「영화 「동주」와 윤동주 아우라」, 《사고와표현》, Vol. 9 No. 2, 한국사고와표현학회, 2016

김효중, 「문학 번역과 문화적 문맥―윤동주 시 영역을 중심으로」, 《번역학연구》 8권 1호, 한국번역학회, 2007, 92쪽

김석원, 「쉐브첸코와 윤동주의 역사의식, 저항 정신」, 《슬라브연구》 13, 한국외국어대학교 외국학종합연구센터 러시아연구소, 1997

연점숙, 「한국과 필리핀의 식민 저항시 연구」, 《비교한국학》 9, 국제비교한국학회, 2001

최성은, 「폴란드 콜롬부스 세대와 윤동주의 저항시 비교 연구」, 《동유럽발칸학》 4권 2호, 한국동유럽발칸학회, 2002

최숙인, 「제3세계 문학과 탈식민주의―필리핀의 호세 리잘과 한국의 윤동주」, 《비교문학》 27, 한국비교문학회, 2001

허정, 「윤동주 시의 정전화와 민족주의 지평 넘기」, 《어문론총》 51, 한국문학언어학회, 2009

제5주제(5-3)에 관한 토론문

서재길 | 국민대 교수

아주 색다르고 흥미로우며 생각해 볼 거리로 가득 차 있는 논문이었습니다. 아직 연구가 완성되지 못한 점은 아쉽지만 그동안 윤동주 연구를 비롯하여 주류 문학 연구가 놓쳐 왔던 중요한 포인트들을 잘 지적한 논문이라고 생각합니다. 미완성임을 전제로 하면서 이 논문을 좀 더 밀도 깊은 것으로 만들거나 관련된 후속 연구에 관심을 가졌을 법한 분들을 위하여 제 생각을 여쭙고 몇 가지 질문을 드리려고 합니다.

1 문학 수용의 사회학과 표본 추출의 문제

선생님께서도 인정하고 계시듯이 본 논문이 활용한 설문 조사는 매우 제한된 표본 속에서 비교적 적극적인 응답자들의 응답에 기초한 설문입니다. 예를 들어 윤동주를 좋아하는 이유가 '시가 좋아서'라고 대답한 응답자가 많은 것, 윤동주를 알게 된 계기가 '시집을 읽고'가 많고 그중 30~40대가 많다는 점 등은 표본의 어떤 편향성이 있지 않은가 하는 것이 저의 생각입니다. 시간적, 비용적인 문제 등을 감안한다고 하더라도 오프라인

쪽의 설문이 좀 더 많았더라면 하는 생각을 갖게 됩니다. 그리고 가능하다면 사회 과학 통계 분석 쪽의 연구자와 공동 작업으로 설문을 구성하고 분석하는 것이 좀 더 인상주의적 해석을 벗어난 좀 더 객관적이고 유의한 해석을 낳을 것으로 판단됩니다.

2 문학 정전의 변모와 세대별 기억의 차이

최근 국가 교육 과정의 잦은 개편과 국어과 교육 과정의 성격 변화에도 불구하고 문학 텍스트의 교육적 활용이라는 측면에서 교과서를 분석해 보면 비교적 '유행'을 타지 않는 작가들이 많이 있는데, 김유정의 소설 같은 경우 문학 교육만 아니라 언어 교육의 다양한 층위에서도 이야깃거리가 많아서 계속 등장하는 것 같습니다. 만일 시인 윤동주가 기억되는 방식이 세대에 따라 다르고 읽히는 텍스트가 다르다면 그것은 교육 과정상의 어떤 강조점의 변화와도 관련될 것 같습니다. 이를테면 교육 과정에서 지향하는 이념이 민족주의에서 세계 시민주의로의 변모한다든지 하는 어떤 것들이 있을 텐데 이 부분에 대해 고견을 듣고 싶습니다.

3 윤동주 문학의 특수성과 보편성

잘 아시는 바와 같이 윤동주는 현재 중화 인민 공화국 영토인 만주 명동촌에서 태어나 중국 친구들과 같은 학교를 다녔고, 식민지 조선에서 짧은 학생 시절을 보냈고, '일본 신민'으로 '도항증'으로 일본에 건너가 짧은 생애의 마지막을 일본에서 보내다 옥사하여 지금은 '中國朝鮮族愛國詩人 故居'라 쓰인 비석이 있는 그의 고향에 유골이 묻혀 있습니다. 일본, 중국, 한국에서 윤동주가 수용되고 소비되는 방식은 각각 다를 것이며, 이들이 또한 미국이나 유럽 국가에서 소개되는 방식과도 다를 것입니다. 선생님 께서 아시는 한도에서 이 차이에 대한 설명을 듣고 싶습니다.

4 OSMU의 원천 소스로서의 윤동주

최근에 「점점 더 투명해지는 사나이」라는 윤동주에 관한 짧은 뮤지컬을 대학로 소극장에서 보았습니다. 깜짝 놀랄 정도로 뛰어난 극작이었고, 동시를 포함한 모든 윤동주의 시 세계가 연극 속에 응축되어 있었습니다. 작년 이중섭 탄생 100주기에 「길 떠나는 가족」(이윤택 연출)을 보며 "연극이 된 그림"이라는 생각을 했는데, 이번 작품은 "뮤지컬이 된 시"라는 느낌이었습니다. 후쿠오카의 형무소 병원에서 '피'를 '바닷물'로 대체하는 인체 실험의 대상이 되어 점점 더 '피'가 묽어져 가는 윤동주에게 있어 피란 무엇이며, 고향은 어디인가 하는 그의 문학의 본질적인 문제를 묻고 있는 것 같았습니다. 이처럼 대중문화 쪽에서는 근자에 학계에서 이루어진 최신 연구의 성과들을 두루 섭렵한 바탕에서 이전과는 전혀 다른 방식으로 윤동주를 소환하고 소비하고 있다는 생각이 듭니다. '신화'의 해체와 더불어 나타나고 있는 새로운 '윤동주 현상'에 대한 선생님의 의견을 듣고 싶습니다.

5 세부적인 사항 확인

- 윤동주 시의 외국어 번역 상황에서 시집과 평전이 섞여 있고, 앤솔러지 형태의 시집도 있는 것 같고, 전체를 범주화해야 할 필요가 있는 것으로 보입니다.
- 『空と風と星と詩』(岩波合文庫, 金時鐘 翻訳),
- 多胡吉郎, 『生命の詩人尹東柱: 『空と風と星と詩』 誕生の秘蹟』, 2017.

윤동주 생애 연보

1917년(1세)	12월 30일, 만주국 간도성 화룡현 명동촌에서 부친 윤영석(尹永錫), 모친 김용(金龍) 사이의 맏아들로 출생함. 본관 파평. 아명은 해환(海煥). 당시 조부 윤하현(尹夏鉉)은 부유한 농부로서 기독교 장로였고, 부친은 명동학교 교원이었음. 그보다 석 달 전 9월 28일에는 고종사촌인 송몽규(宋夢奎)가 외가인 윤동주 집에서 태어남. 몽규의 아명은 한범(韓範). 윤동주와 송몽규는 둘 다 기독교 장로교의 유아 세례를 받음. 윤동주의 호적을 비롯한 각종 공식 기록에 그의 출생이 1918년으로 되어 있는 것은 출생 신고가 1년 늦었기 때문임.
1924년(8세)	12월, 누이 혜원(아명 귀녀) 출생함.
1925년(9세)	4월 4일, 고종사촌 송몽규, 당숙 윤영선, 외사촌 김정우, 친구 문익환 등과 함께 명동소학교에 입학함.
1927년(11세)	12월, 동생 일주(아명 달환) 출생함.
1928년(12세)	서울에서 간행되던 어린이 잡지 《아이생활》을 구독하기 시작함. 송몽규는 《어린이》를 정기 구독함. 급우들과 함께 《새명동》이라는 등사판 잡지를 제작함.
1931년(15세)	3월 15일, 명동소학교를 졸업함. 송몽규, 김정우 등과 함께 명동에서 10리쯤 남쪽으로 떨어진 대랍자의 화룡 현립 제일소학교 6학년에 편입해 1년간 수학함. 늦가을 용정으로 이사함.
1932년(16세)	4월, 용정 미션계 교육기관인 은진중학교에 송몽규, 문익환과 함께 입학함.

1933년(17세)	4월, 동생 광주 출생함.
1934년(18세)	12월 24일, 윤동주 최초 작품인 시 3편을 제작 기일 명기하여 보관하기 시작함. 「초 한 대」(12. 24), 「삶과 죽음」(12. 24), 「내일은 없다」(12. 24)를 창작함.
1935년(19세)	1월 1일, 송몽규가 《동아일보》 신춘문예 콩트 부문에 「술가락」이 아명 '송한범'이라는 이름으로 당선함. 4월, 송몽규가 중국 낙양 군관 학교 한인반 2기생으로 입교하러 중국으로 떠남. 문익환이 평양 숭실중학교 4학년으로 편입함. 9월 1일, 은진중학교 4학년 1학기를 마친 윤동주도 평양 숭실중학교로 전학함. 편입 시험 낙방으로 3학년 2학기로 편입함. 10월, 숭실중학교 학생회 간행의 학우지 《숭실활천》 제15호에 시 「空想」을 게재하여 최초로 작품이 활자화됨. 시 「거리에서」(1. 18), 「空想」(《崇實活泉》 10월), 「蒼空」(10. 20), 「南쪽 하늘」(10), 동시 「조개껍질」(12)을 창작함.
1936년(20세)	3월, 숭실중학교에 대한 일제의 신사 참배 강요에 대한 항의 표시로 학교를 자퇴함. 문익환과 함께 용정으로 돌아와 윤동주는 용정 광명학원 중학부 4학년에, 문익환은 5학년에 편입함. 4월, 송몽규가 제남에서 일경에 체포되어 본적지인 함북 웅기 경찰서에 압송되어 고초를 겪다가, 9월 14일에 거주 제한 조건으로 석방됨. 동시 「고향집」(1. 6), 「병아리」(1. 6)(《가톨릭소년》 11월호 발표), 「오줌싸개지도」(《가톨릭소년》 1937년 1월호 발표), 「기왓장내외」, 시 「비둘기」(2. 10), 「離別」(3. 20), 「食券」(3. 20), 「牧丹峰에서」(3. 24), 「黃昏」(3. 25), 「가슴 1」(3. 25), 「종달새」(3), 「山上」(5), 「午後의 球場」(5), 「이런 날」(6. 10), 「양지쪽」(6. 26), 「山林」(6. 26), 「가슴 2」(7. 24), 「꿈은 깨어지고」(7. 27), 「谷間」(여름), 「빨래」를 창작함. 동시 「빗자루」, 「햇비」, 「비행기」, 시 「가을밤」(10. 23), 동시 「굴뚝」(가

을), 「무얼 먹고 사나」(10)(《가톨릭소년》 1937년 3월호 발표), 「봄」(10), 「참새」(12), 「개」, 「편지」, 「버선본」(12월초), 「눈」 (12), 「사과」, 「눈」, 「닭」, 시 「아침」, 동시 「겨울」(겨울), 「호주 머니」(1936년 12월호, 또는 1937년 1월호 발표)를 창작함. 간 도 연길에서 발간되던 《가톨릭소년》에 동시 「병아리」(11월호), 「빗자루」(12월호)를 발표할 때 '尹童柱'라는 필명을 사용함.

1937년(21세)   4월, 졸업반인 5학년으로 진급함. 송몽규는 대성중학교 4학 년으로 편입하여 학업을 재개함. 8월, 백석 시집 『사슴』을 필 사하여 보관함. 9월, 금강산과 원산 송도원 등지로 수학여행 을 떠남. 상급 학교 진학 문제를 놓고 부친과 심하게 대립했으 나, 조부의 개입으로 본인이 원하는 연희전문학교 문과에 진 학하기로 결정함. 시 「黃昏이 바다가 되어」(1), 동시 「거짓부 리」(《가톨릭소년》 10월호 발표), 「둘 다」, 「반딧불」, 시 「밤」 (3), 동시 「할아버지」(3. 10), 「만돌이」, 「나무」, 시 「장」(봄), 「달밤」(4. 15), 「風景」(5. 29), 「寒暖計」(7. 1), 「그 女子」(7. 26), 「소낙비」(8. 9), 「悲哀」(8. 18), 「瞑想」(8. 20), 「바다」(9), 「山峽의午後」(9), 「毘盧峰」(9), 「窓」(10), 「遺言」(10. 24)(《조 선일보》학생란 1939년 1월 23일자 발표) 창작함.

1938년(22세)   2월 17일, 광명중학교 5학년 졸업. 4월 9일, 송몽규와 함께 서울 연희전문학교 문과에 입학함. 기숙사 3층 지붕 밑 방에서 송몽규, 강처중과 함께 한 방을 쓰게 됨. 시 「새로운 길」(5. 10) (학우회지 《文友》 1941년 6월호 발표), 「비오는 밤」(6. 11), 「사 랑의 殿堂」(6. 19), 「異蹟」(6. 19), 「아우의 印象畵」(9. 15)(《조 선일보》학생란 발표. 1939년 추정), 「코스모스」(9. 20), 「슬 픈 族屬」(9), 「고추밭」(10. 26), 동시 「햇빛·바람」, 「해바라기 얼굴」, 「애기의 새벽」, 「귀뚜라미와 나와」, 「산울림」(5)(《소년》 1939년 발표), 산문 「달을 쏘다」(10)(《조선일보》학생란 1939년

1월호 발표) 창작함.

1939년(23세) 연전(연희전문학교) 문과 2학년으로 진급함. 기숙사를 나와
북아현동, 서소문 등지에서 하숙 생활을 함.《조선일보》학생
란에 산문「달을 쏘다」(1월), 시「유언」(2. 16),「아우의 인상
화」(날짜 미상)를 윤동주(尹東柱) 및 윤주(尹柱)란 이름으로
발표함. 동시「산울림」을《少年》(날짜 미상)에 윤동주(尹童
柱)란 이름으로 발표함.《문장》과《인문평론》을 매달 사서 읽
음. 시「달같이」(9),「薔 병들어」(9),「투르게네프의 언덕」(9),
「산골물」,「自畵像」(9)(학우회지《文友》1941년 6월호 발표),
「少年」 창작함.

1940년(24세) 다시 기숙사로 돌아옴. 하동 출신 정병욱(鄭炳昱)과 사귐.
1939년 9월 이후 절필하다가 이해 12월에 가서 3편의 시를 창
작함. 시「八福」(12월 추정),「慰勞」(12. 3),「病院」(12) 창작함.

1941년(25세) 5월, 정병욱과 함께 기숙사를 나와 종로구 누상동 소설가 김송
씨 집에서 하숙 생활 시작함. 9월, 북아현동으로 하숙집을 옮
김. 12월 27일, 전시 학제 단축으로 3개월 앞당겨 연전을 졸업
함. 졸업 기념으로 19편의 시를 묶어『하늘과 바람과 별과 詩』
라는 제목의 시집을 내려 했으나 뜻대로 되지 않음. 시「무서운
時間」(2. 7),「눈 오는 地圖」(3. 12),「太初의 아침」,「또 太初의
아침」(5. 31),「새벽이 올 때까지」(5),「十字架」(5. 31),「눈 감고
가다」(5. 31),「못 자는 잠」,「돌아와 보는 밤」(6),「看板없는 거
리」,「바람이 불어」(6. 2),「또 다른 故鄕」(9),「길」(9. 30),「별 헤
는 밤」(11. 5),「序詩」(11. 20),「肝」(11. 29), 산문「終始」 창작함.

1942년(26세) 연전 졸업 후 일본에 갈 때까지 한 달 반 정도 고향집에 머무
름. 부친 일본 유학 권함. 졸업 증명서, 도항 증명서 등 수속을
위해 1월 19일에 연전에 '平沼東柱'라고 창씨한 이름을 계출
함. 1월 24일,「懺悔錄」을 씀. 3월, 일본에 건너가 4월 2일 동

경 입교대학 문학부 영문과에 입학함. 송몽규는 '宋村夢奎'라
는 이름으로 도일하여 4월 1일 경도 제국 대학 사학과(서양사
전공)에 입학함. 10월 1일, 경도 동지사 대학 영문학과에 전입학
함. 경도시 좌경구 전중고원정 27 무전 아파트에서 하숙 생활함.
시 「懺悔錄」(1. 24), 「흰 그림자」(4. 14), 「흐르는 거리」(5. 12),
「사랑스런 追憶」(5. 13), 「쉽게 씌어진 詩」(6. 3), 「봄」(창작 시기
미상), 산문 「별똥 떨어진 데」, 「花園에 꽃이 핀다」 창작함.

1943년(27세)   1월, 경도에 와서 맞은 첫 겨울 방학에서 귀성하지 않고 경도
에 남음. 7월 10일, 송몽규 특고경찰에 의해 경도 하압 경찰
서에 독립운동 혐의로 검거됨. 7월 14일, 윤동주, 고희욱도 검
거됨. 동경에서 면회를 간 당숙 윤영춘이 윤동주가 '고오로
기'라는 형사와 대좌하여 그가 쓴 우리말 작품과 글들을 일역
(日譯)하고 있는 것을 목격함. 모든 창작품을 압수당함. 12월
6일, 송몽규, 윤동주, 고희욱 검찰국에 송국됨.

1944년(28세)   1월 19일, 고희욱 기소유예로 석방됨. 2월 22일, 윤동주와 송
몽규가 기소됨. 3월 31일, 경도 지방 재판소 제2형사부가 윤
동주에게 징역 2년(미결구류일수 120일 산입)을 선고함(확정:
1944년 4월 1일, 출감예정일 1945년 11월 30일). 4월 13일,
경도 지방 재판소 제1형사부는 송몽규에서 징역 2년을 선고
함(확정: 1944년 4월 17일, 출감 예정일: 1946년 4월 12일).
판결 확정 뒤에 복강 형무소로 이송됨.

1945(29세)   2월 16일 오전 3시 36분, 복강 형무소에서 외마디 비명을 높
이 지르고 운명함. 2월 18일, 북간도의 고향집에 사망 통지
전보 도착함. 부친 윤영석과 당숙 윤영춘이 시신을 가져오려
고 도일하여 복강 형무소에 도착하여 먼저 송몽규를 면회함.
여기서 자신들이 이름 모를 주사를 강제로 맞고 있으며 윤동
주가 그래서 죽었다는 증언을 들음. 3월 6일, 북간도 용정 동

산의 중앙 교회 묘지에 윤동주 유해 안장됨. 3월 7일, 복강 형무소에서 송몽규 운명함. 부친 송창희와 육촌 동생 송희규가 도일하여 유해를 가져다가 명동의 장재촌 뒷산에 안장함. 봄이 되자 송몽규의 집안에서 '靑年文士宋夢奎之墓'라는 비석을 해 세웠고, 잇달아 윤동주의 집안에서도 '詩人尹東柱之墓'라는 비석을 세움.

1947년   2월 13일, 해방 후 처음으로 유작 「쉽게 씌어진 詩」가 당시 주간이던 시인 정지용의 소개문을 붙여 《경향신문》에 발표됨. 2월 16일, 서울 '플라워회관'에서 첫 추도회 거행됨.

1948년   1월 30일, 유고 31편을 모아 시집 『하늘과 바람과 별과 詩』를 정지용의 서문과 유영의 추도시와 강처중의 발문을 붙여 정음사에서 출간함.

1955년   2월 16일, 10주기 기념으로 유고를 더 보충한 증보판 시집 『하늘과 바람과 별과 詩』가 정음사에서 출간됨.

1968년   11월 2일, 연희전문학교 시절 시인이 기거하던 기숙사 앞에 윤동주 시비가 세워짐.

1985년   일본의 윤동주 연구가인 와세다 대학의 오무라 마쓰오(大村益夫) 교수에 의해 북간도 용정에 있는 윤동주의 묘와 비석의 존재가 한국의 학계와 언론에 소개됨.

1990년   광복절, 정부에서 건국 훈장 독립장을 수여함. 4월 5일, 북간도 유지들이 명동 장재촌에 있던 송몽규의 묘를 용정 윤동주 묘소 근처로 이장함.

1999년   3월, 윤동주의 작품을 모두 수록한 사진판 시집이 민음사 판으로 출간됨.

2016년   5월, 시집 『별 헤는 밤』을 민음사에서 출간.

작성자 유성호 한양대 교수

시대의 폭력과 문학인의 길

탄생 100주년 문학인 기념문학제 논문집 2017

1판 1쇄 찍음 2017년 12월 20일
1판 1쇄 펴냄 2017년 12월 30일

지은이 황현산 · 홍정선 외
펴낸이 박근섭, 박상준
펴낸곳 (주)민음사

출판등록 1966. 5. 19.(제16-490호)
주소 서울특별시 강남구 도산대로 1길 62(신사동)
      강남출판문화센터 5층(우편번호 06027)
대표전화 515-2000, 팩시밀리 515-2007

www.minumsa.com
www.daesan.org

ⓒ 재단법인 대산문화재단, 2017. Printed in Seoul, Korea.

이 논문집은 대산문화재단과 한국작가회의가 기획, 개최한
'탄생 100주년 문학인 기념문학제'의 일환으로 제작되었습니다.

ISBN 978-89-374-3499-0 03800